표정 없는 검사의 사투

NOMEN KENJI NO SHITOU

Original Japanese edition published by Kobunsha Co., Ltd.
Korean translation rights arranged with Kobunsha Co., Ltd.
through JM Contents Agency Co., Seoul.

표정 없는 검사의 사투

能面検事の死迅

나카야마 시치리 장편소설
문지원 옮김

블루홀6

차례

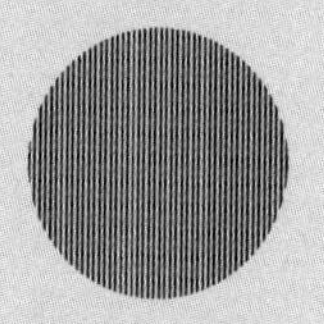

일러두기

◈ 본문의 주는 전부 독자의 이해를 돕기 위한 옮긴이 주입니다.

1 무고한 사람들

1

4월 10일 오전 7시 15분, 난카이전철 기시와다역.

기시와다역 중앙에는 동쪽 출구와 서쪽 출구가 있는데 서쪽 출구에서 북서쪽으로 뻗은 쇼와대로에는 기시와다 칸칸 베이사이드몰에 이르기까지 상가가 줄지어 있다. 동쪽 출구에는 버스·택시 터미널이 있어서 서쪽 출구는 도보로 이동하는 통학생과 통근하는 직장인으로 붐볐다.

계절이 계절인 만큼 행인 중에는 처음 보는 얼굴이 많았다. 새로운 삶에 설레는 사람, 불안해서 걸음이 무거운 사람, 출퇴근도 업무의 하나라는 생각으로 고개를 들고 걷는 사람, 만원 전철에 시달려 지친 사람. 서쪽 출구 앞은 걸음을 재촉하는 이용객을 삼키며 평소처럼 분주한 아침을 보내고 있었다.

그 차가 서쪽 출구로 다가갔을 때도 유심히 지켜보는 사람은 거의 없었다. 흰색 구형 승합차. 개성이나 자기주장을 철저히 배제한 듯한 차량이었다. 몇 안 되는 목격자 중 한 명은 누군가를 마중 나온 차인 줄로만 알았다고 증언했다.

승합차는 돌연 속도를 높여 개찰구로 달려들었다. 갑자기 울리는 엔진 소리를 듣고 즉시 반응한 이용객은 매우 적었다.

승합차는 줄 서서 개찰구 안으로 들어가는 이용객들을 향해 돌진했다. 인도를 가득 메우고 줄지어 서 있던 사람들은 몹시 당황해 그 자리를 피하려고 허둥대다가 순식간에 도미노처럼 넘어졌다.

하지만 승합차가 브레이크를 밟을 기색은 조금도 보이지 않았다. 철로 만든 괴물은 사납게 포효하며 사람들을 덮쳤다.

최초 피해자 우노 데쓰지(50세)는 가전제품 판매점으로 출근하던 길이었다. 승합차 왼쪽 범퍼에 치인 우노의 몸은 허공에 떴다가 자동차 보닛 위로 떨어진 뒤 크게 튕겨

나가 도로 위에 떨어졌다. 우노의 바로 뒤에 있던 입시 학원에 다니는 열아홉 살 남학생은 바로 근처에서 육체가 찌부러지는 소리를 들었다.

우노를 친 승합차는 멈출 줄 몰랐다. 두 번째 피해자 오쿠라 가즈키(35세)는 근무하던 회사가 한 달 전에 도산한 탓에 헬로워크*로 향하던 중에 변을 당했다. 그 자리를 피하려고 뒤를 돌자마자 승합차가 덮치는 바람에 차량 진입 금지 볼라드와 함께 역 건물 벽으로 날아갔다. 벽가에 서 있던, 파트타임 직장에 다니는 주부는 오쿠라가 벽에 부딪힌 순간 엄청난 피를 얼굴에 뒤집어썼다.

벽에 바싹 붙은 승합차는 방향을 틀어 왼쪽으로 크게 꺾었다. 그 직후 승합차에 다리가 빨려 들어간 가코이 쓰요시(40세)는 차량 밑에 깔렸다. 가쓰이는 시내에 있는 부동산 중개회사의 직원이었는데 그와 함께 우그러진 가방에서 신청 고객을 위한 사은품이 잔뜩 쏟아져 나와 보도에 흩어졌다.

후진을 시도한 승합차가 가코이의 몸을 연달아 짓밟았

---

* 각 지자체 노동국에서 운영하는 공공직업안정소로 채용 상담과 직업소개 등을 제공한다.

지만 볼라드에 가로막혀 더 이상 후진할 수 없었다.

멀리서 지켜보던 대다수 목격자는 운전 실수로 사고를 낸 운전자의 폭주가 드디어 멈췄다고 믿었다.

그러나 멈춘 승합차에서 내린 남자는 놀라지도 당황하지도 않았다. 나이는 삼십 대 초반에 복장은 상하의 모두 밀리터리 위장복. 면도는 했지만 어깨까지 기른 머리는 푸석푸석했다. 얼굴과 몸에도 군살이 붙어 운동 부족임을 한눈에 알 수 있었다. 그의 이름은 사사키요 마사이치, 오사카 기시와다시에 사는 서른두 살 남자였다.

사사키요는 칼날 길이가 약 삼십 센티미터인 대형 서바이벌 나이프를 오른손에 쥐고 있었다. 칼날이 아침 햇살에 번뜩였다.

운동이 부족해 보이는 체형이었지만 사사키요는 의외로 민첩하게 움직였다. 승합차를 벗어나자마자 인파를 향해 달려든 것이다.

아직 위험이 사라지지 않았다는 사실을 감지한 사람들은 사방팔방으로 흩어져 도망쳤다. 그러나 개중에 타이밍을 놓친 사람도 있었다.

우치우미 나쓰키(23세)는 올봄에 바라고 바라던 신문사에 취직해 오사카 지사에 근무한 지 얼마 되지 않았다. 동기 중에서 필기시험 성적이 가장 우수했고 소속 부서 상사에게 '솔직하고 겁이 없는 면이 장점'이라는 평가도 받았다. 그러나 겁이 없는 성격이 경계심 부족으로 이어질 때도 있다. 뒤늦게 달아나던 나쓰키는 세 걸음도 못 가서 붙잡혔고 사사키요가 내려친 흉기에 등이 뚫렸다. 칼끝이 심장을 관통하는 바람에 사사키요가 칼을 뽑자 엄청난 피가 뿜어져 나왔다. 아무리 위장무늬가 들어간 밀리터리룩을 입었더라도 피를 뒤집어써 온몸이 젖었다는 것을 알 수 있었다.

사사키요는 마치 마구 튀는 피해자의 피를 원동력 삼은 사람처럼 고함을 내지른 뒤 다음 사냥감을 찾아 어슬렁거렸다.

나쓰키처럼 한발 늦은 사람이 또 있었다. 다코지조에 있는 병원으로 향하던 고마바 히나타(68세)도 그중 한 명이었다.

히나타는 2주 전에 가볍게 다리를 접질렸다. 주치 병원까지 역 하나 거리라서 아들 부부가 차로 모시겠다고 했지만 전철 정도는 혼자 탈 수 있다고 본인이 고집을 부렸다.

히나타는 염좌 환자인 데다 곁에서 보살피는 사람이 없었던 탓에 제대로 걷지도 못한 채 사사키요의 손아귀를 벗어나지 못했다. 뒤에서 떠미는 힘에 잠시도 버티지 못하고 엎드린 자세로 인도에 쓰러졌다. 그 자리를 벗어나려고 우왕좌왕하는 사람 중에는 사사키요를 막을까 고민한 사람도 있었지만 온몸이 피로 물든 사사키요를 본 순간 다리가 굳었다고 한다.

노인 공경 정신이라고는 눈곱만큼도 없는 사사키요는 인정사정없었다. 쓰러진 히나타 위에 올라타 움직이지 못하게 구속한 뒤 칼을 번쩍 쳐들었다.

"살려줘!"

히나타가 소리쳤지만 말을 끝맺지 못했다. 칼이 견갑골 사이를 파고든 뒤 폐를 찔러 호흡 기능을 앗아갔기 때문이다. 히나타가 뒤이어 내뱉은 것은 말 대신 기포가 섞인 피였다.

사사키요가 칼을 뽑자 찰나의 마지막 저항과 함께 피가 분수처럼 뿜어져 나와 그의 얼굴을 적셨다. 피로 얼룩진 사사키요의 얼굴은 점점 악귀와 닮아 갔다.

히구치 시오리(17세)는 나이답게 용기와 정의감이 있는 소녀였다. 무모하다는 말을 듣고는 하지만 몸이 불편한 사람이 힘센 사람에게 유린당하는 모습을 가만히 지켜보지 못하는 성격이었다. 히나타의 비명에 걸음을 멈추고 돌아봤을 때 십 미터 앞에서 벌어지는 참극이 소녀의 눈에 새겨졌다.

그 순간 시오리의 운명이 결정됐다.

사사키요는 다음 목표를 시오리로 정하고 달려들었다. 두 사람의 거리가 좁혀드는 데 삼 초도 필요하지 않았다. 예상하지 못한 상황에 당황한 시오리는 달아나는 시늉도 못 한 채 사사키요와 정면으로 대치하게 됐다.

반사신경을 제대로 발휘하지 못한 소녀는 애초에 광기에 사로잡힌 성인 남성의 상대가 되지 않았다. 시오리는 순식간에 쓰러져 사사키요의 밑에 깔렸다. 그녀는 저항했지만 손바닥과 손목 총 네 군데에 방어흔이 생긴 시점부터 체력과 정신력에 구멍이 났다. 칼에 경동맥이 잘렸고 무시무시한 출혈과 함께 저항력을 잃었다. 그리고 흉부와 복부를 각각 두 군데씩 찔린 뒤 움직임이 멎었다.

살육의 황야에 남겨진 양 가운데 가장 약한 존재는 누가 봐도 아사하라 겐키(8세)였다. 아이는 초등학교 2학년이었는데 등굣길에 재앙과 맞닥뜨리면서 다른 아이들과 떨어지고 말았다.

성인조차 똑바로 보기 힘든 참극을 목격한 여덟 살 아이가 어떤 충격을 받았는지 제삼자는 상상하기 매우 어려울 것이다. 하지만 새하얀 다리를 덜덜 떨며 그 자리에 못 박힌 듯 서 있는 모습에서 공포가 임계점에 달했다는 사실을 쉽게 짐작할 수 있었다.

"멈춰!"

역시 소리쳐 저지하는 사람이 나타났다.

"아직 어린아이잖아!"

"빨리 경찰. 경찰에 신고해."

"아니, 일단 구급차부터."

사사키요로부터 거리를 벌린 군중 속에서 휴대폰으로 경찰과 소방서에 신고하는 사람이 등장했다.

그런데 기시와다역 앞 파출소에 상주하던 다카마쓰와 미사와 두 순경이 역 앞에서 벌어진 난리를 눈치채고 신고가 접수되기 전에 먼저 출동했다. 이들이 오 분만 더 빨리 출동했다면 피해자는 승합차에 치여 희생된 세 명으로 끝났을지도 모르는 일이기에 더욱 안타까웠다.

두 순경은 간발의 차로 겐키를 구하지 못했다.

사사키요는 겐키의 목을 가로로 똑바로 그었다. 절단된 부위에서 꺽꺽거리는 소리가 간헐적으로 새어 나왔다. 이렇게 칼로 네 명을 살해한 사사키요는 역시나 체력이 소진된 듯 겐키의 몸을 짓누르고 어깨를 들썩이며 숨을 몰아쉬웠다.

현장에 도착한 두 순경은 처참한 현장에 말을 잃었다.

그곳은 일상과 동떨어진 아수라장이었다.

다카마쓰 순경은 지옥도라는 단어를, 미사와 순경은 뉴스 영상에서 본 테러 현장을 떠올렸다.

누가 이 참상을 일으킨 장본인인지는 한눈에 알 수 있었다. 거대한 서바이벌 나이프를 든 남자가 아이의 위에 올라타 있었다. 대략 둘러만 봐도 일곱 명이나 되는 사람들이 피를 흘리며 쓰러져 있었다.

두 순경은 신호도 하지 않고 동시에 총을 겨눴다.

“아이에게서 떨어져!”

“무기 내려놔!”

두 순경 모두 범인으로 보이는 남자가 저항하거나 칼을 포기하지 않으면 곧바로 위협 사격을 할 생각이었다. 그런데 뜻밖에도 남자는 들고 있던 칼을 내던지고 두 손을 들어 투항 의사를 밝혔다.

그때 미사와 순경은 남자가 조금이라도 반항하기를 바랐다. 쓰러져 있는 피해자 일곱 명 중에는 분명 숨진 듯 보이는 사람도 있었기 때문이다. 그들의 원수를 갚기 위해서는 범인이 반드시 저항해야 했다.

다카마쓰 순경은 사살에 소극적인 입장이었지만 무기를 포기한 남자가 피해자들의 피를 뒤집어쓴 채로 기분 나쁘게 비웃는 표정을 짓는 모습을 보고는 자제심을 잃을 뻔했다. 죽어 마땅한 사람이란 세상에 존재하지 않는다. 하지만 일곱 명의 무고한 생명을 앗아간 괴물을 과연 사람이라고 할 수 있을까.

사사키요는 큰 대大자로 엎드리라는 명령도 순순히 따랐다. 두 순경은 조심스럽게 다가가 손목에 수갑을 채웠다.

그 순간 사람들이 안도의 한숨과 성난 소리를 터뜨렸다.

"순경 양반, 체포해서 다행이에요."

"구급차. 구급차는 아직이야?"

"범인 얼굴 좀 이쪽으로 돌려 봐요."

"저런 짐승만도 못한 새끼, 차에서 내렸을 때 여자들만 노렸어."

"그 자식 좀 여기로 데리고 와 봐. 우리가 복수하게."

공포의 속박에서 벗어난 군중이 저마다 떠들어댔고 스마트폰으로 사사키요와 순경들을 찍기 시작할 무렵에야 마침내 구급차 몇 대가 도착했다. 구급대원들은 피해자들을 살리려고 필사적으로 노력했지만 목숨을 구한 사람은 단 한 명도 없었다.

✣✣✣

살인 및 상해 용의로 체포된 사사키요는 곧바로 기시와다 경찰서로 연행됐다. 연행한 사람은 기시와다 경찰서에서 출동한 강력계 소속 나루시마 순사부장*과 미도리카와 순사부장이었다. 사사키요가 소지한 운전면허증으로 이미 이름과 주소를 알아냈고, 습격에 사용한 승합차의 차량번호로 렌터카라는 사실도 밝혀졌다.

현장에서 기시와다 경찰서까지 직선거리로 불과 오백 미터. 그래도 경찰차에 태웠는데 사사키요는 호송 중에도 기분 나쁜 웃음을 지우지 않았다. 머리끝부터 손끝까지 뒤집어쓴 피가 굳어서 비열한 웃음을 띤 얼굴이 가면처럼 굳었다. 피와 땀이 뒤섞이는 바람에 이상한 냄새까지 코를 찔렀다.

"그만해. 기분 나쁘게 웃지 마."

나루시마가 뒷좌석에서 지적했지만 사사키요는 근육이 풀린 얼굴로 입을 반쯤 벌리고 있었다. 나루시마는 순간 사사키요가 정신질환자일 가능성에 마음이 기울어 불안했다.

---

* 한국 경찰의 경사에 해당한다.

〈형법 제39조 1항 심신상실자의 행위는 벌하지 아니한다. 2항 심신미약자의 행위는 형을 감경한다.〉

말도 안 된다. 일곱 명이나 되는 사람의 목숨을 앗아가 놓고 처벌을 피할 심산인가.

운전면허증에 기재된 최신 발급일은 이 년 전인 12월이었다. 정상인이었던 사람이 고작 이 년 사이에 정신이상자가 될까? 정신의학에 문외한인 나루시마는 참지 못하고 사사키요에게 물었다.

"사사키요. 내가 하는 말 이해하나?"

"네."

사사키요는 여전히 웃음 띤 얼굴로 나루시마를 향해 고개를 돌렸다.

"그만 웃으라고 했죠? 알아요. 이해했다고요. 그런데 내 마음대로 안 돼요. 아까부터 진지한 표정을 지으려고 노력하는데 나도 모르게 웃음이 나오네요."

사사키요를 체포한 순간 오사카 부경은 특별수사 본부 설치를 결정했다. 이 정도 중대 사건이면 부경 본부가 주도권을 잡으려고 올 텐데 관할서도 고집이 있었다. 기시와다 경찰서의 코앞에서 일곱 명이나 살해됐으니 자존심이 상한 것이다. 부경 본부의 수사관들이 도착하기 전까지 아직 시간이 있었다. 관할서에서 먼저 취조해도 불만을 들을 이유는 없었다. 사사키요의 자백을 받아 서둘러 조서를 작성하고 싶었다.

조금 전 목도한 참혹한 범행 현장이 나루시마의 뇌리를 스쳤다. 숨진 피해자 일곱 명이 병원으로 이송된 뒤에도 서쪽 출구 앞의 인파는 사라질 줄 몰랐다. 다른 피해자가 있는지 확인하러 다니는 사복 경찰, 구경꾼들을 통제하고 현장을 보존하기 위해 동분서주하는 제복 경찰, 아스팔트 바닥에 달라붙어 유류품 채취에 애쓰는 감식관들, 통제선 밖에서 촬영하는 취재진.

현장은 경악과 애도에 곤혹스러운 분위기까지 가득했다. 평소에는 등하교하는 학생들과 출퇴근하는 직장인들로 넘쳐나는 역 앞이 지금은 절망과 종말의 분위기에 잠겨 있었다. 보도블럭과 아스팔트 위에 흐른 피의 양도 어마어마했다. 때때로 부는 바람을 타고 날아간 피 냄새에 구역질이 올라왔다.

살해된 피해자 일곱 명 중 네 명이 여성과 아이라는 사실은 실로 용서하기 어려웠다. 게다가 나머지 세 명은 승합차에 치여 사망했다. 묻지 마 사건이 벌어지면 으레 사회적 약자가 표적이 되는데 이번 사건 역시 그러한 경향이 더욱 두드러졌다. 수사와 취조에 사적인 감정을 개입하는 행위는 금물이지만 나루시마는 사사키요를 향한 증오와 혐오를 숨길 자신이 없었다.

사사키요는 신체검사를 하고 옷을 갈아입은 뒤 취조실로 향했다. 나루시마는 미도리카와에게 서기 역할을 맡기고 사사키요와 마주했다.

"먼저 이름과 주소."

사사키요는 대답하지 않은 채 그저 관심 없다는 얼굴로 나루시마를 쳐다봤다.

"사사키요, 대답해."

"내가 대답을 안 해도 면허증 보고 다 확인한 거 아니에요?"

"규정이야."

"아, 규정. 내 스마트폰을 압수한 것도 규정 때문인가?"

사사키요는 비꼬듯 대꾸했다. 그 말투에 벌써 부아가 치밀었다. 사사키요의 스마트폰은 체포 순간에 압수했다. 지금쯤이면 감식계에서 저장된 데이터를 분석하고 있으리라.

"아무튼 자진 신고해."

"형사님이 읽어 주세요. 틀린 내용이 있으면 내가 정정할 테니."

나루시마는 자제심을 최대한 발휘해 감정을 억눌렀다.

"이름, 사사키요 마사이치. 나이, 서른둘. 주소, 기시와다시 오카야마초 △△. 맞나?"

"네. 맞습니다."

"이번에 사용한 차량은 렌터카 맞지? 어디서 빌렸어?"

"옆 동네에 렌터카 영업소가 있어서 어제저녁에 빌렸어요."

압수한 렌터카의 콘솔 박스에서 구겨 넣어 놓은 영수증을 발견했는데 그곳에 사사키요가 승합차를 빌린 시간이 인쇄되어 있었다. 날짜는 어제 9일 오후 4시 36분.

"애초에 범행 목적으로 승합차를 빌렸나?"

사사키요는 다시 입을 다물었다. 단호하게 묵비권을 관철할 생각은 아닌 듯하지만 그렇다고 적극적으로 진술하지도 않았다. 같은 질문을 여러 번 반복하면 그제야 겨우 대답했다. 마치 이 대화를 즐기는 사람처럼 보이기까지 했다.

"내가 이동 수단이 없잖아요. 무엇보다 우리 집인 오카야마초에서 기시와다역 앞까지 서바이벌 나이프를 들고 어슬렁거렸다가는 곧바로 불심검문에 걸리지 않겠어요?"

주눅 들지 않고 말하는 태도 때문에 듣고 있는 상대는

더욱 조바심이 났다. 진술 내용을 컴퓨터로 기록하는 미도리카와를 보니 역시 화를 눌러 참는 모습이 역력했다.

기시와다 경찰서에 소속된 지 오 년, 그동안 상대한 용의자는 대부분 지역 주민이었다. 기시와다 사람은 센슈 사투리* 억양 때문에 거칠어 보여도 실제로는 솔직하고 이성적인 사람이 많은 인상이었다.

그런 이유 때문은 아니지만 사사키요의 말투는 한마디 한마디 신경에 거슬렸다. 단순히 일곱 명을 살해했기 때문이 아니라 도저히 자신이 저지른 행위를 뉘우치는 사람처럼 보이지 않았기 때문이었다.

"흉기로 쓴 칼은 어디서 구했어?"

"어제저녁. 시내 칼 전문점에서."

"칼이 상당히 크던데."

"덩굴이나 잡목을 자르는 데 쓰는 칼이니 그 정도 크기는 되어야죠. 짐승의 살을 발라내려고 해도 칼이 튼튼하지 않으면 이가 나가거든요."

"잘 아네. 야외 활동을 즐기나 보군."

"그럴 리가. 서바이벌 게임은커녕 캠핑조차 안 하는 사

* 오사카 남서부 센슈 지방에서 사용하는 방언.

람이에요. 칼에 대한 지식은 다 인터넷에서 알았죠."

"그럼 이번 계획을 실행하려고 일부러 구매했군."

"나는 방에 틀어박혀 사는 사람이에요. 고작 세 평짜리 방에서 서바이벌 나이프를 쓸 일이 뭐가 있겠어요."

"범행 당시 밀리터리 위장복을 입었잖아."

"평소에는 그런 옷 안 입어요. 그건 나들이옷. 지난주에 인터넷에서 주문한 따끈따끈한 놈이죠."

"……다시 말해 봐."

"나. 들. 이. 옷. 내 인생에서 처음으로 주인공으로 활약할 수 있는 순간이니까요. 이럴 때 아니면 언제 입겠어요?"

습격용 렌터카와 살육용으로 구매한 서바이벌 나이프. 이 두 가지 사실에서 사사키요의 계획성은 입증된 것이나 마찬가지였다. 이렇게 대화를 나누는 상태를 보아 정신감정을 할 필요도 없다. 책임능력이 있고 범행에 계획성이 있었다면 극형을 면할 수 없다.

나루시마가 눈짓하자 같은 생각을 했는지 미도리카와가 고개를 살짝 끄덕였다.

"가족 구성은?"

"아버지와 함께 살아요. 어머니는 사 년인가 오 년 전에 병원에서 돌아가셨고."

"아버지는 이 사건을 아시나?"

사사키요는 잠시 나루시마의 얼굴을 바라보다가 비웃듯 말했다.

"최근에는 취직 이야기조차 안 했는데 역 앞에서 묻지마 사건을 벌인다는 말을 했겠어요?"

"지금 무직인가?"

"방금 말했잖아요. 어머니가 돌아가셔서 최근 사오 년은 일도 안 하고 집 밖으로 나가지도 않았어요."

"아르바이트 같은 것도 안 했나?"

다시 대화가 끊겼다.

"그래요. 아르바이트도 안 했어요. 하긴, 애초에 정규직으로 취직한 적도 없죠. 대학을 졸업한 뒤로 쭉 비정규직으로만 일해서."

"대학은 언제 졸업했는데."

"2010년 3월."

졸업 연도를 들은 나루시마는 일부분 이해했다. 2010년은 리먼 사태가 터진 다다음 해로, 신취업빙하기*가 시작

---

* 일본의 취업빙하기는 버블경제 붕괴 이후인 1993년~2004년의 취업빙하기와 2008년 이후 신취업빙하기로 나뉜다.

됐다고 일컫는 시기였다.

"국공립대학을 졸업해도 정규직 취직을 보장할 수 없었죠. 간사이 지역도 참 심각했어요. 간칸도리쓰 출신들도 취직하기 힘들었으니까."

간칸도리쓰는 간사이 지역에서 입학하기 어렵기로 유명한 명문 사립대학으로 간사이대학, 간세이가쿠인대학, 도시샤대학, 리쓰메이칸대학을 가리킨다. 하나같이 취직에 문제 없는 대학들이지만 리먼 사태 직후에는 잠시 고전을 면치 못했다고 들었다.

"동문 선배들의 취업 경험담이나 취업 매뉴얼은 전혀 도움이 안 되더라고요. 서류전형에서 일찌감치 탈락하거나 아니면 간신히 면접까지 가도 면접관 놈들이 채용하지 않으려는 핑계를 찾는 것 같았죠."

지금까지 냉소로 일관하던 표정에 분노가 깃들었다. 십 년 전 일을 아직도 잊지 않았다니 그 원한이 얼마나 골수에 사무쳤을까.

"면접관이 지원자의 결점을 당사자 앞에서 늘어놓더라고요. 면접실에 들어올 때 인사 예절이 부족했다는 둥 앉아 있을 때 무릎이 벌어진 자세라는 둥. 그것뿐이면 다행이지, 말끝마다 기시와다 사투리가 남아 있다는 둥 면접관을 보는 시선이 도발적이라는 둥, 내 능력과 관계없는 것들로 꼬투리 잡아 떨어뜨렸어요. 그런 곳이 한두 군데가 아니었다니까요. 면접을 보러 간 곳은 전부 그랬어요."

서로 관계없는 기업의 면접관들이 연락을 주고받았을 리도 없다. 불특정 다수의 면접관이 같은 점을 지적했다면 그것이야말로 사사키요라는 인물에 대한 평가 아닌가.

심술궂은 생각이 머리를 스쳤지만 지금은 사사키요가 자유롭게 떠들도록 내버려 두는 시간이었다.

"결국 모든 회사가 담합해서 신규 졸업자를 채용하지 않으려고 했어요. 하지만 그 사실이 공론화되면 세간의 비난을 받으니 사실상 형식적으로만 면접을 진행했죠. 어쩔 수 없어서 그 해는 취업 준비생 신분으로 편의점 아르바이트를 하면서 먹고살았어요. 그런데 그다음 해에는 면접조차 볼 수 없었어요. 졸업 후 공백이 있는 취업 준비생은 아예 서류전형에서 탈락했거든요."

"아르바이트는 계속했나?"

"일 년 동안만. 사장이 베트남 사람을 고용했거든요. 그러면 인건비가 더 싸다면서 재계약을 해 주지 않았어요."

편의점에서 해고된 사사키요는 은둔형 외톨이 생활과 단기 아르바이트 생활을 반복했다. 헬로워크에도 찾아가

봤지만 원하는 직장을 찾지 못한 채 결국 발길을 끊었다고 한다. 그리고 어머니가 병사하면서 완전히 은둔형 외톨이가 됐다.

“우리보다 한 학년 위 놈들은 막차 타고 들어가서 지금도 편하게 회사에 다니고 있죠. 쥐뿔 능력도 없는 주제에. 그리고 리먼 사태의 여파가 가라앉았을 무렵 우리보다 아래 학년들이 취직하던 시기에 신규 졸업자 채용이 정상화됐어요. 신규 졸업자뿐 아니라 졸업 후 일 년 동안 취업 준비한 재수생까지 채용됐죠. 그러니까 우리 세대만 억울하게 피를 본 셈이에요. 따지고 보면 시대의 피해자라고요.”

사사키요가 원한 섞인 불평을 한바탕 쏟아낸 뒤에 나루시마는 사건의 핵심을 파고들었다.

“그게 묻지 마 살인의 동기인가?”

사사키요는 다시 침묵했다. 나루시마는 성급하게 굴지 말자며 마음을 다스렸다.

“우노 데쓰지 씨, 오쿠라 가즈키 씨, 가코이 쓰요시 씨, 우치우미 나쓰키 씨, 고마바 히나타 씨, 히구치 시오리 씨, 아사하라 겐키 군. 이 중에 아는 사람 있나?”

“그게 누군데요?”

"네가 승합차로 치고 칼로 찌른 피해자들의 이름이다."

피해자들의 이름을 거론한 이유가 있다. 사사키요가 목숨을 앗은 사람들은 의미 없는 존재가 아니라 저마다 자신만의 이름을 가진 사람이라는 사실을 인식시키려는 의도였다.

아니나 다를까 사사키요의 반응은 지나치게 미미했다. 진지하게 듣지도, 깎아내리지도 않으며 피해자들의 이름을 그저 기호로만 받아들이는 듯했다.

"내가 사람을 죽였다는 건 알아요. 이 나라 사람을, 그것도 사회에서 행복하게 살아가는 사람들을 죽여야 복수가 되죠. 당연하잖아요. 아까 형사님이 묻지 마 살인이라고 했죠? 아니에요."

사사키요는 한 손을 홰홰 저었다.

"4월 초에 역에서 분주하게 움직이는 사람들은 회사나 학교에 다니는 놈들이잖아요? 매일 해야 할 일이 있다는 건 사치예요. 그런 사치스러운 놈들을 죽여야 나 같은 낙오자가 세상에 엿 먹일 수 있죠. 저기요, 표적은 제대로 골랐어요. 묻지 마라니 실례되는 소리 좀 하지 마요."

탁 하고 둔탁한 소리가 났다. 돌아보지 않아도 알았다. 진술 내용을 작성하던 미도리카와가 참다못해 키보드를 세게 치고 만 것이다.

키보드에 화풀이하지 마.

나루시마는 말없이 주의를 줬다.

그래도 너는 낫잖아. 들리는 말을 기록하기만 하면 되니까. 당사자와 직접 대화하는 사람의 마음도 생각하라고.

"그럼 지금까지 말한 내용을 시간순으로 정리하지. 사실과 다른 부분이 있으면 바로바로 말해."

첫 구직 활동에 실패한 뒤 몇 번이나 정규직으로 취직하고 싶었지만 실패했고 이직과 퇴직을 반복하다가 자신을 무시하는 사회를 증오하게 됐다.

어딘가 싸구려 신문 기사에 나올 법한 내용이지만 사람이 궤도를 벗어나는 이유는 대개 뻔하기 때문에 놀랍지 않았다. 그러나 뻔한 이유로 일곱 명의 무고한 생명을 앗아갔다는 사실이 가슴에 맺혔다.

지금쯤이면 유족들에게 비보가 전해졌을 터다. 유족들이 황급히 달려올 무렵에 시신은 대학 법의학교실로 이송되어 사법해부에 들어갈 것이다. 그 후 기시와다 경찰서에서 유족들의 확인이 이루어질 예정이었다. 유족이 시신을 확인하는 과정은 경찰의 업무 중 하나지만 이번에는 그 일을 일곱 번이나 해야 한다.

어딘가 후련하고 만족스러워 보이는 사사키요를 앞에 두고 나루시마는 계속 자제심을 발휘했다. 요즘과 달리 취조 녹화가 의무가 아니었던 시대가 부럽다는 생각마저 들 정도였다.

사사키요는 범행에 이르기까지 과정을 세세하게 진술한 뒤 마지막으로 이렇게 말했다.

"형사님, 천하무적이라고 아세요?"

"그게 뭐지?"

"사람은 소중한 존재가 생기면 지키려고 하잖아요. 돈이나 땅이나 가족이요. 그런 것들을 잃기 싫어서 보수적인 사람이 되고 법을 어기고 신상이 털리는 걸 두려워하죠. 그런데 나처럼 가정도 직업도 재산도 지위도 명예도 설 자리도 없는 사람은 잃을 것이 없어서 테러든 범죄든 뭐든 저지를 수 있어요. 무적이란 그런 뜻이에요."

2

범행 현장의 감식 작업은 차질 없이 진행됐다. 충돌 등으로 보닛이 크게 부서진 승합차에서 사사키요의 모발과

체액 외에 렌터카 회사 직원과 이전 사용자의 유류품도 많이 채취됐지만 전부 무시해도 되는 것들이었다.

일곱 남녀가 살해된 길 위야말로 물증의 보물창고였다. 타이어의 흔적을 분석하니 승합차를 운전한 사사키요가 브레이크를 밟은 흔적이 없다는 사실이 판명됐다. 현장에는 엄청난 유혈에 찍힌 사사키요의 족적이 선명하게 남아 그가 살육의 황야를 활보한 사실이 증명됐다. 또 피해자 일곱 명의 옷과 피부에서 사사키요의 땀이 검출됐다. 흉기로 사용된 칼에서는 피해자 네 명의 혈액도 검출됐다. 칼자루에 사사키요의 지문만 남아 있어 이 참극을 일으킨 장본인이 사사키요라는 사실을 입증했다. 게다가 흉기로 사용한 서바이벌 나이프를 사사키요가 9일에 구매했다고 시내 칼 전문점 '와일드 대거'의 점원이 증언했고 사사키요의 진술과 일치했다. 위장복은 인터넷으로 구매했으면서 정작 칼은 오프라인 매장에서 구매한 이유는 인터넷에서 원하는 제품을 찾지 못했기 때문이었다.

하기야 물증을 차치하고 사사키요의 범행을 목격한 사람이 많다. 새삼 오인 체포를 주장하는 목소리는 나올 수 없었다.

사법해부를 실시한 일곱 명은 모두 사사키요가 휘두른

폭력 때문에 사망했다. 우노, 오쿠라, 가코이는 내장 파열, 나머지 네 명은 출혈성 쇼크로 사망했고 대부분 즉사했다. 유족에게 위로가 되지는 않겠지만 죽음에 이르는 고통이 짧았던 것이 그나마 다행이라고 나루시마는 생각했다.

산더미 같은 물증과 사사키요의 진술 조서가 갖춰지자 수사 본부는 사건을 어느 곳으로 송치할지 오사카 지검과 협의했다. 보통 관할을 생각하면 기시와다 지부에 송치해야 하지만 사건의 중대성을 감안해 오사카 지검에서 담당하는 것으로 합의했다. 다만 송치한 뒤에도 나루시마를 비롯한 형사들의 업무는 끝나지 않았다. 피해자 유족에게 시신을 인도하고 상황을 설명해야 한다. 또 언론 대응이라는 성가신 업무가 남아 있다.

시신을 확인하러 방문한 유족들의 반응은 다양했다. 세상을 떠난 가족을 앞에 두고 한마디도 꺼내지 못한 채 우두커니 서 있는 사람, 영안실에서 주저앉아 우는 사람, 시신에 매달리는 사람, 그 자리에 못 박힌 채 서 있는 사람. 하지만 분명한 사실은 저마다 슬픔을 견디고 있었다는 점이다.

반면 당연하게도 각 언론사의 반응은 슬픔보다 분노와

탄식으로 얼룩졌다.

현지 언론사라는 강점 덕분에 재빨리 보도한 언론사는 오사카의 TV 방송국이었다. 사사키요가 체포된 직후 현장에 카메라를 넣어 그 처참한 광경을 안방에 전했다. 고철이나 다름없어진 승합차와 유혈이 낭자한 인도, 사건을 목격한 충격으로 쓰러진 행인. 시신 그 자체보다 현장을 조명하는 편이 더 비극을 강조할 수 있을 때가 있다. 기시와다역 서쪽 출구가 바로 그런 상황이었다.

오사카 지역 TV 방송국은 목격자의 목소리도 여럿 담았다. 사건 직후에 취재한 목격담이었기 때문에 당시의 공포와 피비린내 나는 참상이 여실히 전해졌다.

—마치 폭풍이 몰아친 것 같았어요. 아무 예고도 없이 들이닥쳐서는. 차로 세 명이나 치면 보통은 운전자도 당황하잖아? 그런데 그 남자는 차에서 내려서 커다란 칼까지 휘둘렀어요. 그야말로 악마 같았다니까.

—처음부터 눈빛이 정상이 아니었어요. 그 인간, 약을 한 게 분명한 눈이었다고요.

—워낙 순식간에 벌어진 일이라……. 잘 모르긴 하지만 테러가 나면 분명 그런 광경 아닐까요? 차에 치인 세 명도 안됐지만 칼에 찔린 네 명은 참……. 할머니와 여고

생과 어린 남자아이였잖아요. 자기보다 약한 상대를 고른 거죠. 그걸 보면 마약 같은 걸 해서 심신상실이었다고 주장해도 절대 믿을 수 없어요. 판단력이 그렇게 정확할 수가 없던데요.

—그 미친놈이 위아래로 위장 군복을 입었더라고. 군인인지 뭔지는 모르지만 진짜 군인이나 자위대원을 모욕하는 짓거리지. 인간이라면 어떻게 그런 짓을 저지를 수 있겠어, 짐승만도 못한 놈.

—어쨌든 초등학생 남자아이가 너무 불쌍해요. 범인과 힘 차이가 너무 많이 나서 아무런 저항도 못 했어요. 몇몇 사람들이 저지하려고 했지만 정수리부터 피를 뒤집어쓴 남자가 엄청 큰 칼을 휘두르니 아무도 다가갈 수 없었죠. 경찰이 오지 않았다면 피해자는 더 늘었을 거예요.

다음 날 11일, 오사카 부경 부본부장은 사건 경위, 사사키요 마사이치가 거주하는 구區와 이름을 공개했다. 사사키요의 체포와 이름 공개는 한 세트였고 부경 본부로서는 사건 종결을 인식시키려는 의도였다.

지금까지 은둔형 외톨이가 일으킨 사건은 적지 않았지만 사사키요가 저지른 범행은 단연 압도적으로 흉악했다. 여성과 노인을 살해하고 마지막으로 초등학생의 목숨을 빼앗은 점이 결정적이었다. 동서양을 막론하고 아이를 살해한 범죄는 경멸의 대상이다. 범죄자들 사이에서도 철저하게 멸시당할 정도니 일반 시민은 말할 것도 없었다.

인터넷에서는 금세 사사키요를 향한 비난이 터져 나왔다.

—또 방구석 찐따야? 그 자식들 정말 노답이네.

—은둔형 외톨이인 것보다 직업이 없는 게 더 문제야. 이런 범죄를 저지르는 놈들은 대부분 백수라고. 평범하게 직장에 다니는 사람은 이런 요란한 사건을 일으킬 생각도 시간도 없어.

—아니, 이건 당연히 본인에게도 책임이 있지만 예비 범죄자를 그대로 방치하는 국가 정책에도 문제가 있어. 정규직이든 비정규직이든 취업률을 더 올리지 않으면 이런 범죄자는 끊임없이 나올 거야, 정말로.

—또 자기책임론이 판치는 분위기인데 어쩔 수 없는 문제인가. 비정규직이나 은둔형 외톨이가 범죄를 조장하는 원인이라는 주장은 논점 흐리기야. 그렇게 따지면 이 세상 은둔형 외톨이는 모두 예비 범죄자라는 말이잖아. 보도 방식이 편향돼서 은둔형 외톨이의 범행이 눈에 띄는

듯하지만 이건 은둔형 외톨이가 증가했기 때문에 당연한 현상일 뿐이야. 이번 사건의 원인을 사회보장제도가 미비한 탓으로 돌리는 건 헛다리 짚기야.

—이 남자는 즉시 사형에 처해야 합니다. 무슨 일이 있었는지 모르고 알고 싶지도 않지만 자기 기분이 나쁘다고 사람을 마구잡이로 죽이는 건 인간이 할 짓이 아닙니다. 인간이 아닌데 우리가 내는 세금으로 감옥에서 먹고 산다니 말이 됩니까? 세금은 그런 사람들을 먹여 살리려고 내는 게 아닙니다!

—일곱 명이나 되는 고귀한 생명이 지다니 피해자와 유족들에게 어떤 말을 해야 할지 모르겠네요. 유족들이 범인에게 복수할 방법이 없을까요?

—백수에 부모님과 함께 살잖아. 그러면 같이 사는 가족에게도 관리 책임이 있는 거 아냐?

수사 본부는 부본부장이 기자회견을 하기 전후로 사사키요의 집을 가택 수색했다. 범행 현장에서 수집한 물증만으로도 송치하기에는 충분했지만 중대 사건이기 때문에 신중에 신중을 기해야 했다. 정상참작 등 여지를 한 톨도 남기지 않도록 모든 증거를 긁어모으는 것이 본부의 방침이었다.

기시와다 경찰서의 나루시마와 미도리카와도 가택 수색에 동행했다. 사사키요의 방에서 범행 계획표나 범행 성명문을 발견하면 좋겠다고 수사 본부는 생각했지만 성과는 그리 대단하지 않았다.

방에 들어가자마자 쉰내가 코를 찔렀다. 마치 식물이 썩은 것 같은 냄새였는데 방에 관엽식물은 하나도 없으니 분명 사사키요의 체취가 배어서 나는 냄새일 것이다.

공허하고 음침한 공간이라는 것이 나루시마가 받은 첫 인상이었다. 책장에는 만화책 몇 권과 미스터리 소설이 꽂혀 있었다. 하나같이 베스트셀러로 방 주인의 취향은 보이지 않았다. 모서리가 완전히 바랜 구인 잡지가 초라하게 놓여 있었다. 외출을 하지 않아서인지 옷장에는 추리닝 세트 두 벌과 캐릭터 티셔츠만 있었다.

어린 시절부터 사용한 듯한 책상을 지금도 쓰고 있었다. 책상 위에는 평면 TV와 게임기기가 나란히 놓여 있었다.

"무섭도록 개성 없는 방이네요."

미도리카와가 기가 막힌다는 투로 중얼거렸고 나루시마도 같은 생각이었다. 적어도 방에서는 주인의 이상한 점을 찾기는 어려웠다.

하지만 나루시마는 실망하지 않았다. 최근에 감식반에서 올라온 보고에 따르면 압수한 사사키요의 스마트폰을 잠금 해제하는 데 성공했다고 한다. 방에서는 사사키요의 특이점을 찾을 수 없지만 스마트폰에는 무궁무진한 개인 정보가 있다. 그 속에서 습격의 증거를 기대해 볼 만했다.

사사키요와 함께 사는 가족은 아버지인 가쓰노부뿐이었다. 가택 수색을 받은 가쓰노부는 분노하지도 한탄하지도 않았다. 초연하게 고개를 숙이고 오로지 사죄의 뜻만 나타냈다. 사사키요와 꼭 닮은 해탈한 듯한 표정이었다.

"아들이 그런 짓을 저질러 죄송합니다."

가쓰노부는 정수리가 보일 정도로 고개를 숙였다. 사사키요의 진술조서를 작성한 직후, 가쓰노부에게 아들이 체포 후 구속됐다는 소식을 전했다. 수화기를 들고 말문이 막힌 가쓰노부는 어떤 심정으로 이틀을 보냈을까. 수많은 가해자 가족을 만났던 나루시마는 대략 짐작이 갔다.

"집을 어지럽혀서 죄송합니다. 사건과 관계 있다고 판단한 물건 외에는 조속히 돌려드리겠습니다."

"다 가져가셔도 상관없소. 아니, 돌려주지 않아도 괜찮아요. 어차피 아들놈은 다시는 돌아오지 못할 테니."

일곱 명이나 살해했으니 극형을 면할 수 없다. 설령 책임능력 결여를 인정받더라도 평생 의료교도소에 갇힐 것이다. 아니, 그래야만 한다.

"아드님은 어떤 사람입니까?"

"그걸 말한다고 뭐가 달라집니까? 효심 깊은 사람이면 죄가 가벼워진답니까?"

가쓰노부는 저자세였지만 말투는 다소 도발적이었다.

"그런 말씀을 하시니 마음이 불편하군요."

"내가 형사님을 불편하게 했다고요? 아들에게 수갑을 채운 사람은 형사님이니 괴롭히는 사람은 내가 아니라 그쪽 아닙니까."

"평소 아드님의 품행이 판결에 영향을 줄 가능성이 아예 없지는 않습니다."

"품행이라."

가쓰노부는 숨을 내뱉듯 깊이 탄식했다.

"품행이고 나발이고 오 년이나 전부터 방에 틀어박혀 살았소. 외출이라고 해봤자 일주일에 한 번, 집과 편의점을 오가기만 했을 뿐 누구와 대화를 나눈 적도 없고."

"아버님 말고 교류한 사람은 없습니까?"

"나라고 제대로 이야기나 나눴겠습니까? 녀석은 원래부터 제 엄마 껌딱지였어요. 학생 때도 나와는 별로 대화하지 않았습니다."

"아드님의 면허증을 보면 최근 발급일이 이 년 전인 12월이더군요."

"아무리 밖에 나가는 걸 싫어해도 면허 갱신 정도는 하지 않소. 요즘은 면허가 없으면 취직할 때 지장이 있으니까."

"아드님은 오 년 전부터 방에 틀어박혀 살았죠?"

"더는 구인 잡지도 보지 않고 구직 활동을 하지 않았지만 그래도 어쩌면 하는 생각에 미련을 못 버린 셈이죠. 형사님은 그런 적 없습니까?"

적극적으로 구직 활동할 의욕은 사그라들었지만 실낱 같은 희망을 버리지 못하고 면허만 갱신했다.

기분이 가라앉는 이야기지만 이번에는 단순히 우울한 것으로 끝나지 않았기에 문제였다. 만약 사사키요가 면허를 갱신하지 않았다면 렌터카를 빌릴 수도 없었을 테니.

"아드님은 9일 저녁에 렌터카를 빌렸습니다. 그 후 집으로 돌아왔습니까?"

"차를 빌린 사실도 집으로 돌아왔는지 안 돌아왔는지도 모르오."

가쓰노부는 십이 년 전에 오랜 기간 근무한 렌즈 제조 공장을 정년퇴직한 뒤 청소회사에 재취업했다고 한다. 언제나 저녁 7시 넘어서 집에 돌아오며 식사도 따로 해서 사사키요와 얼굴을 볼 기회도 없었다고 한다.

"아무튼 방에 틀어박혀 지내서 집에 있는지 없는지도 몰랐소."

"하지만 렌터카를 빌렸지 않습니까."

"차를 빌렸어도 집 앞에 대야 알죠. 그런데 차가 없었소. 아마 동네 골목 어디에 주차했겠지. 이 동네 주민들은 아무렇지 않게 길가에 차를 세우거든."

렌터카회사의 영업소에 문의한 바로는 사사키요가 9일에 방문했을 때 셔츠에 청바지 차림이었다고 한다. 흉기를 챙기고 위장복으로 갈아입어야 하니 일단 집으로 돌아와 준비했으리라 판단했다. 실제로 본인이 그렇게 진술했다.

"최근 며칠 아드님의 상태에 변화는 없었습니까?"

"형사님, 말귀 못 알아먹소? 놈과는 얼굴도 제대로 마주치지 않았다고. 만나지도 않는데 상태가 어떤지 어떻게 압니까."

말도 못 붙일 정도로 찬바람 부는 태도였다. 하지만 사건을 담당한 수사관으로서 최소한 충고는 해야 한다고 생각했다.

"아드님의 이름과 거주지, 얼굴 사진이 공개됐습니다. 높은 확률로 사람들이 댁으로 찾아 와 온갖 비난을 퍼부을 우려가 있습니다. 혹시 중대한 피해를 입으면 가장 가까운 파출소에 신고하세요."

"아, 그런 건 상관없소."

가쓰노부는 한 손을 홰홰 저었다. 그 행동도 사사키요와 똑같았다.

"일곱 명이나 죽였잖습니까. 심지어 그중 네 명은 힘없는 여자와 아이고. 세상 사람들이 화내는 것도 당연하고 아버지인 내게 그 화살이 날아오는 것도 어쩔 수 없지."

제법 장한 마음가짐이라고 생각했는데 그다음 날아온 말에 그 생각이 사라졌다.

"나도 가만히 앉아서 당하고만 있을 생각은 없고."

가택 수색을 마치고 수사 본부로 돌아오자 감식 보고가 기다리고 있었다. 사사키요의 스마트폰 데이터 분석이 거의 끝났다고 한다.

"칼 전문점은 인터넷에서 검색한 것 같네요. 검색 기록이 분명히 남아 있습니다."

분석을 맡은 감식관은 지극히 사무적인 어조로 말을 이

었다.

"최근 검색 기록은 칼에 관련된 내용뿐입니까?"

"그것 말고는 무료 만화 사이트와 즐겨 찾는 성인 사이트를 들락날락했어요. 다만 최근 검색 기록 스무 건 중 다섯 건이 마음에 걸리더군요."

감식계가 작성한 보고서에는 다음과 같은 정보 사이트가 나열되어 있었다.

❖ 기시와다역 러시아워 상황
❖ 신취업빙하기시대를 보낸 사람들의 증언
❖ 사람 급소
❖ 서바이벌 나이프 다루는 법
❖ 형법 제39조 찬반 논란

"굉장히 투명한 검색 내용이네요."

어깨 너머로 보고서를 읽던 미도리카와가 반쯤 어이없다는 듯 중얼거렸다.

"본인도 휴대폰을 분석 당할 줄 몰랐겠지. 설령 예상했다고 해도 범행 후에 드러나는 것은 상관없다고 생각했을 거야. 아무튼 이 검색 기록은 사사키요의 범행 동기를 뒷받침하는 증거가 될 수 있어."

"증거가 더는 없다고 해도 검찰 측이 유리한 건 변함 없긴 하죠."

미도리카와의 지적은 타당했고 반론의 여지는 없었다. 조사할수록 사사키요의 목에 건 목줄을 더욱 조이는 것 같았다.

그러나 거슬리는 점이 있었다.

극히 일부지만 인터넷에 사사키요를 옹호하는 목소리가 등장한 것이다.

—사사키요는 시대의 피해자야. 신취업빙하기가 아니었다면 그 사람이 흉악범죄를 저지를 일도 없었어. 가해자는 신규 채용을 꺼린 대기업 아닌가?

—사사키요와 처지가 같은 사람이 많아. 이 나라의 비정규직은 모두 그래.

—일곱 명이나 살해한 건 확실히 너무 심했어. 하지만 사사키요의 심정도 뼈저리게 이해해.

—핑계 없는 무덤은 없는 법.

악명 높은 대형 익명 사이트를 비롯해 뉴스 사이트 댓

글창에도 간간이 감춰지지 않는 음험한 생각들이 수면으로 떠올랐다. 아무리 그래도 피해자들을 조롱하는 댓글은 없다. 하지만 오로지 사사키요를 비난하던 목소리로 가득 찬 가운데 그 사이로 대세를 역행하는 목소리가 불쑥 솟아올랐다.

사사키요를 옹호하는 목소리는 반사회적인 견해라며 금세 반박당했지만 그들도 가만히 있지 않고 맞받아쳤다.

중대 사건 범인의 부모가 비난받아야 한다면 그런 죄인을 낳은 사회도 비난받아야 마땅하지 않나.

애초에 문제의 본질은 사회 격차 때문 아닌가.

논점이 어느새 자기 책임론과 사회보장제도의 문제로 변질되는 상황을 지켜보면서 사사키요처럼 세상을 원망하는 사람이 아직도 곳곳에 도사리고 있다는 사실을 여실히 깨달았다.

4월 12일, 사사키요 마사이치의 신병이 오사카 지검에 송치된다는 소식을 각 언론사가 보도했다. 물증이 많은 데다 본인이 자백했기 때문에 사사키요의 송치는 곧 사건의 종결을 뜻한다고 생각하는 사람이 대부분이었다.

그러나 착각이었다.

사사키요의 송치는 제1막이 내린 것에 불과할 뿐 곧 제

2막이 오른다는 사실을 이때는 미처 몰랐다.

제2막의 개막 신호는 폭발음이었다.

3

4월 14일 오전 11시 35분. 오사카 지방검찰청 사무국 총무과.

점심을 먹으러 나갈 시간이라 사무실에 직원이 절반 정도 줄었다. 과장인 니시나 무쓰미는 전체 작업의 진척 상황을 지켜보며 드나드는 사람들을 체크했다.

요즘 민간에서는 작업의 시각 제어를 추진해 부하 직원이 사용하는 컴퓨터를 모니터링할 수 있는 시스템이 도입했다고 한다. 확실히 작업 현황을 상세하게 파악할 수 있는 점은 관리직으로서 편리하지만 자신이 속한 과에 도입되기를 바라지는 않았다. 실무자 입장에서는 종일 감시당하는 기분이 들어 불안해서 작업 효율이 크게 높아질 것 같지 않기 때문이었다. 애초에 니시나 본인도 감시당하면 동기부여가 되지 않는 사람이기 때문에 자신이 당하고 싶지 않은 일은 타인에게도 강요하고 싶지 않았다.

사무실에 남은 직원이 절반 정도로 줄자 한산해졌다. 책상 한 줄 너머에는 오전에 배송된 우편물이 마에다 옆에 놓여 있었다. 상자에 가득 담긴 우편물을 각 과에 분류하는 일은 총무과의 업무였다. 단순 작업이기에 매주 교대로 맡고 있으며 이번 주 담당은 마에다였다.

마에다는 우편물 더미를 바라보더니 우울한 얼굴을 숨기지 않았다. 평소라면 얼굴에 불만을 드러내지 말라고 주의하고 싶었겠지만 최근 이틀은 그럴 만하다는 생각도 들었다. 우편물의 대략 절반이 기시와다역 앞에서 벌어진 묻지 마 사건과 관련된 것이었기 때문이다.

추가된 수사자료에 의대 법의학교실에서 제출한 부검 보고서 등 피해자가 일곱 명이나 되기 때문에 문서량도 유난히 많았다.

사무관을 비롯한 직원들은 주로 후방지원 업무를 수행하지만 그렇다고 사건에 무관심하지는 않다. 기시와다역 사건은 근래 관할 구역에서 일어난 사건 중 드물게 중대한 사건이며 범행 내용이 잔학해서 가슴 아파하는 직원이 많았다.

피해자 유족이 보낸 우편물은 발신인 이름과 주소 외에 수신인까지 수기로 작성해서 금방 알아볼 수 있었다. 열어 보지 않아도 내용이 짐작이 갔다. 무슨 일이 있더라도 반드시 사사키요 마사이치를 기소해 법정에서 죄를 물어 달라는 내용이다. 피해자 유족의 우편물이 아니면 일반 시민들이 보낸 질타가 대부분이었다. 불의에 분노하거나 정의감에 사로잡힌 시민은 수없이 많지만 이번 사건은 특히 분노를 표출한 편지를 보내오는 사람이 적지 않았다. 물론 우편물뿐 아니라 사사키요의 신병이 오사카 지검으로 송치된다는 사실이 보도된 그저께부터 지검의 공식 홈페이지 '의견 · 건의 보내기'에는 이미 게시글이 이천 개 이상 올라왔다. 니시나도 슬쩍 들여다봤는데 하나같이 감정을 노골적으로 드러낸 게시글이어서 다섯 개나 읽으니 명치가 욱신거리는 기분이었다.

그러나 홈페이지에 올라온 게시글보다도 역시 손 편지가 더 무시무시했다. 봉투에서부터 원성이 들려오는 기분이 들었다. 그런 편지들을 하나하나 분류하는 마에다의 마음을 헤아리면 동정심이 들 수밖에 없었다. 마에다는 천성이 섬세한 남자라서 타인의 악의에 쉽게 타격을 받는 경향이 있다. 상사로서 방관할 수도 없는 노릇이었다.

결심한 니시나는 마에다의 자리로 다가갔다.

"마에다 씨, 좀 괜찮아?"

"과장님."

"우편물이 쌓여 있네."

"아, 죄송합니다, 죄송합니다."

"당연히 그럴 만하다고 생각해. 어제부터 갑자기 우편물이 늘었으니까. 힘에 부치면 도와줄 사람을 붙여줄까?"

"아뇨."

마에다는 고개를 살짝 저었다.

"이번 주 담당은 저잖아요. 배려해 주셔서 감사합니다."

"힘들면 다른 사람에게 부탁해도 돼. 그 일은 마에다 씨의 업무가 아니라 총무과의 업무니까. 마에다 씨가 무리하는 바람에 실수가 나오면 총무과 전체가 피해를 입거든."

"네, 죄송합니다."

"분류 작업이 보통 힘든 일이 아니지? 봉투에 자필로 적힌 이름과 주소만 봐도 원망이 가득 느껴지니까 말이야."

"지검에서 받는 문서 중 구십 퍼센트 이상은 봉투에 이름과 주소가 인쇄되어 있거나 인쇄된 라벨지가 붙여져 있으니까요. 가끔 자필로 적힌 우편물을 받으면 좀 섬뜩해요."

"그건 너무 엄살 아니야?"

"이번 사건에 한해서는 어떻게 말하든 과장된 표현은 아니에요. 과장님은 인터넷 대형 사이트 게시판 같은 거 보세요?"

"너무 한가해서 시간이 남아돌 때."

"거긴 정말 지독해요."

"여자와 여덟 살짜리 아이까지 살해당했으니 그럴 만도 하지."

오사카는 인심 좋은 도시라고 불린다. 오사카 사람인 니시나도 그 말을 부정하지 않지만 인심이 후하다는 표현은 달리 말하면 불의에 분노하는 방식도 그만큼 심하다는 뜻이다.

"기시와다는 오사카부에서도 그런 분위기가 강한 편이긴 하지."

"글쎄요, 사람들이 범인을 증오하기만 한다면 그럴 수 있다고 생각해요. 차로 세 명을 친 뒤에 누가 봐도 자신보다 약한 사람만 노려 공격했으니까요. 사람들이 분노하는 것도 당연하죠. 제가 지독하다고 생각하는 건 사사키요를 옹호하는 사람들의 주장이에요."

"아, 사사키요야말로 잃어버린 세대의 대변자라고 떠들어대는 그거 말인가."

"사사키요가 오사카 지검에 송치된다는 보도가 나간 뒤 그런 목소리가 나날이 커지는 것 같아요. 본래 관할인 기시와다 지부가 아니라 오사카 지검으로 송치하는 이유는 검찰, 나아가 국가가 사사키요를 철저히 단죄해 본보기로 삼을 심산이라고."

"본보기라. 오사카 지검이든 기시와다 지부든 기소 내용과 구형은 똑같을 텐데. 남들 눈에는 오사카 지검이 험악해 보이나?"

"사사키요가 사형 판결을 받으면 명예롭게 전사戰死하는 것처럼 보일 테고 그럼 그에게 동조하는 사람들에게 그를 따라 행동해야 한다는 인식을 줄 수 있어요. 사사키요가 영웅이라고 착각하고 있거든요. 그냥 테러리스트일 뿐인데."

"그 말은 테러리스트에게 실례야."

니시나는 마에다의 옆에 앉아 상자에 담긴 우편물을 분류하기 시작했다. 그 모습을 본 마에다가 송구스럽다는 듯 손을 부지런히 움직였다.

"아무리 악랄한 테러리스트라도 이념 한 조각은 있겠지. 하지만 사사키요에게 그런 거창한 건 없어. 그 사람은 세상에 불만이 그득해서 마음이 꼬였고 인정 욕구를 가장 저속한 형태로 표출한 애새끼야. 수염을 기른 중학생이라고. 아, 이 말은 또 중학생한테 실례려나."

운과 환경이 좋지 않다고 해서 아무 관계도 없는 사람에게 화풀이하는 행동은 어린아이와 같다. 아이가 떼를 쓰면 그나마 귀엽기라도 하지 성인이 그러면 그저 추악할 뿐이다.

"인터넷에는 창피한 줄 모르는 글을 쓰는 인간들이 많아서 보기만 해도 기분이 나빠. 그래도 인터넷에서 구시렁거리는 놈들은 전체의 오 퍼센트밖에 안 된다는 이야기도 있더라고. 고작 오 퍼센트밖에 안 되는 불평불만에 휘둘리는 건 바보 같아."

"그건 그래요."

"그래도 총무과는 나은 편이라고 생각하지 않아? 형사부나 공판부 소속 사무관들은 이 편지들을 읽고 일일이 기록해야 하잖아. 독을 먹는 것이나 마찬가지지. 심지어 배 속에 들어가면 배출도 안 되고 해독제도 없잖아. 그런 리스크를 안고 일해야 하다니 정말 딱하다니까."

"맞아요."

마에다는 손을 움직이면서 대답했다. 니시나와 나눈 대화 때문에 잠시나마 시름을 덜었는지 조금 전보다 속도가 붙었다.

"사람의 악의나 비극과 직접 마주하는 일이니까요."

"죄의 무게를 재는 일이나 정상참작은 법원이 하는 일이야. 검찰청이 하는 일은 기소하고 재판에 부치는 것이지. 그렇게 분명하게 구분하면 잡음도 신경 안 쓰이지 않을까."

"과장님의 표현은 분명하게 구분하는 수준이 아니라 칼로 베어내듯 단호한데요. 얼마 전 술자리에서도 사무관이 하는 일은 참수에 사용할 칼을 온 힘을 다해 가는 것이라고 큰소리로 말씀하셨죠."

"그때는 계급장 떼고 마시는 편한 자리였잖아."

"상사가 앞장서서 허물없는 분위기를 유도하다니 이상해요."

한담을 나눌 수 있는 상태라니 한숨 놓았다. 니시나는 우편물을 분류하던 손길을 멈추고 자리에서 일어났다.

"상사 놀릴 여유가 있는 걸 보니 내가 도와줄 필요는 없겠네."

"과장님."

"마에다 씨, 삼십 분만 있으면 쉬는 시간이잖아. 그때까지 힘내."

니시나가 발길을 돌린 순간이었다.

아무런 예고도 없이 귀청을 찢는 굉음과 함께 갑자기 등 뒤의 공기가 변했다.

등에 열이 느껴졌을 때 니시나는 이미 앞쪽으로 날아가 있었다.

무슨 일이 벌어졌다.

니시나는 생각할 겨를도 없이 바닥에 처박혔고 메케한 냄새가 코에 가득 찼다. 갑자기 시야가 캄캄해졌고 청각도 마비됐다.

통증은 한발 늦게 찾아왔다. 되살아난 청각이 바닥에 나동그라진 물건들의 소리를 잡아챘다.

고개를 들자 뿌연 연기 속에 종이가 흩날리고 있었다. 너무나 명백해서 모를 수가 없는 화약 냄새가 코를 찔렀다.

무슨 일이 일어났다.

주저주저 돌아보니 마에다가 의자째 날아가 있었다. 하얀 연기는 마에다를 중심으로 퍼졌다. 화약 냄새에 피 냄새가 섞여서 니시나는 욕지기가 치밀어 올랐다.

무슨 일이 생겼다.

마에다의 양팔 끝이 붉게 물들었다. 출혈이 심했고 손가락 열 개가 무사히 붙어 있는지조차 파악할 수 없었다.

마에다 외에 다른 직원도 예외 없이 바닥에 쓰러져 있었다. 그러나 가장 심각하게 다친 사람은 마에다 같았다.

"누가 좀 도와줘요!"

니시나가 소리치는 동시에 화재경보기가 요란하게 울렸다. 그 소리에 니시나의 목소리가 지워졌다. 스프링클러가 작동하며 천장에서 물이 쏟아져 내렸다. 눈 깜짝할 사이에 몸이 흠뻑 젖었다.

마에다를 만지려다가 도중에 손길을 멈췄다.

이런 상황에서 무턱대고 부상자를 움직여도 괜찮을까?

"빨리요! 제발 빨리 좀 와 봐요!"

화재경보기가 반응했지만 드문드문 가장자리가 불타는 종이만 떨어져 있을 뿐 불길이 치솟지는 않았다. 그러나 파괴 흔적은 역력했다. 책상 위에 있던 서류는 모두 타거나 공중에 흩날렸고 플라스틱 캐비닛은 사방에 흩어져 있었다. 컴퓨터 모니터가 깨지고 키보드도 절반이 날아갔다.

뿌연 연기가 걷히자 마에다의 모습이 더욱 선명해졌다. 얼굴은 피투성이였고 앞머리는 그을렸다. 니시나는 그제야 비로소 폭발물이 존재했을 가능성을 깨달았다.

"마에다 씨. 마에다 씨."

니시나가 아무리 이름을 불러도 눈을 뜨지 않았다.

말도 안 된다.

어째서 마에다처럼 성실한 직원이 비극에 휘말려야 하는가.

"구급차. 빨리 구급차 불러!"

니시나의 목소리가 닿자 옆줄 책상에 있던 직원 한 명이 달려왔다. 그런데 그 직원은 마에다에게 다가가기 전에 니시나의 손을 잡았다.

"왜, 왜 그래?"

"과장님, 지금 당장 로비로 나가세요."

"마에다 씨는?"

"지금 구급차를 불렀습니다. 저희가 마에다 씨를 데리고 나갈 테니 과장님도 빨리 응급 처치를 받으세요."

"내가 왜 응급 처치를 받아?"

"모르세요? 과장님도 많이 다치셨어요."

듣고 보니 등이 이상하게 뜨거웠다. 손을 뒤로 돌려 만지니 셔츠가 찢어져서 드러난 피부가 짓무른 상태였다.

그 순간 극심한 통증이 덮쳤다.

나도 폭발에 휘말렸구나.

등을 크게 다친 듯했지만 스스로 확인할 수 없었다. 다만 목 뒤에서 머리카락 타는 냄새가 났다. 사무실에 거울이 있지 않나 생각하던 니시나는 갑자기 사고가 끊기더니 정신을 잃었다.

✣✣✣

폭발음을 들었을 때 사무관인 소료 미하루는 사무실로 전달받은 수사자료를 대조하고 있었다.

건물 전체를 뒤흔드는 진동은 아니었지만 그래도 형사부가 있는 층까지 울려 퍼진 소리는 심상치 않은 분위기를 풍겼다. 그리고 몇 초 후 화재경보기가 울렸다.

—건물 밖으로 대피하세요. 건물 밖으로 대피하세요.

침착하게 안내하는 기계음이 도리어 긴장감을 유발했다. 미하루는 눈에 보이는 수사자료를 상자에 급하게 집어넣고 사무실을 뛰쳐나갔다.

복도에도 비상 안내가 흘러나왔고 다른 사무실에서도 검사와 사무관들이 당황한 얼굴로 나왔다. 그래도 엘리베이터를 타는 우를 범하지 않고 질서정연하게 비상계단에 줄지어 서다니 대단했다.

비상계단은 처음 이용하지만 공황에 빠진 상태여서 색

다른 기분을 느낄 새도 없었다. 한시라도 빨리 청사를 빠져나가느라 정신이 없었다.

간신히 1층에 도착해 청사 밖으로 나갔다. 육안으로 보기에는 불이 나거나 연기가 피어오르지는 않았지만 희미하게 화약 냄새가 났다.

그런데 청사 밖은 내부보다 더 어수선했다. 소방차 세 대와 경찰차 두 대, 그밖에 ABC 아사히 방송 중계차가 가득했다. 생각해 보니 아사히 방송 TV 본사는 합동청사와 가까운 곳에 있었다.

부상자로 짐작되는 직원들이 들것에 실려 청사 정문으로 나갔다. 응급 처치로 붕대를 감고 있는 사람, 셔츠가 군데군데 찢어진 사람, 들것에 실릴 정도로 다치지는 않았지만 구급대원의 부축을 받으며 나오는 사람.

"1층에서 폭발이 일어났나 봐."

"가스 폭발이라도 났나?"

"가스를 사용하는 탕비실은 무사하다던데."

"그럼 테러인가? 그게 아니라면 건물 안에서 폭발 같은 게 일어날 리 없잖아."

대피한 직원들의 대화가 귓가로 흘러들어오는데 문득 마음에 걸리는 말이 들렸다.

"폭발이 일어난 곳이 총무과래."

총무과는 미하루와 친한 니시나 과장이 있는 부서다. 니시나는 다른 과 상사지만 여러모로 미하루를 챙겨주고 쉬는 시간에 말도 걸어준다. 자타가 공인하는 소식통인데 어쩌면 오사카 지검의 정보는 모두 니시나가 관리하는 것 아닌가 의심스러울 정도였다.

미하루가 눈으로 니시나를 찾기 시작했다. 아스팔트 위에 주저앉은 사람이나 망연자실해서 가만히 서 있는 사람 중에 니시나의 모습은 보이지 않았다. 설마 하는 의심이 급속도로 미하루의 불안을 자극했다.

참다못해 대화를 나누던 직원들 사이에 끼어들었다.

"실례합니다. 니시나 과장님은 무사하신가요?"

직원들이 서로 마주 보더니 잘 모르겠다는 듯 고개를 저었다.

"안 보이던데요."

"나도 못 봤어요."

불안감이 등줄기를 타고 스멀스멀 기어오를 때 지금 막 건물 밖으로 나온 들것 위에서 니시나를 발견했다.

"과장님!"

주위의 만류를 뿌리치고 들것으로 달려들었다. 니시나

는 등을 다친 듯 엎드려 누워서 고개를 미하루 쪽으로 돌린 자세였다.

"부상자를 만지면 안 됩니다."

구급대원의 날카로운 목소리에 걸음을 멈췄다.

"니시나 과……, 이 사람 부상이 심각한가요?"

"정신을 잃었지만 심각한 외상은 보이지 않습니다. 하지만 외상만으로 속단할 수는 없어요."

"저기, 피해자가 많은가요?"

"죄송하지만 저도 아직 모릅니다."

"그렇군요. 과장님을 잘 부탁드립니다."

저도 모르게 머리를 숙였다. 니시나를 실은 구급차는 사이렌을 울리며 청사를 빠져나갔다. 그 장면을 아사히 방송의 카메라가 담았다.

두 시간 후, 발화나 연쇄 폭발 위험성이 없다고 판단되어 청사 출입이 허가됐다. 그러나 폭발의 중심이 된 1층 사무실은 오사카 부경 본부와 후쿠시마 경찰서의 수사관들과 소방관들 외에는 출입 금지 구역이 됐다.

지검 상부는 아직 공식 발표를 하지 않았다. 아마 부상자가 이송된 병원과 조사 중인 소방서로부터 상세한 정보를 확보하고 있는 듯했다.

그런데 공식 발표를 하지도 않았는데 지검 내에서는 확인되지 않은 정보와 확실한 정보가 난무했다. 그중에서 비교적 믿을 만한 정보를 모으자 점차 사건의 윤곽이 잡혔다.

우선 폭발 현장이 총무과 사무실이었던 점은 분명하다. 마침 점심시간이어서 직원 절반이 자리를 비웠기 때문에 다행히 피해자는 매우 적었다. 긴급 이송된 직원 여섯 명 중 한 명은 중상자, 다섯 명은 경상자였다. 니시나는 등에 가벼운 화상만 입었다.

중상자 한 명은 마에다 사무관이었다. 양손의 손가락 몇 개가 잘려 날아갔고 얼굴도 심하게 다쳤다고 한다. 불행 중 다행으로 생명에 지장은 없었다.

직원 대부분 우편물에 폭발물이 섞여 있었으리라 추측했다. 우편물 분류 담당이었던 마에다만 중상을 입은 이유도 그 때문이라고 생각했다.

가장 큰 의문은 누가 어떤 목적으로 폭발물을 보냈느냐였다. 타이밍을 생각하면 기시와다역 묻지 마 사건과 연관이 있다고 짐작할 수밖에 없었다. 그러나 문제의 우편물을 확인한 마에다가 혼수 상태라서 진위를 확인할 방법이 없었다.

다음 날 경상자가 무사히 퇴원한 동시에 사무국장이 전 직원에게 사건의 경위를 설명했다.

부경 본부의 감식과와 과학수사연구소가 조사 및 분석한 결과, 어제 지검으로 배송된 우편물에 폭탄이 설치되어 있었을 가능성이 큽니다. 폭발물의 종류와 사용된 화약은 현재 분석 중인데 현장에서 채취한 부품 잔해를 살피니 휴대폰 단말기를 사용한 것 같다는 견해가 나왔습니다.

피해자는 중상자 한 명, 경상자 다섯 명으로 총 여섯 명입니다. 경상자는 오늘 퇴원했고 중상자는 생명에는 지장이 없지만 부상이 심각해서 전치 몇 주 진단을 받았다고 들었습니다.

우리 청을 표적으로 삼은 목적은 현재 알 수 없습니다. 부경 본부가 우편물을 보낸 범인을 특정하고자 수사를 시작했습니다. 우리 청의 모든 직원은 외부 잡음에 현혹되지 말고 업무에 매진해 주시기 바랍니다. 또한 다들 아시겠지만 사건과 관련된 발표는 전부 검찰 공보관이 담당합니다. 청사 밖에서 언론사가 인터뷰를 요청하면 전부 노코멘트로 일관해 주시기 바랍니다. 이상 사무국에서 알려드렸습니다.

사무국장은 전 직원에게 단체 메일을 보내 설명했다. 일방적인 발신이기에 질의응답 할 기회도 없이 개운하지 않은 설명으로 끝났다.

점심시간에 흡연 구역으로 걸음을 옮기니 아니나 다를까 니시나가 있었다. 붕대를 감거나 반창고를 붙이지는 않았지만 머리가 짧아졌다. 머리카락이 탄 부분을 잘라낸 듯했다.

“이런 곳에 와도 괜찮으세요?”

“난 원래 골초잖아.”

“여기 연기 냄새가 배어 있잖아요.”

“아, 화약 냄새가 떠오를까 봐? 괜찮아, 괜찮아. 그렇게 일일이 신경 쓰면 괜히 더 트라우마가 생기거든.”

“재앙이었어요.”

“그 말은 마에다 씨에게 해 줘.”

천성이 쾌활한 니시나도 분한 감정을 감추지 못했다.

“얼굴 상처도 심하지만 손은 더 심각해. 오른손은 손가락 다섯 개 모두, 왼손은 집게손가락과 가운뎃손가락를 잃었어. 현장에서 잘린 손가락은 찾지 못해서 사실상 접합이 불가능하다더라고. 사무직으로서 치명상이지. 마에다는 밤 늦게야 의식을 찾았는데 손가락이 사라진 손을 보고 통곡했대. 그것도 부경 형사가 보는 앞에서."

"벌써 조사하러 갔대요?"

"오사카 지검 청사 내에서 일어난 폭파사건이니까. 부경 본부도 발등에 불 떨어진 격이지. 한시라도 빨리 해결하지 않으면 세간과 언론의 집중포화를 받을 테니까. 경찰청에서도 여러모로 압박할 거야. 필사적이겠지."

"마에다 씨가 우편물을 보낸 사람의 이름 같은 정보를 기억할까요?"

"우편물 자체는 파편과 잔해를 모아 복원 작업을 하나 본데 과연 마에다가 기억할까? 폭발 직전까지 나와 이야기를 나누느라 보내는 사람까지 확인했는지 모르겠네."

"과장님, 가까운 곳에 계셨어요?"

"뒤돌아선 덕분에 다행히 뒷머리만 탔어. 하지만 마에다 씨는……."

니시나는 갑자기 말을 멈추며 고개를 숙였다. 미하루는 위로할 말을 찾지 못했다.

"청사 폭파가 사사키요의 송치 시기와 딱 맞아떨어진다고 생각하는 사람도 있어요."

"관계있을 수도, 없을 수도 있지. 다만 말이야, 사사키요가 악마라면 이번 사건의 범인은 야비한 개자식이야. 오사카 지검은 악마도 야비한 개자식도 용서하지 않아."

니시나의 눈빛은 드물게 어두웠다.

"보통 지검 내에는 성과 다툼이나 발목잡기에 혈안이 된 검사가 적지 않지만 이런 상황에서는 별개지. 사사키 요도 폭탄범도 전부 기소해 주겠어."

그리고 의미심장한 시선으로 미하루를 응시했다.

"나는 두 사건 모두 후와 검사가 맡았으면 좋겠어."

후와는 미하루와 함께 일하는 검사로 니시나는 그의 능력을 매우 높게 평가한다.

"후와 검사라면 반드시 마에다 씨의 복수를 해 줄 거야. 그렇게 믿는 사람이 나뿐만이 아니라고."

지검 직원들에게 상황을 설명하고 몇 시간 뒤, 이번에는 언론을 대상으로 기자회견이 진행됐다. 미하루는 자신의 스마트폰으로 중계를 봤는데 회견장에 나타난 사람은 놀랍게도 검찰 공보관이 아니라 사카키 무네하루 차장검사였다.

—4월 14일 오전 11시 45분, 오사카 나카노시마 합동청사 내에서 우편물이 폭발하는 사건이 발생했습니다. 중경상자가 다수 나왔고 사무실 내 비품이 대부분 망가졌습

니다.

끊임없이 터지는 플래시가 사카키의 얼굴 위로 번쩍거렸다. 분명 눈이 부실 텐데 사카키는 눈 하나 깜짝하지 않았다.

—그리고 사건 발생 다음 날, 즉 오늘 정오에 오사카 지검과 오사카 지역 내 다섯 개 TV 방송국 및 NHK 오사카 방송국 홈페이지에 범행 성명으로 추정되는 글이 올라왔습니다. 각 홈페이지에 올라온 글의 내용이 모두 동일하며 폭발물의 상세 내용을 언급했기 때문에 오사카 부경 본부와 협력해 수사를 진행하고 있습니다.

금시초문이었다.

폭발물의 상세 내용이란 바로 폭탄의 구조와 사용된 화약을 가리킨다. 자타가 공인할 정도로 신중한 인물인 사카키가 이렇게까지 말한다면 분명 그를 뒷받침하는 확정 단서가 있을 것이다.

—폭발물은 오사카 지검 앞으로 보내온 것이니 범인이 오사카 지검을 노렸다고 판단합니다. 아시다시피 검찰청의 사명은 어느 쪽으로도 치우치지 않고 엄정하게 사안의 진상을 밝혀내고 적정하고 신속하게 형벌을 적용하는 것이며 검찰청은 국가 사법제도에서 중요한 기관입니다. 검

찰청 없이는 사회질서를 유지하기 어려우며 안심하고 살 수 있는 안전한 사회를 실현할 수 없습니다. 달리 말하면 검찰을 향한 테러는 사회질서 자체에 반기를 드는 행위로 간주됩니다.

사카키는 판에 박힌 어조로 말했지만 말끝마다 건잡을 수 없는 분노가 드러났다. 사카키로서는 보기 드물게 TV 카메라 앞에서 감정을 드러낸 모습이었다.

—오사카 지검은 악마도 비열한 개자식도 용서하지 않아.

불현듯 니시나의 말이 떠올랐다. 부하나 다른 검사를 도구로만 생각하는 것처럼 보이는 계산적인 사카키조차 이번 사건에는 치미는 분노를 참을 수 없는 것이다.

—앞으로도 오사카 지검과 오사카 부경 본부가 협력 체제를 유지하며 본 사안의 수사를 진행하겠습니다. 시민 여러분의 안전에도 만전을 기하겠사오니 수사에 협조해 주시기 바랍니다.

가볍게 숙인 고개를 들었을 때 사카키의 눈은 어둡게 타오르고 있었다. 흡연 구역에서 본 니시나의 눈빛과 매우 흡사했다.

이것은 선전포고다.

그렇게 생각하니 지검장이 검찰 공보관 대신 사카키를 회견장에 내보낸 진정한 이유가 이해 갔다. 오사카 지검은 지검장부터 사무관까지 총력을 다해 폭탄범을 쫓을 작정이다.

자신도 모르게 닭살이 돋았다.

두렵기도 했지만 그보다 범인을 향한 증오심이 더 컸다. 동기가 무엇인지 모르지만 직원을 무차별로 노린다면 사사키요가 한 짓과 똑같은 것 아닌가.

사카키의 기자회견이 끝나자 화면은 스튜디오로 바뀌었다.

—오사카 지검 회의실에서 사카키 무네하루 차장검사의 회견을 보내드렸습니다. 조금 전 차장검사도 말했지만 오늘 정오에 오사카 지검과 오사카 지역 TV 방송국 다섯 개사 및 NHK 오사카 방송국의 홈페이지에 범행 성명으로 추정되는 글이 올라왔습니다. 각 방송사는 수사 협조를 위해 지검에 해당 글을 제공했고 그 결과 모두 동일인이 올린 같은 글로 판명됐습니다. 내용은 아래와 같습니다.

캐스터가 소개한 뒤 방송국 홈페이지를 확대한 화면이 나왔다. 해당 게시글 부분만 화면에 하얗게 떠올랐고 캐스터의 목소리가 들렸다.

구류 중인 사사키요 마사이치를 즉시 석방하라. 그렇지 않으면 오사카 지방검찰청을 계속 테러할 것이다. 〈로스트 르상티망〉

글 뒤에도 내용이 더 있었지만 모자이크로 가려 읽을 수 없었다.

—게시자는 범행 성명 후 폭탄 제조 방법과 사용한 재료 및 화약을 전부 공개했습니다. 범인의 서명을 대신하려는 의도로 짐작되는데, 오사카 부경 수사 본부에서 글의 내용을 정밀하게 조사하고 있습니다.

—사사키요에게 공범이 있다는 뜻일까요? 글을 보면 마치 테러리스트 같기도 한데요.

—'로스트 르상티망'이란 잃어버린 세대라는 뜻의 로스트 제너레이션과 르상티망의 합성어일까요? 무언가 의미를 담은 듯한 이름이네요.

—폭파사건으로 사망자가 나오지 않은 점이 그나마 다행이지만 이 범행 성명이 진짜라면 사건은 아직 끝나지 않았다고 해석할 수 있습니다. 모쪼록 조속히 해결되기를 바랍니다.

하필 사사키요의 석방이라니. 뉴스 캐스터가 굳이 지적하지 않았지만 요구 내용을 보면 범인은 테러리스트 그 자체였다.

가슴 깊은 곳에서 피어오르던 불씨에 불꽃이 튀었다.

스스로도 잘 알지만 미하루는 자기 발전 욕구가 강한 편이면서 조직 귀속 의식이 약했다. 부검사*副檢事가 되고자 노력하고 있으면서도 오사카 지검을 향한 충성심이 얼마나 강한지는 자신도 몰랐다.

그러나 이번 사건으로 마침내 깨달았다.

자신은 오사카 지검의 일부다. 지금은 마에다의 억울함도 니시나의 분노도 자신의 일처럼 느껴졌다.

미하루는 아직 얼굴도 모르는 '로스트 르상티망'을 향해 증오를 불태웠다.

4

다음 날 16일, 미하루는 후와와 함께 집무실에 있었다.

후와 슌타로 1급 검사. 평소에 표정이 전혀 변하지 않

---

* 검찰 사무관 등 일정 기간 경험을 쌓은 공무원이 시험을 통과하면 승진할 수 있는 직위. 검사의 지도 아래 수사나 기소에 관한 업무를 수행한다.

아 '표정 없는 검사'라는 그다지 달갑지 않은 별명으로 불린다. 동료들은 후와를 거북해하는데, 달리 말하면 그들 사이에서 군계일학 같은 존재이기도 했다.

청사에서 폭파사건이 일어난 지 이틀째, 지검에서 범인상과 배경 사상에 대해 여러 억측이 난무했다. 애초에 사법기관에 우편물로 폭탄을 보내는 범행 방식이 테러리스트들의 수법을 연상케 하므로 배경 사상을 의심하는 것은 자연스러운 흐름이었다.

사사키요와 '로스트 르상티망'은 한패인 테러리스트이며 배후에는 극좌 폭력집단이 있으리라 의심된다.

두 사람은 단순한 공범이며 사사키요는 실행범, '로스트 르상티망'은 계획자 아닌가.

두 사람은 전혀 안면이 없는 사이며 '로스트 르상티망'은 사사키요 사건에 숟가락만 얹었을 것이다.

이런 다양한 의견이 제기됐는데 어찌 됐든 범행 성명 때문에 확실히 오사카 지검의 분위기가 바뀌었고 각 층의 경비가 삼엄해졌다.

전례 없는 경계 태세 속에서 후와만 평소처럼 무표정하게 수사자료를 읽고 있었다. 표정에 변화가 없으니 후와가 이번 폭파사건을 어떻게 생각하는지 상상조차 할 수 없었다.

“후와 검사님도 이번 사건은 테러리스트의 소행이라고 생각하세요?”

아무 의도 없이 물었지만 후와는 얼굴 근육은커녕 시선도 움직이지 않았다.

“검사님.”

후와는 쓰루미구에서 일어난 절도사건 자료를 훑어보고 있었다. 청사 폭파사건과 비교하면 안 된다는 것을 알지만 아무리 그래도 주변 분위기와 동떨어졌다는 느낌을 부정할 수 없었다.

“검사님.”

세 번째로 물었을 때 마침내 시선만 움직였다.

“테러리스트인지 아닌지는 아직 억측의 영역이야. 범행 성명이 나왔지만 그 속에 집단 범행을 확신할 수 있는 단서는 없어.”

“그럼 사사키요 사건과 무관하다는 말씀이세요?”

“담당 사건이 아닐 텐데?”

마치 미하루가 호사가 심리와 호기심 때문에 떠들어댄다는 듯한 말투여서 불쾌해졌다.

“오사카 지검을 노렸잖아요.”

"나도 그때 청사 안에 있어서 알아."

"마치 남의 일처럼 말씀하시네요. 지검과 오사카 부경이 합동 수사할 텐데요."

그만 비난조로 말하고 말았다. 어투를 고쳐 말하려고 했지만 그전에 대답이 돌아왔다.

"본래 남의 일이어야 하지."

"무슨 말씀이세요?"

"피해 대상이 오사카 지검이라면 수사는 다른 지부에 맡기는 편이 나아."

"당사자인데요?"

"당사자니까. 피해자 본인이 범죄를 수사한다니 참으로 위험한 일이야. 감정이 앞서기 쉬워서 객관적으로 생각할 수 없으니까. 체면도 있으니 수사가 한번 잘못된 방향으로 나아가도 궤도를 수정하기 어렵지. 범인에게 규정보다 과한 형벌을 부과하게 돼. 규범을 쉽게 경시하게 되지. 무엇 하나 제대로 되는 일이 없을 거야."

후와의 지적을 듣고 보니 맞는 말이었다. 미하루는 찍소리도 못했다.

"니시나 과장은 어제 퇴원했더군."

"알아요. 직접 만났거든요."

“중상을 입은 마에다 사무관이 직속 부하니 분명 니시나 과장이 몹시 화가 났겠군.”

“네, 그렇더라고요.”

“소속감이 강한 조직 내부에서는 분노가 쉽게 전파되지. 자네의 태도만 봐도 그 사실을 잘 알 수 있어. 초조한 감정이 얼굴에 드러나고 평소보다 업무 효율이 떨어지잖아. 집중을 못 하니 같은 문서를 보고 또 보고 대조하는데도 오래 걸리지.”

서류를 읽는 데 몰두한 줄 알았는데 설마 그런 모습까지 눈여겨봤다니. 미하루는 갑자기 부끄러웠다.

“감정적인 상태에 빠질수록 이성적으로 판단할 수 없어. 그건 사람이나 조직이나 같아.”

“무슨 말씀하시는지는 알겠는데.”

“반박하려는 단계에서 이미 감정이 앞선 거야.”

“동료가 그런 일을 당했는데 입 다물고 있으라는 말입니까?”

“동료라고 생각하니까 판단력이 흐려지는 거야.”

“누구나 후와 검사님 같을 수는 없죠.”

온도를 느낄 수 없는 눈이 미하루를 흘긋 바라봤다. 그러니까 너희는 실패할 것이라고 말하는 듯했다.

물론 후와도 감정은 있다. 종일 후와 곁에서 지내다 보니 미하루도 알았다. 하지만 대부분의 사람이 감정을 토로해 정신적 균형을 꾀하는 대신 후와는 감정을 다른 무언가로 전환해 수사의 원동력으로 삼는 것 같았다. 따라 하고 싶다고 따라 할 수 있는 일이 아니었다.

"기시와다역 묻지 마 사건도 청사 폭파사건도 천인공노할 범죄예요."

"자네들이 증오하는 대상은 범인이야. 범죄가 아니라."

이 지적 또한 정곡을 찔렀기 때문에 반박할 말을 찾을 수 없었다. 기를 쓰고 생각하는데 후와의 책상 위에 있던 유선전화가 울렸다.

"후와입니다. 아뇨, 딱히 없습니다. 그럼 지금 찾아뵙겠습니다."

통화하는 모습이 마치 프로그래밍 된 로봇 같았다.

"차장검사님이 부르시는군. 지금 바쁘면 동석하지 않아도 돼."

통화 상대가 차장검사라는 말을 듣자마자 미하루는 예감이 들었다.

그 사건이 벌어진 직후다. 사카키가 직접 후와를 호출했다면 청사 폭파사건 때문이라고 생각해도 이상하지 않았다.

"저도 가겠습니다."

다른 검사들은 윗선의 부름을 받을 때 시무관 없이 홀로 찾아간다. 하지만 후와는 사무관을 일종의 녹음기로 여기는지, 아니면 한배를 탄 사이라고 생각하는지 되도록 미하루와 동행했다. 이번만큼은 그 습관이 그렇게 고마울 수가 없었다.

미하루는 황급히 작업을 멈췄다.

"들어오세요."

후와가 노크하자 집무실 안에서 언짢은 목소리가 들렸다.

의자에 몸을 묻은 사카키는 아직 오전인데도 조금 피곤해 보였다.

"바쁜 와중에 불러 미안합니다."

"괜찮습니다."

"엊그제 일어난 사건, 어디까지 압니까?"

"차장검사님이 회견에서 발표하신 내용만 압니다."

"오늘 아침 과학수사연구소가 폭발물 분석 결과를 내놓았습니다."

사방으로 흩어진 폭발물은 사무실에 있던 문서와 비품

잔해에 섞여 있었을 터다. 그중 특정 파편만 모아 세부 내용을 확인하는 데 이틀밖에 걸리지 않은 셈이었다.

"ANFO 폭약을 사용했습니다. 과거 사건에서 다뤄본 적 있습니까?"

"없습니다. 하지만 일반 상식 수준으로 압니다. 초안 유제 폭약이라고도 불리며 질산암모늄에 연료유를 배합한 폭약으로 공업 뇌관 또는 전기 뇌관에 기폭 되지 않는 것이죠. 비료와 경유만 있어도 만들 수 있어서 최근에는 테러에 사용되는 사례가 다수 발생하는 추세입니다."

"그게 일반 상식 수준인지는 모르겠지만 정답입니다. ANFO는 미국 오클라호마시티 연방정부청사 폭파사건 때도 사용되었고 그 위력은 이미 입증됐죠. 이번 사건에서는 타이머 IC555에 커다란 콘덴서와 릴레이가 연결되어 있었다고 하더군요."

"시한폭탄이었습니까?"

"과학수사연구소의 보고에 따르면 타이머는 스마트폰으로도 원격 조작할 수 있었다더군요. 타이머는 닛폰바시 근처에서 일반적으로 판매하는 제품이었고. 저렴하고 간편해서 마음만 먹으면 문외한도 만들 수 있죠."

비료와 경유는 매우 흔한 원료다. 타이머와 콘덴서도

흔해서 이야기만 들으면 미하루도 직접 만들 수 있을 것 같다는 생각이 들었다.

"부품은 모두 양산품이라 채취한 잔해로 최종소비자를 추리는 건 거의 불가능합니다."

그러한 이점 때문에 테러리스트들이 무기로 사용하는구나, 생각했다.

"지금까지 말한 부품과 ANFO 폭약 성분까지 문제의 범행 성명에 상세히 적혀 있었습니다. 타이머와 콘덴서는 브랜드 이름까지 적혀 있었고. 과학수사연구소가 특정한 내용과 완전히 일치하니 수사 본부는 범행 성명을 낸 사람이 폭탄을 보낸 범인이라고 판단했습니다."

"범행 성명뿐 아니라 폭탄 부품까지 하나하나 언급했다니 참 친절도 하군요."

"오사카 부경 사이버 범죄 대책과에서 범행 성명 게시자를 찾고 있지만 여러 외국 서버를 경유한 탓에 쉽지 않다더군요."

지검과 TV 방송국 홈페이지에 범행 성명을 게시했으니 사안이 얼마나 위험한지 조금이라도 아는 자라면 사전에 그 정도 궁리는 했을 터다. 그러니 사이버 범죄 대책과가 수사를 시작한 시점에 이미 한발 늦은 셈이다. 수사기관에서 방범 체제를 정비할 무렵이면 범인은 더욱 새로운 기술을 활용한다. 안타깝게도 인터넷 관련 범죄는 악순환이 반복될 수밖에 없는 실정이었다.

"사사키요 마사이치의 배후관계를 샅샅이 조사했지만 현재로서는 공범으로 추정할 만한 인물은 찾지 못했습니다. 최근뿐 아니라 학창 시절까지 거슬러 올라가 조사할 필요가 있어요. 오사카 부경은 기시와다역 묻지 마 사건의 수사 본부를 유지하며 수사 인원을 더욱 늘려 지검 폭파사건 수사까지 병행하겠다는 방침입니다."

소규모이긴 하지만 지검을 폭파한 사건이다. 체면을 완전히 구긴 오사카 부경이 명예 회복을 위해 총력을 기울이리라는 사실은 어렵지 않게 짐작됐다. 그 점은 오사카 지검의 상황과 비슷했다.

"그런데 오사카 부경도 조직력이 좋지 않아서. 경비부 소속인 공안과가 수사 본부와 별개로 움직이려는 조짐이 보여요. 폭탄범이 정말 테러리스트라면 알맞은 정보원이 될 테니까."

"상황은 이해했습니다. 저를 부르신 이유가 뭐죠?"

사카키는 더욱 언짢아졌다.

"기시와다역 묻지 마 사건과 지검 폭파사건 모두 후와

검사가 수사를 담당했으면 합니다."

후와의 뒤에서 대기하던 미하루는 마음속으로 쾌재를 불렀다.

니시나가 바라던 대로 이루어졌다. 이로써 간접적이기는 하나 미하루가 마에다를 비롯한 부상자들의 복수를 할 수 있게 됐다.

"더불어 이건 오프 더 레코드인데 수사 담당으로 후와 검사를 추천한 사람은 사코타 지검장님입니다. 솔직히 말하면 난 반대했어요. 이유가 궁금합니까?"

"딱히 그렇지는 않습니다."

직속 상사가 추천을 거부했다면 보통은 감정적인 반응을 보이거나 초연하거나 둘 중 하나일 텐데 후와는 사카키 앞에서 전혀 동요하지 않는 기색이었다.

"이번 사건은 오사카 부경과 합동수사 형태로 진행하지만 실제로는 사건 담당 검사가 부경의 수사 본부에 명령을 내리고 지시하게 될 겁니다. 상황에 따라서 현장에서 진두지휘할 수도 있고. 이례적이라면 이례적이지만 지검 폭파사건 자체가 전무후무한 상황이니 납득 못할 이야기는 아니죠. 하지만 누구를 기용하느냐가 문제예요."

사카키는 드물게 주저하는 듯 보였다.

"물론 후와 검사의 능력을 의심하는 사람은 없습니다. 수사 능력이야 충분히 신뢰가 가죠. 그렇지만 함께 보조를 맞춰야 할 상대가 오사카 부경이라면 이야기가 다릅니다. 오사카 부경은 여전히 후와 검사에게 감정이 안 좋으니까."

미하루는 머리에 찬물을 끼얹은 기분이었다. 완전히 잊고 있었다. 이 년 전, 다이쇼구에서 발생한 살인사건을 계기로 오사카 부경의 스캔들이 발각되어 당시 부경 본부장 이하 일흔여섯 명이나 되는 경찰관이 징계를 받았다. 그 스캔들을 파헤친 장본인이 바로 후와였다.

"야나기타니 전 본부장은 결국 사직에 내몰렸죠. 본부장을 믿고 따르던 사람이 적지 않고 그들 대부분 아직 현장에 남아 있습니다. 후와 검사가 그들 위에 서서 지휘한다면 현장이 혼란스러워지거나 태업이 일어날까 우려됩니다."

"너무 깊게 생각하시는 것 같습니다."

"사사키요는 이미 송치됐습니다. 지검 폭파사건으로 중상을 입은 피해자는 한 명뿐이고. 물론 사건 해결에 부경 본부의 체면이 걸려 있지만 체면을 중시하는 사람은 간판에 목을 매는 사람들뿐입니다. 후와 검사에게 반감을 품은 사람이라면 명예 회복보다 후와 검사의 얼굴에 먹칠하는 쪽을 택하지 않겠습니까?"

부경 본부에 근무하는 경찰관이 들으면 정색하고 항의할 만한 말이었다. 그러나 미하루는 사카키의 불안을 웃어넘기지 못했다. 후와가 부경 본부를 추궁하려고 할 때 현장 경찰들이 얼마나 저항했는지 몸소 겪어 알기 때문이다. 기득권이나 자신의 자리를 지키려는 자 중 어떤 부류는 존엄과 자존심을 내팽개치기도 한다.

"물론 오사카 부경에 후와 검사의 적이 많다는 사실을 지검장님께 설명했습니다. 하지만 지검장님은 그래도 수사 능력이 뛰어나다는 이유로 당신을 지명했어요. 지검장님은 법무성과 검찰청을 오가는 분이죠. 현장을 모르실 만합니다."

사정 설명이 끝나자 사카키는 두 손을 기도하듯 깍지 꼈다.

"내 입장이 입장이다 보니 사건 담당을 명령했지만 각자 사정이 있으니 명백히 무리한 명령이라고 판단하면 거부해도 됩니다. 대답을 한번 들어 보죠."

사카키의 얼굴에 희미하게나마 기대감이 서렸다.

그러나 미하루는 이미 결론을 안다. 사코타 지검장이

현장을 모른다면 사카키는 후와라는 사람을 몰랐다. 후와가 현장 인력과의 관계나 과거 사건을 명령 거부의 이유로 삼는 사람이었다면 미하루도 고생하지 않았다. 또 그를 따를 생각도 하지 않았을 것이다.

역시 후와는 한순간도 망설이지 않았다.

"그것이 검사의 일이라면 저는 거부할 권리가 없습니다."

"그렇게 말할 줄 알았습니다."

사카키도 예상했는지 체념한 듯 굳은 표정을 풀었다.

"필요한 내용은 전부 설명했습니다. 이제 재량껏 실력을 발휘하세요. 필요한 것이 생기면 그때그때 요청하고."

"알겠습니다. 그럼 실례하겠습니다."

후와는 그렇게만 대답하더니 더는 앉아 있을 필요 없다는 듯 문으로 향했다. 미하루는 서둘러 사카키에게 인사한 뒤 후와를 따라갔다.

복도로 나와 후와의 뒤에서 걷던 미하루는 상반된 상황에 골똘히 생각했다.

후와에게 수사 담당을 명령한 것은 지검으로서 최선의 선택이다. 이의를 제기할 사람은 아무도 없을 터다. 그러나 부경 본부로서는 최악이었다. 천적까지는 아니더라도 과거 자신들에게 물을 먹인 상대의 명령을 들어야 하니 치욕으로 여기는 사람이 적지 않으리라.

도대체 어떻게 할 생각인지 그의 등에 묻고 싶었다.

하지만 물어봤자 무뚝뚝한 대답만 돌아오겠지. 후와는 그런 사람이었다.

2 무적의 사람들

1

기시와다역 묻지 마 사건에 이어 오사카·지검 폭파사건은 '로스트 르상티망'의 범행 성명으로 오사카부 시민들뿐 아니라 일본 전체에 거듭 충격을 주었다. 검찰청 자체가 표적이 되었다는 점과 사사키요 마사이치를 비롯한 잃어버린 세대의 절망과 원한이 이 정도로 심각하고 뿌리 깊다는 사실에 모두 놀랐다.

범행 성명을 낸 범인의 나이는 아직 밝혀지지 않았지만 '로스트 르상티망'이라는 이름 때문에 사사키요 마사이치와 같은 잃어버린 세대라고 모두가 믿었다. 그래서 대부분 여론은 일련의 사건을 잃어버린 세대의 복수로 해석했다. 일례로 폭파사건이 일어난 지 이틀 뒤 조간에 이러한 구독자의 목소리가 실렸다.

—본인들의 환경이 열악한 것도 미래에 희망을 품지 못하는 것도 전부 사회 탓이란 말인가.

—확실히 신취업빙하기는 신규 졸업자와 취업 준비생들에게 가혹한 시기였지만 그렇게 따지면 버블경제를 겪은 세대는 지옥을 경험한 셈이지. 그 시절에 도대체 몇 명이 실직해서 목을 매달았던가.

—호황일 때는 판매자시장이 되고 불황일 때는 구매자시장이 되지. 세상은 지금까지 그런 흐름이 반복되면서 굴러갔잖아. 그만 징징거려, 애송이들.

요즘 신문을 정기구독하는 연령대는 주로 오십 대 이상이라고 한다. 구독자들이 하나같이 사사키요 마사이치와 '로스트 르상티망'을 동정하지 않고 비판하는 것도 당연했다. 바꿔 말하면 잃어버린 세대 구독자층은 얇아서 용의자들을 옹호하는 목소리는 잘 실리지 않은 경향이 있었다.

TV는 신문보다 더욱 뚜렷하게 반응했다. 특히 폭파 현장과 가까운 곳에 있던 ABC 아사히 방송은 다른 방송국보다 훨씬 깊이 파고들었다. 미하루가 출근 전철 안에서 휴대폰으로 아침 정보 프로그램을 보는데 성격이 온후하다고 알려진 뉴스 캐스터가 어느 때보다 분개한 얼굴로 말했다.

—언론계에 종사하는 우리는 중대 사건이 일어날 때마다 늘 사회와의 연관성을 생각합니다. 범죄는 그 시기 사회 정세의 거울이기 때문입니다. 그러나 얼마 전 발생한 기시와다역 묻지 마 사건과 연이어 발생한 오사카 지검 폭파사건을 과연 그와 같은 잣대로 판단해도 좋을지 망설여집니다. 일곱 명이나 되는 고귀한 생명을 앗아간 묻지마 사건과 중경상자 여섯 명을 낸 폭파사건을 두고 과연 미비한 사회보장제도에 일부 책임을 물어야 할까요?

스튜디오 중앙에 설치된 대형 모니터에 폭발 직후 청사의 모습이 담겨 있었다. 부상자들이 들것에 실려 나오는 장면이었다.

—오사카 지검이 있는 나카노시마 합동청사는 ABC 아사히 방송과 매우 가깝습니다. 사법 관계자와 언론인이 어울려 회식하는 일은 없지만 그래도 출퇴근 길에 마주치기도 하고 때로는 같은 전철에 탑승해 한담을 나누기도 합니다. 한마디로 이웃과 평범하게 교류를 나누는 것과 같습니다. 그러한 사이인 이웃이 테러의 대상이 되었기

때문에 저도 당연히 놀랐고 분노를 느낍니다. 범인이 처한 환경이 우리 사회 구조와 전혀 무관하다고는 할 수 없습니다. 그러나 이렇게까지 잔학하고 무차별한 범행의 동기를 환경 탓으로 돌리는 것이 과연 옳을까요?

뉴스 캐스터의 물음에 오사카 지역 신문사 사회부 기자가 대답했다.

—글쎄요. 요즘 잃어버린 세대의 범죄가 증가하는 추세며 그때마다 미비한 사회보장제도를 지적했습니다. 그들을 향한 지원 대책을 조속히 내놓아야 한다, 지원에 예산을 쏟아부어야 한다고. 하지만 지원 대책이 아직 가시적인 성과를 내지 못했습니다. 그러나 그러한 상황에서 기다리다 지쳤거나, 혹은 절망의 늪에서 헤어 나오지 못해서 결국 길가를 활보하는 묻지 마 살인마나 폭탄범으로 돌변했다는 주장은 너무 단순한 논리입니다. 이는 개인의 성격이나 성품 문제입니다. 묻지 마 사건의 범인과 폭파 사건의 범인 모두 동정할 여지가 없습니다. 그들의 행위는 결코 용서받지 못할 것이며 하루라도 빨리 그들을 체포해 사건이 해결되기를 바랍니다.

분노가 가라앉을 줄 모르는 스튜디오의 분위기가 화면 너머로 전해졌다. 이 정보 프로그램이 모든 언론을 대표

한다고 생각하지는 않지만 평소에 사회 구조를 비판하기만 하던 방송과 뉴스 해설자까지 범인들을 규탄하는 모습을 보면 논조가 대체로 일치한다고 봐도 무방했다.

미하루는 인터넷 반응도 살폈다. 악명 높은 대형 게시판 사이트. 익명으로 활동할 수 있어서 악의와 도발을 배설하는 공간이기도 하지만 반사회적인 사람들의 속마음을 읽을 수도 있었다.

—방금 와이드 쇼 봤는데, 장난해? 잃어버린 세대를 일방적으로 비난하던데. 그놈들은 언론사에 취직하고 출연료까지 받고 TV에 나오니 팔자 좋지. 잘난 척하며 깔보는 거라고.

—기시와다역 사건이 단순한 묻지 마 사건이라고? 헛소리하네. 그 사건이야말로 우리 잃어버린 세대의 테러야.

—사사키요도 '로스트 르상티망'도 버림받은 자들의 영웅이야.

—대학을 졸업한 뒤로 우리는 사회에 착취당하며 살았어. 전문학교가 아니라 4년제 대학을 나왔는데도 계속 비정규직 신세지. 그런데 나보다 일 년 늦게 졸업한 사람은 너무 쉽게 정규직으로 취직했어. 고작 일 년 먼저 졸업했을 뿐인데 왜 하늘과 땅 차이인 거야.

—살인도 폭파도 범죄야. 그건 알아. 하지만 그렇게라도 하지 않으면 우리가 하는 말 따위 아무도 듣지 않을 거야.

—지금까지 취직빙하기세대를 쓰고 버린 대가가 돌아온 거야. 우리를 짓밟고서 잘 먹고 잘사는 놈들은 다 죽어라.

—천벌이야.

미하루는 불쾌해져서 사이트를 닫았다. 악의는 꼭 자신을 향하지 않더라도 그 자체로 정신을 좀먹는 감정이었다.

후쿠시마역에 도착하자 미하루는 전철에서 내려 1번 출구로 나갔다. 남쪽으로 오 분 남짓 걸으면 오사카 나카노시마 합동청사가 보인다. 정확하게는 도지마에 있지만 관계자들은 '나카노시마'라고 부른다.

오늘도 부경 본부와 후쿠시마 경찰서 수사관들이 청사에 와 있었다. 감식관들의 채취 작업이 이어졌고 경비를 담당하는 경관도 서 있었다. 그리고 각 언론사 취재진이 그들을 둘러싸다시피 한 형태로 카메라와 마이크를 들고 있었다.

익숙한 풍경이지만 그 배경이 자신의 직장이라면 상황이 달랐다. 미하루는 마치 낯선 곳에 발을 들이는 듯한 위화감을 느끼며 청사로 들어갔다.

집무실에는 먼저 출근한 후와가 앉아 있었다.

"안녕하세요."

"좋은 아침."

기시와다역 묻지 마 사건의 수사자료에 시선을 고정한 후와는 미하루가 있는 쪽으로 고개를 돌리지도 않았다. 처음에는 자신을 무시하나 싶어서 고민했지만 지금은 완전히 익숙해졌다.

"밖에 경비를 맡은 경관이 아직도 서 있더라고요. 아무리 그래도 폭발물을 연달아 보낼 것 같지는 않은데요."

사건 이후 지검으로 들어오는 우편물은 일단 부경 본부의 기동대가 내용물을 확인한 뒤 총무과에 건넸다. 아무리 안전을 확인했어도 우편물을 받는 총무과에게는 트라우마일 텐데 이 업무는 복귀한 지 얼마 되지 않은 니시나가 꿋꿋하게 혼자 도맡고 있었다.

"그런 식으로 방심하고 있다가 허를 찔리면 이번에야말로 오사카 지검과 부경 본부의 위신이 땅에 곤두박질칠 테지. 그래서 신중에 신중을 기하는 것이고."

"두 번째가 있으리라 생각하세요?"

"모방범이라면 가능성이 있어. 사사키요 마사이치나 '로스트 르상티망'에게 공감하는 사람이 있을 법도 하지. 이번 사건에 편승해 장난질하는 사람도 있을 거야."

"그럼 검사님도 잃어버린 세대의 복수라고 생각하시는군요."

"시답지 않은 와이드 쇼나 신문의 편향된 구독자 의견란이라도 봤나?"

정곡을 찔려서 대답하지 못했다.

"세대 간 격차나 의식 차이는 지금껏 여러 방송에서 다뤄 왔고 가볍게 논의됐지. 하지만 사실은 세대를 구분하는 데 절대적인 정의란 없어. 사회나 경제를 설명할 때 편의를 위해서 붙인 용어일 뿐이야. 보통 버블경제 붕괴 후 취업빙하기가 닥쳐 휩쓸린 세대를 잃어버린 세대라고 부르지. 유효 구인 배율이 1.00도 되지 않아 정규직으로 취직하지 못한 사람이 다수 발생했어. 내각부는 홈페이지에 취업빙하기 세대의 중심층인 35~44세의 고용 형태 등 실태(2018년 시점)를 공개했는데 정규직이 916만 명인데 비노동 인구가 219만 명이나 됐지. 219만 명은 확실히 높은 수치지만 정규직 916만 명도 무시할 수 없어. 취업 조건이 다르니 양측의 처지도 다르고 인생관도 다르지. 그러니까 잃어버린 세대라고 한데 묶어 논하는 것은 견강부회나 일지반해일 뿐이야."

후와가 거론한 수치는 의심의 여지가 없다. 직업 특성

때문인지 본인의 능력 때문인지 후와는 보고 들은 것을 잊는 법이 없었다. 박식한 사람이 표정 없이 정론을 쏟아내니 듣는 사람은 반박할 여유조차 없었다.

"하지만 오프라인과 온라인에서는 사사키요 마사이치와 '로스트 르상티망' 모두 똑같이 잃어버린 세대니까 범행 동기는 같다는 논조던데요."

"테러 조직의 일원이라면 모를까, 사사키요 마사이치의 묻지 마 사건도 지검 폭파사건도 각각 다른 사정과 동기가 있어. 복잡하게 생각하기 싫고 사안을 이분법으로 구분하고 싶어 하는 사람은 자칫 그런 결론에 빠지기 쉽지. 단순하고 이해하기 쉬운 대상이 비난하기도 쉽기 때문이야. 일반인은 그래도 괜찮을지 몰라도 사법기관에 몸담은 사람이 보일 태도는 아니지."

넌지시 나무라는 듯해서 미하루는 민망했다. 철두철미한 후와는 모호한 것을 싫어한다. 일본인 대부분이 중시하는 기분이나 분위기는 전혀 신경 쓰지 않는 남자였다.

"검사님은 이번 사건의 여론이 어떤지 신경 안 쓰이세요?"

후와는 대답하지 않았다. 일일이 확인하지 않아도 알았다. 후와의 일은 송치된 안건의 기소 여부를 사법 상식으로 합당하게 판단하는 것뿐이다. 거기에 여론이나 타인의 기분이 비집고 들어갈 틈은 없다. 그래도 미하루는 어떤 가능성을 전해야 했다.

"아까도 구글을 잠시 검색해 봤는데 사사키요에게 공감하는 사람이 많더군요. '로스트 르상티망'이 그 속에 숨어 있어도 이상하지 않아요."

후와는 여전히 말이 없었다. 더는 참을 수 없던 미하루는 다급하게 목소리를 높였다.

"후와 검사님."

"목소리 낮춰. 듣고 있어."

"하지만."

"'로스트 르상티망'이라는 범인이 인터넷에 숨어 있다고 가정하고 사사키요를 옹호하는 자들의 IP를 모조리 뒤지자는 말이라도 하고 싶나? 모래사장에서 바늘 찾는 격이야."

"그럼 '로스트 르상티망'을 어떻게 찾을 계획이세요?"

"평소처럼."

그렇게 말한 후와는 천천히 자리에서 일어나 의자에 걸어 놓은 재킷을 들었다.

"검사님, 어디로 갈까요?"

"오사카 병원."

오사카 병원은 나카노시마 합동청사에서 가장 가까운 종합병원이었다.

중상을 입은 마에다 사무관이 입원한 병원이기도 했다.

생명에 지장은 없다고 하나 한때 면회 금지였던 환자다. 주치의가 대면 조사를 어디까지 허락할지 걱정됐지만 막상 방문하니 염려했던 것보다 수월하게 병실로 안내받았다.

"아, 후와 검사님과 미하루 씨가 오셨군요."

침대에서 몸을 일으키는 마에다를 미하루가 서둘러 말렸다.

"안 돼요, 그냥 있으세요. 아직 안정해야 해요."

"니시나 과장님께 들었습니다. 기시와다역 묻지 마 사건과 이번 지검 폭파사건 둘 다 후와 검사님이 수사하신다고요."

미하루는 후와와 자신을 바라보는 마에다를 도저히 똑바로 쳐다볼 수 없었다. 두 손은 물론 얼굴까지 붕대로 칭칭 감아 눈과 입만 움직이는 미라 같았다.

—마에다는 밤 늦게야 의식을 찾았는데 손가락이 사라

진 손을 보고 통곡했대. 그것도 부경 형사가 보는 앞에서.

불현듯 니시나의 말이 떠올랐다. 오른 손가락 다섯 개와 왼 손가락 두 개를 잃었으니 사무관으로서 수행할 수 있는 업무 범위가 대폭 좁아진다. 퇴원 후에 이직을 생각해야 할 것이다. 동료인 미하루는 할 말을 찾을 수 없었다.

미하루의 시선을 눈치챈 듯 마에다는 천천히 고개를 저었다.

"겉보기에는 이렇지만 크게 다친 곳은 없어요. 나쁜 놈에게 손가락질할 수 없게 된 점은 유감스럽지만."

침대 위에서 농담을 던질 수 있으니 이제 괜찮을지도 모른다. 후와는 침대 옆 의자에 앉았다.

"질문하겠습니다. 대답 부탁합니다."

"물론이죠. 잃어버린 손가락의 복수를 꼭 해 주세요. 그런데 생각나는 것은 이미 부경 본부 소속 형사님께 다 말했습니다."

"아마 같은 질문일 겁니다. 폭발한 우편물이 어떤 모양이었는지 기억합니까?"

"갑 티슈 정도 크기였어요. 두께는 오 센티미터쯤 됐는데 직접 만든 하얀 포장지로 포장되어 있었고 받는 사람은 손글씨가 아니라 인쇄된 글씨로 적혀 있었습니다."

"받는 사람에 지검 부서명까지 적혀 있었습니까?"

"'형사부'까지 적혀 있었습니다. 담당 검사 이름은 없었고요."

"보내는 사람은 뭐라고 적혀 있었습니까?"

"오사카 부경과 부경 본부 주소가 적혀 있었습니다. 그래서 수사와 관련된 무언가가 들어 있는 줄 알았죠."

"소인은 어느 우체국이었습니까?"

"죄송합니다. 그것까지는 못 봤습니다."

"폭발 직전에 소리나 감촉 등 전조는 없었습니까?"

이런 식으로, 라며 마에다는 두 손으로 물건을 안는 듯한 자세를 했다. 미하루는 마음이 아팠다.

"두 손으로 들어도 이상한 느낌은 없었어요. 제가 둔해서 그런 것 같아요."

"우편물 분류 작업은 매주 교대한다고 들었습니다."

"네. 지난주에 제 차례였죠."

"그 사실을 총무과 직원 외에 누가 또 알았습니까?"

질문의 의도를 짐작한 듯 마에다의 어조가 바뀌었다.

"설마 검사님은 지검 내부 사람을 의심하십니까?"

"지금 단계에서는 '로스트 르상티망'이 누군지 모릅니다. 범행 성명이 나왔어도 어디까지 진실인지 증명할 만한 건 아무것도 없죠. 따라서 저 외에 모든 사람을 의심할 수밖에 없습니다."

"후와 검사님 외에? 그럼 저도 용의자라는 말씀입니까?"

"예외는 없습니다."

"스스로 자기 손가락을 날려 버리는 바보가 어디 있습니까?"

"바보가 아니기 때문에 손가락을 잃는 것으로 의심을 피하려 했다고도 해석할 수도 있죠."

미하루는 자신도 모르게 움찔했다. 후와가 냉철하다는 사실은 지검에서 모르는 사람이 없으나 그래도 항상 곁에 있어서 내성이 생긴 미하루와 그렇지 않은 다른 부서 사람이 느끼는 바는 크게 달랐다.

그러나 후와는 말을 멈추지 않았다.

"이번에 사용된 것은 오클라호마시티 연방정부청사를 폭파한 것과 같은 ANFO 폭약입니다. 그런 거대한 빌딩을 파괴하는 위력이라면 합동청사 같은 곳은 몇 채라도 날려 버릴 수 있습니다. 하지만 실제로는 총무과의 컴퓨터 몇 대와 캐비닛, 그리고 마에다 씨의 손가락만 피해를 줬죠. 폭발 규모치고는 너무 작습니다."

"'로스트 르상티망'이 폭탄 제조에 문외한이라 폭약의

양을 잘못 조절했겠죠, 분명."

"그 추리는 틀렸습니다. 범인은 범행 성명에 폭탄 제조 방법과 사용한 재료 및 화약을 전부 공개했습니다. 폭탄 제조에 문외한일 수는 있어도 화약의 양을 잘못 조절할 만큼 허술한 사람은 아닙니다."

"일부러 폭약을 적게 넣었을 수 있다는 말씀입니까?"

"그럴 수도 있죠."

"이번 폭파사건이 제가 꾸민 자작극이라고 치죠. 그러면 제가 얻는 건 무엇입니까?"

"이득까지 짐작할 만한 단서는 없습니다. 하지만 가능성을 부정할 수는 없죠. 피해자는 가장 의심받지 않을 사건관계자니까."

그러자 마에다는 미하루에게 원망스러운 눈빛을 보냈다.

"후와 검사님을 둘러싼 이런저런 평판은 들었습니다만……. 미하루 씨, 검사님이 평소에도 이런 스타일인가요?"

마에다는 작게 탄식한 뒤 이번에는 동정이 담긴 눈길로 미하루를 바라봤다.

"우편물 분류 당번 순서는 모든 총무과 직원이 알 겁니다."

"그럼 직장에서 마에다 씨에게 원한을 품거나 미워할

만한 사람은 없습니까?”

“다행인지 불행인지 원한을 사거나 미움받을 정도로 눈에 띄는 존재가 아니었습니다. 이왕 이렇게 됐으니 하는 말인데 저는 아직 독신인 데다 재산이라고 할 만한 것도 없습니다. 있는 것이라고는 빚 정도라 돈을 노리고 목숨을 위협받을 일도 없어요.”

마에다는 힘껏 빈정댄 것 같았지만 안타깝게도 후와에게는 조금도 통하지 않았다.

“원한이나 돈 때문에 표적이 될 요소가 없다는 건 알겠습니다. 그러나 지금은 사건 직후라 기억이나 사고가 혼란스러울 수 있으니 나중에 무언가 생각나면 바로 연락 바랍니다.”

그렇게 말한 후와는 마에다의 반응을 확인하지도 않고 병실을 나갔다.

미하루는 몇 번이나 마에다에게 머리를 숙인 뒤 후와의 뒤를 쫓았다.

“검사님, 잠깐만요.”

뒤에서 불렀지만 당연히 후와는 돌아보지 않았다.

“아무리 그래도 사건 피해자에게 그런 말은 너무하지 않습니까?”

"그런 말이 무슨 말이지?"

"폭파사건의 범인이 지검 내부에 있다는 말이나 마에다 씨가 범인일 수도 있다는 말이요. 배려가 전혀 없었습니다."

"마에다 씨의 두 손을 봤나?"

"보고 싶지 않아도 저절로 눈에 들어오더라고요. 안쓰러웠어요."

"그 사람이 동정이나 연민을 원하는 것 같았나?"

미하루는 말문이 막혔다.

"위로나 연민의 말로 그의 손가락이 원래대로 돌아올 수 있다면 얼마든지 말해 주지. 하지만 마에다 씨가 원하는 것은 일시적인 위로가 아니야. 범인 체포와 사건 규명이다. 아무 도움도 안 되는 말보다 단서를 찾는 게 우선이야."

미하루는 찍소리도 못하고 자기혐오에 젖어 후와의 등을 쏘아봤다.

후와와 미하루가 다음으로 향한 곳은 추오구 오테마에에 있는 오사카 부경 본부였다.

부경 본부 본청사는 혼마치 거리와 우에마치스지 도로

가 교차하는 지점을 위압적으로 내려다보듯 서 있다. 거리에서 올려다보면 위용 넘치기까지 했다.

아니, 미하루 본인이 부경 본부에 두려움을 품고 있어서 위용 넘쳐 보이는 것일 수도 있다.

예전에 후와가 부경 본부의 스캔들을 파헤쳤을 때 당시 부경 본부장이었던 야나기타니와 사코타 지검장 사이에 밀약이 오갔다. 스캔들이 후와의 폭로가 아니라 부경 본부의 내부 조사로 밝혀졌다고 공식 발표한 것이다. 스캔들은 조직의 수치지만 내부에서 자정작용이 있었다는 식으로 발표하면 최소한 체면은 지킬 수 있겠다는 판단이었다.

결국 야나기타니 본부장은 사직하고 말았지만 부경 본부는 오사카 지검에 큰 빚을 진 셈이었다. 그러나 은혜를 베푼 쪽이 항상 우위에 서는 것은 아니다. 본부장을 비롯한 많은 경찰관이 징계를 받은 부경은 후와에게 여전히 적의를 품고 있었다. 그 본진에 발을 들이다니 적진에 맨몸으로 뛰어드는 행위와 같았다.

미하루는 걱정스러웠지만 후와는 아랑곳하지 않고 접수대로 가서 간노 형사부장의 면회를 요청했다.

만나고자 하는 사람이 방문객에게 어떤 감정을 품고 있

는지는 대기 시간으로 대략 짐작할 수 있다. 간노는 후와가 접수처에 방문을 밝히고 이십 분이 흐른 뒤 별실에 나타났다.

"검사님, 오래 기다리셨죠. 죄송합니다."

미안한 기색은 눈곱만큼도 찾아볼 수 없는 뻔뻔한 낯짝이었지만 눈썹 하나 까딱하지 않는 후와에게는 새 발의 피였다.

"지검 폭파사건 수사를 맡았습니다."

"네. 어제 전달받았습니다. 끔찍한 사건이죠. 오사카 지검이 아니라 모든 사법 시스템을 향한 테러입니다. 더불어 사사키요 마사이치의 석방을 요구하는 오사카 부경을 향한 테러기도 하고. 우리는 단호하게 맞서야 합니다."

거창한 결의 표명 때문에 오히려 얄팍한 의지가 드러나 보였다. 달변은 은이요 침묵은 금이었다.

"곧바로 지검 폭파사건의 수사자료를 보고 싶습니다."

"성격도 급하시네요."

후와가 단도직입으로 말하자 간노는 불쾌감을 조금 드러냈다.

"폭파사건은 아직 감식과에서 분석하고 있습니다. 보고서가 나오는 대로 보내드리죠."

"이미 폭발물 잔해를 분석해 사용된 부품의 제조사와 모델 번호까지 알아냈다고 들었습니다."

"더욱 꼼꼼하게 감식할 생각입니다. 사건관계자 조사도 끝나지 않았고요."

"아직 진행 중이라도 괜찮습니다. 지금까지 진행된 수사 결과를 정리해서 보고 바랍니다."

"확실하지 않은 정보가 섞여 있을 수도 있습니다."

"확실하지 않다면 확실하지 않은 그대로 보내셔도 됩니다."

잠시 나눈 대화로 간노가 수사의 주도권을 쥐고 싶어 한다는 사실을 알 수 있었다. 후와가 지휘하기 전에 참견할 여지를 없애려는 의도가 훤히 보였다.

"그러면 괜히 검사님들이 번거롭지 않겠습니까?"

"번거롭지 않게 해결할 수 있는 사건은 존재하지 않습니다. 오늘 안에 부탁합니다."

씨알도 먹히지 않았다. 후와는 간노의 반박을 모두 물리치고 은근히 무례하다고 느껴질 정도로 밀고 나갔다. 어떠한 핑계도 허용하지 않으니 반박의 여지가 없었다. 아니나 다를까 퇴로가 막힌 간노는 당황한 기색이었다.

"그럼 부탁합니다."

후와는 최후통첩을 날린 뒤 간노의 대답을 기다리지 않고 자리에서 일어났다. 아마도 그런 대접을 받은 적이 없는지 간노는 어안이 벙벙한 모습으로 후와를 배웅할 수밖에 없었다.

미하루는 간노에게 연신 머리를 숙이기만 했다.

그대로 부경 청사를 나가는가 싶었는데 후와는 위층으로 이동했다. 어디 가느냐고 묻고 싶었지만 어차피 대답을 듣지 못할 테니 입을 다물었다.

후와가 도착한 곳은 감식과였다. 마침 지나가던 사람을 불러 세우고 신분을 밝혔다.

설마 담당 검사가 감식과에 직접 찾아올 줄 꿈에도 상상 못 한 젊은 감식관은 미심쩍은 눈길을 보냈지만 미하루가 곧바로 검찰 사무관 신분증을 꺼내 보여주자 안색이 변했다.

"도키타 씨 계십니까?"

이번에는 불과 몇 분 만에 도키타가 달려왔다.

"후와 검사님. 어떻게 여기까지 오셨어요?"

"지검 폭파사건 수사를 담당하게 됐습니다."

"그 소식은 진작 들었습니다. 왜 직접 여기까지 오셨어요?"

도키타는 설명하기도 답답하다는 듯 후와를 복도로 데리고 나갔다. 그러더니 주위를 두리번거리며 사람이 없는 것을 확인하고 다시 입을 열었다.

"검사님, 검사님이 무슨 일을 했는지 벌써 잊었어요? 검사로서 옳은 행동을 했다지만 일흔여섯 명이나 징계를 받은 부경 본부는 잊지 않았다고요. 그런데 적진에 제 발로 걸어들어오다니."

"지금 그게 무슨 상관입니까?"

"상관이 없다니, 아이고 검사님."

"과거에 얽힌 사건으로 나를 얼마든지 원망해도 상관없지만 그 때문에 보고가 늦어지거나 보고 내용에 오류가 있다면 그것이야말로 큰일이죠."

"수사 본부를 거치는 정보는 믿을 수 없다는 말씀입니까?"

"수사를 담당하라는 지시를 받았습니다. 담당자에게 직접 확인하는 건 제 권한입니다."

"그건 맞는 말씀이지만……. 참말로 명령 절차를 철저히 무시하는 분이로군요."

도키타는 머리를 싸매고 싶은 모습이었다.

상대의 눈치를 보지도 않고 배려하지도 않는 후와는 항

상 자신의 방식을 관철해서 적이 적지 않았다. 그러나 뒤에서나마 조용히 그를 지지하는 사람도 더러 있다. 도키타는 그 몇 안 되는 지지자 중 한 명이었다.

"폭발물 파편에서 제조사와 모델 번호까지 알아냈다고 들었습니다."

"맞습니다. 폭약에 사용된 비료와 콘덴서도 흔한 대량 생산품이었기 때문에 오히려 특정하기 쉬웠습니다. 그전에 범행 성명에 원재료까지 적어 놨으니 말하자면 정답인지 오답인지 확인하는 작업이나 마찬가지였죠."

"그 외에 밝혀낸 사실은 없습니까?"

"밝혀냈다고 할 정도는 아니지만 폭약의 양이 마음에 걸려요. 해당 우편물 사이즈는 가로, 세로, 높이 합계 80으로 추정하는데 그 정도 크기라면 아마 더 많은 폭약을 넣을 수 있었을 겁니다."

"일부러 폭약을 적게 넣은 것 아닌가 의심이 든다는 말이죠."

"이유는 모르겠지만 대단히 조심한 느낌이 들어요."

"다른 것은요?"

"폭발물을 포장한 상자는 우체국이나 택배사에서 판매한 상품이 아니라 재사용품 같습니다. 어디에 쓰던 물건인지 현재 조사하고 있습니다."

"새로운 사실이 나오면 알려주세요."

"설마 여기 또 오실 생각이에요?"

"최대한 발품을 팔 생각입니다."

"뭔가 알게 되면 제가 전화 드릴게요."

도키타는 비명처럼 말한 뒤 고개를 저으며 복도 저편으로 사라졌다.

2

지검으로 돌아온 후와와 미하루를 기다리는 것은 사사키요 마사이치의 첫 대면 조사였다. 사사키요는 방금까지 부경 본부 유치장에 구류되었기 때문에 서로 다른 차만 타고 온 셈이었다.

보통 검사 대면 조사를 받는 피의자들은 버스 한 대를 같이 타고 검찰청으로 호송된다. 모두가 조사를 마치기 전까지 각자 돌아갈 수 없으므로 아침 8시에 시작해서 거의 하루가 걸리며 아무리 빨라도 오후는 되어야 끝난다.

그런데 사사키요는 홀로 호송됐다. 피의자가 많아도 호

송 중에는 수갑을 끈으로 줄줄이 엮어 사담을 전혀 허용하지 않는다. 그래서 다른 피의자들과 함께 호송해도 문제는 생기지 않을 것 같다고 미하루는 생각했지만 부경 본부와 지검은 신중에 신중을 기하려는 듯했다. 사사키요 한 명에게 호송 경찰이 다섯 명이나 붙었다. 삼엄한 경계 태세는 그야말로 부경 본부와 지검의 긴장과 경계심을 표현한다고 해도 좋았다.

후와와 마주 보고 앉은 사사키요는 수갑과 허리 포승줄로 꼼짝할 수 없었다. 보통 크기인 수갑이 손목을 파고들어 마치 비엔나소시지 같았다. 배와 다리에도 군살이 붙어 자못 둔중한 인상이었다. 도무지 일곱 명이나 되는 사람을 연달아 살해한 피의자로 보이지 않았다.

"사건을 담당한 후와입니다."

"안녕하세요."

"지금부터 작성하는 조서는 재판에서 그대로 인정됩니다. 경찰에서 질문한 내용과 중복될 수 있는데 정확하게 답변하시기 바랍니다."

"아, 알아요. 알아요."

사사키요는 잘 안다는 얼굴로 지껄였다. 마치 사람을 잡아먹을 듯한 말투에 옆에서 듣고 있던 미하루는 벌써 짜증이 났다.

“경찰이 작성한 조서는 취조하는 측이 마음대로 꾸밀 수 있으니 증거로 인정되기 어렵다. 맞죠?”

“조사를 받을 때 경찰이 멋대로 조서를 작성했습니까?”

“아뇨, 경찰관이 쓴 조서는 사실이 맞긴 해요.”

후와는 4월 10일 아침 기시와다역에서 사사키요가 일으킨 사건을 시간 순서대로 말하기 시작했다. 사건 전날 빌린 승합차를 몰고 개찰구로 돌진해 우노 데쓰지와 오쿠라 가즈키를 쳤고 가코이 쓰요시를 넘어뜨리고 짓밟았다. 이후 차에서 내려 우치우미 나쓰키의 등을 찌른 뒤 병원에 가던 고마바 히나타와 등교하던 히구치 시오리에게 흉기를 휘둘렀다. 그리고 공포의 한가운데에 서 있던 여덟 살 아사하라 겐키의 목을 바로 옆에서 베었다.

질문과 대답은 역시 여성과 아이를 살해한 내용이었다. 특히 아사하라 겐키가 저항할 틈도 없이 습격당한 장면을 말할 때 미하루는 저도 모르게 귀를 막고 싶었다. 후와의 담담한 말투가 참혹한 범행 현장을 더욱 부각했다.

“직업과 가정이 있고 행복한 삶을 사는 타인을 시기해서 일면식도 없는 사람들을 연달아 살해했다. 그래서 묻지 마 살인을 계획했다고 했죠. 다만 이에 관해서는 이렇게 진술했습니다. '4월 초에 역에서 분주하게 움직이는 사람들은 회사든 학교든 다니는 놈들이지 않습니까. 매일 해야 할 일이 있다는 건 사치입니다. 그런 사치스러운 사람들을 죽여야 나 같은 낙오자가 세상에 한 방 먹일 수 있습니다. 그런 의미에서 표적을 골랐으니 결코 묻지 마 살인이 아닙니다'. 당신의 진술 내용과 일치합니까?"

"대강 맞아요."

"세부 사항을 묻겠습니다. 처음 공격한 우노 데쓰지 씨가 어떤 옷을 입고 있었는지 기억합니까?"

사사키요는 뜻밖이라는 듯 후와를 쳐다봤다.

"옷이요? 분명 상하의 모두 회색이었던 것 같은데요."

"짙은 남색 정장을 입고 있었습니다."

"아아, 색깔만 잘못 기억했네요."

"두 번째 피해자인 오쿠라 가즈키 씨의 옷을 기억합니까?"

"그 사람도 분명 회색 정장 아니었나요?"

"하의는 청바지, 상의는 베이지색 스웨터였습니다. 오쿠라 씨는 한 달 전에 근무하던 회사가 문을 닫아서 헬로워크에 가던 길이었습니다. 즉 당신이 말한 '회사나 학교에 다니는' 사람이 아니었습니다. 그럼 세 번째 피해자인 가코이 씨의 옷을 말해 보세요."

"옷은…… 기억 안 납니다."

"회사원이었습니까, 프리랜서였습니까?"

"모르겠는데요."

"가코이 씨는 기시와다시에 있는 부동산 중개회사 직원으로 그날도 검은 정장을 입었습니다. 당신은 가코이 씨가 무슨 옷을 입었는지도 제대로 기억하지 못하면서 왜 그 사람에게 직업이 있다고 판단했습니까?"

"그 시간에 역으로 서둘러 가는 인간들은 거의 다 회사원이거나 학생이니까."

"당신은 승합차에서 내린 뒤 행인 무리를 향해 뛰어들어 우치우미 나쓰키 씨를 뒤따라가 등을 찔렀습니다. 우치우미 씨의 복장을 말해 보세요."

"며, 면접용 정장이요."

"우치우미 씨는 올해 신문사에 갓 입사했습니다. 분명 화려한 옷은 입지 않았지만 평상시에도 입을 수 있는 옅은 회색 정장 차림이었습니다. 면접용 정장과는 색상이 상당히 다릅니다. 다섯 번째 피해자 고마바 히나타 씨. 올해 예순여덟 살인 노부인인데 이 주 전에 발목을 가볍게 삐어 제대로 걷지도 못했습니다. 그런데 왜 회사원이라고 판단했는지 근거를 말하세요."

잠시 말이 없던 사사키요는 이내 기분이 상한 듯 "감이요, 감"이라고 대답했다.

"여섯 번째 피해자 히구치 시오리 씨. 히구치 씨는 고마바 씨가 습격당한 순간을 목격하고는 그 자리를 벗어나려다가 그만두었습니다. 그리고 몸에 올라타 공격하는 당신에게 맞서 여러 차례 저항하다가 흉부와 복부를 각각 두 군데씩 찔렸습니다."

"여자아이는 블레이저 재킷을 입고 있었습니다."

정답을 맞혔다는 듯 들뜬 목소리에도 후와는 반응하지 않았다.

"마지막으로 아사하라 겐키 군. 책가방을 메고 있어서 한눈에 봐도 초등학생이라고 판단할 수 있었습니다. 그러므로 아사하라 군은 제외하겠습니다."

사사키요는 도망갈 구멍을 찾는 사람처럼 시선이 어지러이 흔들렸지만 후와는 긴장도 완화도 되지 않은 단조로운 목소리로 말했다.

"지금 나열한 대로 습격당한 일곱 피해자 중 명확하게 회사원이라고 판단할 수 있는 사람은 한 명, 학생이나 아동이라고 판단할 수 있는 사람은 두 명입니다. 다른 네 명은 취업 여부 등을 복장으로 판단할 수 없었죠. 즉 '회사나 학교에 다니는' 사람이기 때문에 표적으로 삼았다는 진술은 오해의 여지 없이 허위입니다."

"검사님은 허위진술이라고 생각하죠?"

사사키요는 비굴하게 웃어 보였다.

"자기보다 강해 보이는 남자는 자동차로 치고 직접 해칠 때는 약해 보이는 여자와 아이를 선택했다. 그런 식으로 해석하시죠?"

"어떤 해석이든 존재하지만 그것이 당신의 본성을 증명하지는 않습니다. 상황과 사실만 있을 뿐이죠."

후와다운 대답이었다.

검사 중에는 범인과 범죄를 말로만 욕하고 비난하는 자가 적지 않다. 사회 정의 실현을 목청껏 외치면서 법관과 배심원의 징벌 의식을 환기하려는 의도였다.

그러나 후와는 피고인의 행위를 상황과 대조하면서 담담하게 설명한다. 격분하지도 비탄에 잠기지도 않고 그저 사실만을 말한다. 그것은 흡사 요란한 내레이션을 제거한 기록 영상 같아서 오히려 범행의 잔학성과 비인간성을 부각하는 데 공헌한다. 짐작한 대로 사사키요는 자신의 치부를 드러낸 듯한 표정을 지었다.

"흥. 확실히 상황과 사실만 본다면 대부분 사람은 내가 최악의 범죄자라고 생각하겠죠. 이럴 줄 알았으면 나이 많은 아저씨라도 몇 명 찌를걸."

미하루의 인내심도 한계에 다다랐다.

검사 밑에서 일하는 사무관이라면 눈앞의 피해자가 무슨 말을 하든 태연하게 버텨야 한다. 검사가 반박하거나 화를 낼 때도 결코 동요하면 안 된다. 사무관은 검사의 그림자고, 그림자가 감정을 드러내면 좋지 않기 때문이다. 그러나 미하루는 자신이 저지른 범행을 농담조로 말하는 사사키요를 보고 있으니 분노를 제어할 수 없을 것만 같았다.

영문도 모른 채 살해된 일곱 피해자의 억울함을 생각하면 참을 수 없는 기분이 들었다. 출근하던 사람, 새 직장을 찾고자 애쓰던 사람, 고객을 위해 다양한 정보를 가방에 가득 넣어 가던 사람, 바라던 회사에 취직해 새롭게 각오를 다지던 사람, 아들 부부를 배려해 혼자 병원에 다니던 사람, 위험을 무릅쓰고 살육자와 대치하던 사람, 그리고 무한한 가능성을 한순간에 빼앗긴 어린 생명.

그만.

미하루는 머리를 크게 흔들며 잡념을 털어냈다. 피의

자에게 개인적인 감정을 느껴도 되지만 지금은 아니다. 지금은 후와와 같은 눈, 같은 귀로 사사키요의 진술을 보고 들어야 할 때다. 이 악귀의 한마디 한마디를 기록해야 할 때다. 미하루는 온 자제심을 긁어모아 키보드를 두드렸다.

후와의 질문이 이어졌다.

"범행 당시 옳고 그름을 판단할 수 있었습니까?"

"검사님. 그건 내가 멀쩡한 판단력을 지닌 상태에서 일곱 명을 죽였냐는 취지로 한 질문이죠?"

"그렇게 생각하셔도 됩니다."

"참 쓸모없는 질문이네요. 왜냐하면 내가 그 순간에 얼마나 심신상실 상태였는지 피력해 봤자 사건 전날 렌터카를 빌렸고 칼을 사서 누가 봐도 계획성이 그득하니 심신상실 따위 절대로 인정받지 못할 테니까. 항변해 봤자 소용없는 짓이라는 것쯤은 알아요."

"그러면 옳고 그름을 판단할 수 있는 상태였다는 말이군요."

"그냥 그렇다고 쳐요."

"왜 이번 범행을 계획했습니까?"

"동기요? 당연히 사회에 복수하려고 그랬죠."

사사키요는 기쁜 듯 입술을 핥았다.

“경찰한테도 말했지만 내가 타고 나지 못한 건 운뿐이에요. 능력은 남들만큼 있거든요. 그런데 아주 조금 늦게, 아니면 빨리 태어났다는 이유만으로 이런 밑바닥 생활을 강요당하다니. 불합리한 게 뭐냐고요? 이런 게 바로 불합리한 일이라고요.”

‘그 말을 살해당한 피해자들 앞에서도 지껄여 보시지.’

미하루는 생각했다.

“세상 사람들은 그래도 참으라고 하죠. 호황이냐 불황이냐에 따라 채용률이 다른 건 어쩔 수 없는 일이라며. 그래, 자기네들은 잘 먹고 잘산다 이거지. 버블경제 시절에 단물 다 빼먹고 위험한 시기는 용케 피해서 강 건너 불구경하는 입장이니까. 참나, 우리 입장이 되어 보라고요. 대학을 졸업하고 나서는 좋은 일이라고는 하나도 없어요. 가재는 게 편이라고, 검사님도 사법시험을 치르고 채용시험에 합격해 배지를 달았으니 엘리트 중의 엘리트잖아요. 그런 사람들이 우리 마음을 어떻게 알겠어요.”

“나는 운이 나빠서 불우하다. 그것이 일곱 명을 살해한 동기입니까?”

“나보다 훨씬 운 좋은 사람들의 행복을 빼앗는다. 그렇게 마침내 나와 다른 사람들은 공평해진다. 아까 자기보다 약해 보이는 사람만 노린 것 아니냐고 물었죠? 그것도 아주 틀린 말은 아니네요. 나보다 약한 사람을 상대하면 더 많이 죽일 수 있을 테니. 최대한 많은 사람의 피를 보려고 했어요. 그러려면 약한 사람부터 처리해야 했죠."

"알겠습니다."

보통 사람이라면 눈썹을 조금이라도 찌푸릴 대답이지만 후와는 평소와 다름없이 무표정한 얼굴로 엄숙하게 질문을 이어갔다. 낯익은 광경이지만 미하루는 다시 한번 후와의 정신력에 감탄했다.

"다른 질문으로 넘어가겠습니다. '로스트 르상티망'이라는 사람을 압니까?"

"알죠. 부경 형사님도 물었거든요. 내 석방을 요구하며 지검을 폭파했다면서요."

사사키요는 유쾌해 견딜 수 없다는 듯 입꼬리를 올렸다. 그 표정과 몸짓에 미하루는 짜증이 더욱 솟구쳤다.

"당신과 '로스트 르상티망'은 서로 아는 사이입니까?"

"아뇨. 나도 그 이름은 형사님에게 처음 들었어요. 그런데 어떤 인간인지는 알겠어요. 그 사람은 분명 나와 같은 일을 당했을 겁니다. 나처럼 면접에서 무시당하고 여러 직장에서 밑바닥으로 밀려나 그 나이 먹도록 결혼도 못 하고 돈도 못 모았냐고 세상 사람들에게 바보 취급을 받으며 세상에서 설 자리를 잃었을 거예요."

사사키요가 도발적인 미소를 지었다. 그러나 이번에도 후와는 조금도 반응하지 않았다. 이쯤 되니 사사키요도 이상하다고 느꼈는지 얼굴에서 미소가 사라졌다.

"그러면 당신은 폭파사건에는 전혀 관여하지 않았겠군요."

"관여고 뭐고, 폭파사건이 일어났을 때 나는 유치장에 있었잖아요. 하지만 전혀 무관하냐고 하면 그건 또 아니에요. 나와 '로스트 르상티망'은 정신적 동지거든요. 서로를 리스펙하는 사이죠. 우리 같은 처지인 사람들이 전국에 몇만 명, 몇십만 명 있어요. 검사님. 세상에 한 방 먹이고 싶어 하는, 이 세상을 뒤집어엎고 싶어 하는 사람이 나와 '로스트 르상티망'뿐인 건 아니라고요."

"무슨 뜻입니까?"

"폭파사건이 한 건으로 끝나지 않을 수 있다는 말이죠. 다음은 기시와다 지부일 수도 있고 어쩌면 오사카 부경청사일 수도 있어요. 우리의 한을 풀 장소는 여기저기 많거든요."

후와를 향해 생긋 웃어 보이던 사사키요는 그의 얼굴을 보더니 표정이 굳었다.

후와는 사사키요를 똑바로 응시하고 있었다. 냉철하고 감정 없는, 빛도 열기도 느껴지지 않는 눈.

"처음에도 설명했지만 지금 작성하는 조서는 재판에서 그대로 인정됩니다."

"아니, 방금 한 말은 아니에요."

"말실수나 농담이 아니었다? 걱정하지 마요. 검사 대면 조사는 앞으로 또 진행할 테니. 수사 진행에 따라 두 번 세 번 이어집니다. 같은 질문을 반복할 수도 있으니 진술을 수정하고 싶으면 그때그때 말하면 됩니다."

"그래요?"

"물론 나중에 수정한다고 이전 진술 내용까지 바뀌는 건 아닙니다. 당신이 폭파사건의 재발을 암시한 기록은 계속 남습니다."

사사키요는 아무 감정도 느껴지지 않는 시선에 맞서듯 혼탁한 감정이 소용돌이치는 눈으로 후와를 노려봤다.

미하루는 사사키요를 연행하는 경찰들을 배웅한 뒤 어깨에 들어간 힘을 단번에 뺐다. 끝까지 감정이 폭발하지 않은 스스로를 칭찬하고 싶었다.

"기소 전 정신감정을 실시할 거야."

"해야 할까요? 아까 사사키요 본인도 말했듯 사건 전날 범행을 준비한 단계에서 심신상실을 주장할 수 있는 여지는 없다고 생각하는데요."

"해야 해. 예측할 수 있는 방해물은 전부 제거해야지."

퇴로를 모두 막아 놓는다니 과연 후와다운 방식이었다. 미하루는 정신감정을 의뢰할 의사 선별 작업을 일정에 넣었다.

"검사님. 아까 사사키요가 선언한 말, 마음에 걸리지 않으세요?"

"무슨 말?"

"폭파사건은 지검에서 일어난 사건만으로 끝나지 않을 거라는 말이요. 반쯤 허세 같지만."

"왜 그렇게 생각하지?"

"만약 사사키요에게 공범이 있다면 렌터카와 칼을 사사키요 혼자서 다 준비하지 않았겠죠. 기시와다역 묻지 마 사건은 사사키요 단독범행이 틀림없다고 생각해요. 그와 동시에 사사키요가 폭파사건에 관여하지 않은 것도 사실이라고 생각합니다."

"그래서?"

"하지만 '로스트 르상티망'은 사사키요의 석방을 요구했죠. 공범이 아니라도 사사키요를 석방하라며 유사한 사건을 일으키는 자가 앞으로 또 등장할까요?"

"어떤 가능성도 제로는 아니야."

후와의 말은 냉정한 만큼 무서웠다.

"사사키요와 처지가 비슷한 사람이 많아. 사사키요와 아무 관계가 아닌 것으로 추정되는 '로스트 르상티망'이 지검을 폭파한 것도 사실이지. 모방범죄가 발생할 확률을 무시할 수 없어."

"그런데 건조물파괴죄는 사상자가 발생하면 중죄에 해당하잖아요."

"사상자가 있든 없든 관계없어. 실제로 청사가 폭파됐는데도 수사 본부는 범인상조차 파악하지 못하고 있지. 이런 경우 모방범이 쉽게 나와. 성공 사례가 있으면 범행의 문턱이 단숨에 낮아지거든."

후와의 설명은 설득력이 있었다. 세상의 관심이 집중되는 중대한 범죄를 일으켜도 체포되지 않는다면 모방하는 사람이 나오는 것은 자명한 이치였다. 그리고 사사키요가 지적한 대로 그와 처지가 비슷한 사람은 몇만 명, 몇십만 명 존재한다. 그중 일만 분의 일만 해도 수십 명이었다.

거기까지 생각하자 미하루는 새삼 사태가 얼마나 심각한지 깨달았다. 자신들의 상대는 사사키요와 '로스트 르상티망'만이 아니었다. 그들 뒤에는 목소리를 죽이고 있는 무수한 동조자들이 버티고 있었다.

3

자신들을 적대하는 사람이 한 명이 아니라는 사실을 자각하자마자 미하루는 어쩔 수 없이 '천하무적'이라는 호칭을 의식할 수밖에 없었다.

물론 그들의 존재는 이전에도 알았다. 언론에서 잃어버린 세대에 대해 정기적으로 다뤘고, 송치되는 사건 중에도 잃어버린 세대가 점점 눈에 띄었기 때문이다. 후와는 범죄자 집단을 세대별로 한데 묶어 논하는 것은 견강부회라고 했지만 미하루의 생각은 달랐다.

고통받는 세대는 분명히 존재한다.

현대 사회에서 일정한 직업은 하나의 지위다. 직업이 있으면 안정된 삶을 살 수 있고 안정된 생활은 결혼의 전

제가 된다. 물론 결혼을 최대 행복으로 규정하는 것은 전근대의 낡은 사고방식이라고 일축하는 사람도 있다. 하지만 그 사고방식을 적대시하는 의견이 있다는 사실 자체가 이미 그 생각이 사회의 주류라는 방증이기도 했다.

일본은 오래전부터 격차 사회로 변했다고 언론과 평론가들이 떠들썩하게 평한다. 미하루는 지검에 취직했고 또래 친구들도 대부분 정규직으로 근무하다 보니 사회에서 소외됐다고 느낀 적은 한 번도 없었다. 그러나 피해 의식은 늘 피해자끼리만 공유할 수 있다. 어딘가 혼탁한 장소에서 원한과 복수심이 응어리져 쌓여 있어도 미하루 같은 사람들은 알아차릴 수 없으리라.

사회 격차로 인한 원망과 탄식이 사소한 계기로 폭동으로 발전하는 사례는 미국과 유럽 등에서도 자주 보도된다. 경제, 인종, 지역 등 격차의 종류는 다양하지만 불만을 한꺼번에 터뜨리는 민중은 거칠고 폭력적이다. 평화 시위에 그치지 않고 파괴와 약탈을 일삼는 상황도 적지 않다.

사회에서 소외된 사람들이 폭동을 일으킨 사건이 보도될 때마다 이 나라 국민은 바다 건너 남의 일이라고 치부했다. 일본인은 조심성이 많고 시민의식이 성숙하기 때문에 정치와 사회에 불만이 있어도 결코 다른 나라 사람들처럼 폭동은 일으키지 않으리라 믿었다.

그런데 그런 믿음의 근거인 신중함과 시민의식은 과연 무조건 믿을 수 있을 만큼 굳건할까?

점심으로 편의점 도시락을 먹은 뒤 인적이 드문 흡연 구역으로 향하자 역시 니시나가 있었다.

"고생 많아, 미하루 씨."

"안녕하세요."

"이야기 들었어. 후와 검사가 마에다 씨도 용의자 후보로 꼽았다던데."

면회가 허가되자 니시나는 매일 마에다를 문병 다니고 있으니 분명 본인에게 들은 정보이리라.

"죄송해요. 저도 검사님께 그건 좀 아닌 것 같다고 말하긴 했는데."

"미하루 씨가 사과할 일은 아니지. 그리고 피해자조차 범인으로 의심하는 점에서 후와 검사가 얼마나 진심인지 알 수 있어. 마에다 씨도 처음에는 당황했지만 결국 이해한 것 같고."

"지금 우편물 수령은 과장님이 담당하신다고 들었어요."

"다른 직원의 안전을 생각하면 안심하고 맡길 수 없거든. 애초에 이런 상황에서 나서라고 관리직이 있는 거지.

부경 소속 순경이 먼저 확인한 뒤 받으니까 걱정하지 마. 그보다 사사키요 마사이치의 첫 대면 조사를 끝냈잖아."

미하루는 첫 대면 조사에서 사사키요가 진술한 내용과 후와의 말을 전했다.

"이런 큰 사건이 터졌는데 후와 검사는 평소와 다르지 않네. 역시 후와 검사다워."

"좀 더 위기감을 느껴야 할까요?"

"지검 폭파사건이 어떤 의미인지 누구보다 잘 알 거야. 그 중대한 의미를 얼굴에 드러내면 후와 검사가 아니지."

"검사님은 세대론으로 묶는 걸 피하세요. 개별 사건을 세대론 같은 걸로 한데 묶어 생각하지 말라고."

"흐음. 그러니까 미하루 씨의 의견은 다른가 보지?"

"'로스트 르상티망'에 찬동하는 사람이 적지 않은 것 같아서요."

"모방범이 나올까 봐 걱정이구나?"

"모방범이라기보다 잃어버린 세대의 폭동처럼 번지지 않을까 하는 생각이 들더라고요."

"폭동이라."

니시나는 잠시 생각에 잠기더니 무언가 떠오른 듯 입을 열었다.

"전국적으로 보면 일본인은 폭동과 거리가 멀다고 생각하는 사람이 많겠지만 우리 오사카 사람들에게 폭동은 그리 생소한 일이 아니야. 미하루 씨도 니시나리 사건은 알지?"

지명을 듣고서 화들짝 놀랐다. 어째서 지금까지 생각하지 못했을까.

1961년, 아이린 지구에서 첫 사건이 발생한 이후 니시나리구에서 산발적으로 거듭 폭동이 일어났다. 자연히 발생한 폭동도 있는가 하면 신좌익운동가의 선동으로 일어난 폭동도 있는데 크고 작게 스무 차례 이상, 가장 가까운 시기에 발생한 폭동은 2008년 6월에 음식점에서 결제를 둘러싼 다툼이 발단이 되어 일어났다.

"다들 오사카 사람은 라틴계와 비슷하다고 하는데 별로 웃기지도 않은 농담을 좋아하는 건 둘째치고 고통받는 사람이 집단으로 반기를 드는 건 여러 번 봤어. 니시나리 폭동 중에는 경찰서를 불로 공격하기까지도 했지. 그런 사태를 본 사람은 확실히 잃어버린 세대의 폭동을 예사롭지 않다고 생각해. 조건도 갖췄고 말이야."

"조건이라니 그게 뭔데요?"

"폭동을 일으키는 사람들의 생활이 불안정하고 오랫동

안 어떤 불만이 쌓일 것. 그 증오가 개인보다 조직이나 사회를 향할 것. 그리고 어떠한 계기로 선동자가 존재할 것."

조건이 들어맞을수록 미하루의 심장 박동이 빨라졌다. 니시나의 말이 맞다면 지금 상황은 그야말로 폭동 전야였다.

"이러니저러니 해도 우리 공무원은 복 받은 거야. 아침에는 패스트푸드, 점심에는 편의점 도시락, 저녁에는 직접 차려 먹는 밥. 사는 곳은 관사나 임대 맨션. 우리는 검사의 생활 수준을 아니까 무의식중에 비교하면서 자학하지만 할 수 있는 일이 아르바이트밖에 없는 사십 대 성인이 우리를 부러워하거나 시기해도 이상하지 않아."

자신의 수입에 적잖은 불만을 품고 있는 미하루는 호흡이 더 거칠어졌다. 누군가의 평범한 삶이 다른 누군가에게는 사치로 비치기도 한다. 예전부터 알고는 있었지만 자신의 삶이 상위에 속한다고 생각한 적은 한 번도 없었다. 사회에서 소외된 사람들에게는 아마 오만한 사고방식이리라.

"자본주의 사회에는 당연히 빈부 격차가 있지. 지금까지는 사회제도나 다른 문제를 주목하느라 보이지 않았을 뿐이야. 그러니까 미하루 씨, 앞으로 만약 사사키요나 '로스트 르상티망' 같은 놈들이 뭉쳐서 폭동을 일으킨다고 해도 나는 전혀 놀라지 않을 거야."

네 생각은 기우에 불과하다. 사실은 그런 확답을 듣고 싶었다는 것을 미하루는 깨달았다.

스스로도 알았다. 자신이 다른 사람의 판단에 의존할 때는 극도로 두려움에 빠졌을 때라는 사실을.

미하루의 걱정은 다음 날 바로 현실이 되고 말았다.

미하루는 평소처럼 그 소식을 니시나에게 들었다.

—미하루 씨, 지금 컴퓨터나 스마트폰 할 수 있어?

갑자기 걸려 온 내선 전화 너머로 긴박한 기운이 전해졌고 미하루는 이유를 물을 새도 없었다.

"스마트폰 할 수 있어요."

—지금 당장 동영상 사이트 들어가서 'ANFO 폭탄'이라고 검색해 봐.

시키는 대로 스마트폰을 꺼내 검색어를 입력했다. 니시나가 말하려는 동영상이 바로 떴다.

〈원숭이도 만들 수 있다! ANFO 폭탄〉

재생 시간은 약 십오 분. 게시자의 얼굴은 찍히지 않았고 목소리만 나오는 가운데 ANFO 폭탄의 유래와 제조 방법을 설명했다. 그 직후 폭탄의 재료를 나열하고 제조 과정이 배속으로 재생됐다. 마지막으로 소포 크기만 한 완성품을 클로즈업했다.

—더불어 폭약의 조합과 제조 방법은 전부 '로스트 르상티망' 씨가 공개한 정보를 기반으로 했습니다.

보는 동안 식은땀이 흐르는 기분이었다. 범행 현장에 지문을 남기는 의미로 '로스트 르상티망'이 공개한 폭탄 제조 과정을 유튜버가 직접 실연하고 있었다.

"니시나 과장님, 이거."

—끔찍한 영상이지?

"설마 진짜로 만들어서 동영상을 올릴 줄이야."

—정말 끔찍한 건 그런 동영상이 한두 개가 아니라는 거야.

니시나의 말이 맞았다. 그런 동영상 외에도 '검증, 로스트 르상티망의 증언'이나 '일만 엔으로 할 수 있는 테러'나 '오사카 부경 청사를 박살 내는 법' 등 사람을 우습게 보는 듯한 제목이 즐비했다. 확인 삼아 재생해 보니 하나같이 인터넷에 공개된 원재료와 제조 방법으로 실제로 폭탄을 만들었다는 내용이었다.

악질 유튜버가 등장한 지 오래다. 그들은 민폐행위방지

조례나 경범죄법에 저촉되는 행위를 저지르고 사람으로서 수치를 모르며 상식과 존엄을 던져 버려서라도 조회수를 올리려는 관심종자라고 미하루는 생각한다. 어쩌다가 그런 동영상을 재생했을 때는 불쾌하고 역겨워서 구역질마저 일었다.

그러나 이 동영상들은 그런 불쾌한 동영상들과는 비교도 할 수 없었다.

악의와 자기 현시욕의 박람회였다.

화면을 아래로 스크롤하면서 동영상 목록을 살피니 더욱 거슬리는 영상이 있었다.

〈실제 검증! 오사카 지검 폭파사건 재현〉

장소는 채석장인지 배경에 자갈과 녹슨 철판 더미가 있었고 중앙에는 드럼통이 다섯 개 줄지어 있었다.

화면 한가운데에 곧 '20'이라는 숫자가 표시되더니 카운트다운이 시작됐다.

5, 4, 3, 2, 1.

0.

그 순간 굉음과 함께 드럼통이 폭발해 부서졌다. 날아갔다기보다 폭심지에서 밀려 넘어지는 모양새였지만 드럼통 하나의 무게를 감안하면 폭발력이 상당하다고 짐작할 수 있었다. 게다가 가까이 다가가 찍으니 드럼통 몇 개는 폭발로 구멍이 뚫렸다.

—그런 악질 동영상이 어젯밤부터 계속 올라오고 있어. 게다가 올라온 지 반나절밖에 안 됐는데 모두 조회수가 꽤 높아. 그래서 더 화가 나.

수화기 너머에서 니시나가 분개하는 모습이 눈에 선했다.

—미하루 씨의 예언이 보기 좋게 적중했어.

"그런 게 적중해 봤자 하나도 안 기쁘다고요."

—그렇지. 기뻐할 여유 따위 없지. 이거, 상황이 가열될 전조니까.

새삼 설명을 들을 필요도 없었다.

'로스트 르상티망'에게 자극을 받은 유튜버들이 현실에서 폭탄 제조를 모방한다. ANFO 폭탄 제조가 의외로 쉽다는 사실을 증명했다. 사사키요처럼 가슴속에 울분을 쌓아둔 무리가 이 동영상들을 보면 당연히 자극받을 터다.

이 기회에 ANFO 폭탄을 제조해 보려고 시도하는 자들이 속출했다. 단순한 호기심이든 진심이든 모방하는 사람은 반드시 나온다. 그러면 미하루와 니시나가 예상한 최악의 사태가 벌어진다.

—아무튼 동영상 사이트에는 삭제 요청해 놓을게.

삭제 요청 자체는 간단하다. 사이트에 계정을 만든 뒤 위반 신고를 하면 된다. 그러나 추종자가 계속해서 나타나면 다람쥐 쳇바퀴 돌 듯 취소 요청 업무가 반복되어 결국 시간과 인력만 낭비할 뿐이다. 건당 취소를 요청하는 방법은 대증 요법에 불과했다.

"부탁드립니다."

니시나와 통화를 끝낸 미하루의 가슴속에 묵직한 것이 남았다.

두려워하던 상황이 발생했다.

동영상을 게시한 유튜버들 모두가 잃어버린 세대는 아니리라. 그러나 '로스트 르상티망'의 범행 성명에 공감한 것은 분명하다. 사사키요와 '로스트 르상티망'에 그치지 않고 이 세상에 혼란과 파괴를 불러오려는 자들이 잇따라 고개를 들었다. 채석장에서 ANFO 폭탄을 터뜨린 자의 충동이 이것으로 가라앉으리라는 보장은 어디에도 없었다. 채석장 폭발로 조회수 만 회를 기록한 사람은 조회수를 늘리고 싶어서 다음에는 더욱 소란스러운 장소를 폭파할 계획을 세울 것이 분명했다.

조금 더 사람들 눈에 띄는 곳에서.

더 파괴할 가치가 있는 존재를.

미하루는 가슴이 술렁였다.

그로부터 두 시간 후, 미하루가 염려하던 일이 현실이 됐다. 그날 정오에 오사카 지검과 오사카 지역 TV 방송국 다섯 개사 및 NHK 오사카 방송국 홈페이지에 또다시 '로스트 르상티망'이 게시글을 올린 것이다.

이 세상에, 그리고 이 나라에 이의를 제기하고 싶은 동지들이여. 우리의 외침은 더 이상 말로는 전할 수 없다.

메시지의 내용과 타이밍으로 보아 어젯밤부터 오늘까지 게시된 동영상에 응답한 것이나 다름없었다. 미하루는 낮에 방송하는 와이드 쇼 프로그램을 봤는데 스튜디오에 나란히 있는 출연자들은 모두 몹시 흥분한 기색이었다.

—역시 일종의 범행 성명이라고 봐야 할까요? 인터넷에 부적절한 동영상들이 올라오자마자 이 게시글을 썼으니까요.

—그들이 한패인지 아닌지는 모르지만 사회에 복수하겠다는 목적의식은 같습니다. 동영상을 보는 사람들은 호

기심 때문인지 놓치고 있는 부분이 있는데 실제로 폭탄 제조 방법이나 그 위력을 실험한 동영상까지 올리는 행위는 악질 유튜버를 넘어 테러리즘입니다.

—문제의 동영상은 곧바로 삭제 요청을 한 듯하지만 이후로도 유사한 동영상이 잇따라 업로드되고 있는 것 같습니다. 흠, 폭탄의 재료는 모두 시중에서 구매할 수 있고 고등학교 3학년 수준의 화학 지식만 있으면 만들 수 있으니까요.

—경찰에서 이런 유튜버들을 단속하지 않을까요?

—계정주를 특정하려면 시간이 걸리거든요. 삭제 요청은 간단하지만 게시자까지 밝혀내기에는……. 무엇보다 폭탄 제조나 폭파 동영상을 올렸다는 사실만으로 게시자를 체포할 수 있느냐를 따지면 모호합니다.

의문을 제기한 사람은 패널로 출연한 변호사였다.

—체포할 수 없습니까?

—우선 제조한 대상물이 정말 폭탄인지 아닌지 영상만으로는 판단할 수 없습니다. 화약처럼 보이는 물질이 사실 평범한 가루일 수도 있거든요. 폭발 영상도 특수 촬영이라는 등 둘러대면 경찰 측에 입증책임이 있습니다. 특정 기업에 손해를 끼쳤다면 업무방해죄, 즉 위계업무방해

죄 또는 위력업무방해죄가 적용되는데 이 경우 어느 것에도 해당하지 않습니다.

—그렇군요. 게시된 영상은 모두 반사회적이면서도 아슬아슬하게 선을 넘지 않는다는 말씀이군요.

—맞습니다. 사회를 몹시 떠들썩하게 만들기는 했지만 분명히 빠져나갈 수 있는 여지가 있습니다. 정말 용의주도한 동영상이라고 생각합니다.

—참 화가 나네요.

거침없이 말하기로 유명한 개그맨이 얼굴을 찌푸리며 말했다.

—질 나쁜 동영상을 올리는 부류는 으레 그저 관심받고 싶어 하는 사람이거나 직업 없이 한가한 사람이기 마련인데 이런 행위는 완전히 범죄예요. 동영상을 재생한 사람들을 명백히 불안에 빠뜨리려는 의도고 그 동영상을 참고해서 폭탄을 만들려는 바보들도 늘어나고 있겠죠? 변호사님이 말씀하신 대로 처벌할 수 없다면 법에 허점이 있는 셈이네요.

직업이 없는 사람이라고 거침없이 말하는 점이 연예인다웠는데 다른 패널들도 조심하지 않는 분위기였다. 이런 식으로 직업이 없는 사람은 예비 범죄자라는 분위기가 은

밀하게 조성되는 것인지도 모른다는 생각에 미하루는 조금 경계심이 들었다.

—법 제도의 허점은 항상 나오던 이야기라 조금 식상한 면이 있네요. 현재 가장 시급한 과제는 '로스트 르상티망'을 체포하는 일입니다. 그 때문에 건물이 파괴되고 부상자가 나왔으니까요.

—그런데 말입니다. 오사카 지검을 폭파한 범인을 체포했다고 해도 이런 동영상을 올린 사람들처럼 그를 추종하는 사람들이 우후죽순으로 생기면 끝이 없거든요. 폭탄범은 당연히 일벌백계해야 하고 이런 악질 유튜버라고 할까, 테러 유튜버들도 박멸하지 않으면 도저히 우리 사회가 안전해질 수 없어요.

—아직 죄를 짓지 않은 사람을 없애라는 말은 현실적이지 않지만 그런 말을 꺼낼 정도로 심각한 상황이라는 뜻이겠죠. 확실히 법률상으로는 해당하는 죄목이 없지만 사회 상식이나 윤리적인 측면에서 이런 동영상은 반사회적이라고 비난받아도 어쩔 수 없습니다.

—글쎄요, 영상을 올리는 당사자들은 표현의 자유라는 그럴싸한 구실을 내걸겠지만.

—그건 아니죠.

개그맨이 도중에 말을 끊었다.

—저도 무대에서 아슬아슬하게 줄타기하듯 위험한 이야기를 하는 사람이라서 표현의 자유가 무엇인지 웬만큼 알거든요. 무엇을 어떻게 말하든 괜찮지만 관객이 가득 들어찬 영화관 안에서 불이 났다고 외치는 건 안 되죠. 타인을 불안에 빠뜨리는 표현의 자유는 그저 선동일 뿐입니다.

평소처럼 거침없는 입담에 도리어 설득력이 느껴졌다. 미하루는 그 개그맨의 팬은 아니지만 의견에는 전적으로 동의했다.

—이 동영상이 불법은 아니지만 누구나 반사회적이라고 생각할 겁니다. 표현의 자유니 뭐니 거창한 핑계는 댈 것도 아니에요. 그렇다면 새 법을 제정하거나 하다못해 법률 외 어떤 것으로 규제해야 하지 않겠습니까.

—아, 인터넷에는 네티즌 수사대가 상주하니 그런 사람들에게 맡기는 것도 방법이겠네요.

—이런 동영상을 올리는 사람의 본명과 신상정보를 모두 노출하는 것은 어떨까요? 사실상 실효성 있는 방법이라고 생각하는데요.

게시자의 신상정보 공개는 확실히 즉효성이 있겠다고

미하루도 인정했다. 인터넷에서 멋대로 날뛰는 이유는 익명이라는 안전지대에서 보호받기 때문이다. 인터넷에서의 모습과 실제 모습이 다르다는 말이 있듯이 그들을 현실 세계로 끌어내면 그 순간 약해지리라.

그런 생각에 사로잡혔을 때 프로그램에서 지금까지 한마디도 하지 않은 젊은 사회학자가 손을 들고 발언 의사를 밝혔다. 이때는 사회자도 당황한 듯했다.

—저기, 교수님. 일일이 손을 들지 않으셔도 됩니다.

—아뇨, 여러분의 논조와 조금 다른 의견이라서요. 토론하시는 말씀을 들어 보니 사사키요나 '로스트 르상티망', 나아가 그들에게 동조하는 동영상을 게시한 사람들까지 반사회적 존재로 배척해야 한다고 말씀하시는 것 같습니다.

—그야 당연하지요. 건물이 파괴되고 부상자까지 나왔습니다. 사사키요는 일곱 명이나 살해했습니다. 당연히 배척할 만하지 않습니까.

—네, 사사키요의 행위나 오사카 지검 폭파사건을 옹호할 생각은 추호도 없습니다. 그러나 테러리스트에게도 나름의 이유가 있듯 그들에게도 그들 나름대로 이유가 있다고 생각합니다. 저는 올해 마흔두 살로 딱 그들과 같은 잃

어버린 세대기 때문에 그 마음을 절실히 이해합니다. 만약 제가 대학에서 교편을 잡은 몸이 아니라 제대로 된 직업도 갖지 못한 채 하루살이 인생을 사는 사람이었다면 어쩌면 그들처럼 행동했을지도 모른다는 두려운 마음이 계속 들었습니다.

이 사회학자는 최근 여러 언론에서 주목하는 인물이었는데 그동안 자신의 속마음을 거의 드러내지 않았다. 나란히 앉아 있는 패널들은 흥미진진한 얼굴로 그의 말에 귀를 기울였다.

—묻지 마 살인도 오사카 지검 폭파도 부적절한 동영상 게시도 모두 반사회적 행위입니다. 하지만 조금 전에 말씀드렸듯 그들을 범죄 내지 반사회적 행동으로 내몬 원인 중 하나는 역시 사회 환경입니다. 빈곤은 범죄를 낳고 사회 격차는 원한을 조성합니다. 그들에게도 다른 사람처럼 지켜야 할 재산이나 보호해야 할 가정이 있었다면 이런 행위를 저지르는 지경까지 오지 않았으리라 생각합니다.

—하지만 잃어버린 세대 모두가 그런 짓을 하는 건 아니잖아요.

—맞습니다. 그래서 나오는 것이 자기책임이라는 편리한 말입니다. 범죄를 저지르지 않는 자는 책임감이 있어

서 스스로 제어할 수 있다. 물론 맞는 말이기는 합니다. 그러나 이들이 범죄를 저지르는 상황에 내몰리기 전에 정부와 사회는 과연 안전망을 구축할 수 있었을까요? 혹은 구축할 마음이 있었을까요? 최근 후생노동성은 취업빙하기세대 활약 지원 플랜을 발표했지만 너무 늦은 감이 있습니다. 취업빙하기세대는 이미 사십 대죠. 이제 와 지원해 봤자 삶의 질을 높이는 데는 시간이 걸립니다. 적어도 십 년 전에 시행했어야 할 정책입니다.

―그렇다면 역시 정부의 책임이라는 말씀 아닙니까.

―정부도 사회도 잃어버린 세대의 실상을 알면서도 지금까지 아무런 지원을 하지 않았습니다. 정부와 사회에 책임을 전가할 생각은 없습니다. 다만 훨씬 전에 지원의 손길을 내밀어 줬으면 어땠을까 반성할 뿐입니다. 사람들이 함께 살아가는 제대로 된 사회라면 약자를 구제하려고 조치하는 것이 당연합니다. 약육강식이 맞다는 인식이 강해지면 짐승의 세계와 같지 않겠습니까. 우리가 약자와 목소리를 내지 않는 자들의 존재를 돌보지 않은 것은 사실입니다. 무사안일주의와 냉소가 기준이 된 인상마저 듭니다. 그러나 방관과 냉소가 불러오는 것은 언제나 비참함뿐입니다. 건강한 사람은 환자의 고통을 모르고 부유한

자는 가난한 자의 공포를 이해하지 못합니다. 그리고 지금 그 비용에 대한 청구서를 받고 있다고 해도 무방합니다. 선악과 옳고 그름의 문제는 차치하고 이 사회가 사사키요와 '로스트 르상티망'을 낳은 것은 틀림없습니다.

사회학자의 발언이 끝난 뒤 한동안 아무도 입을 열지 않았다.

점심시간이 끝난 뒤 집무실로 돌아온 미하루는 무심코 후와의 안색을 살폈다.

와이드 쇼에 출연한 사회학자의 발언이 떠나지 않고 귓가에 맴돌았다.

—선악과 옳고 그름의 문제는 차치하고 이 사회가 사사키요와 '로스트 르상티망'을 낳은 것은 틀림없습니다.

미하루도 납득할 만한 설명이었는데 후와는 어떻게 생각할까? 범죄자를 소추하는 사람으로서 만악의 근원이 사회에 있다는 사실을 인정할까? 아니면 역시 범죄를 일으키는 원인은 개인의 양심이라고 단죄할까?

갈등하는 미하루를 아랑곳하지 않은 채 후와는 평소처럼 무표정한 얼굴로 수사자료를 읽었다. 갓 사무관이 됐을 무렵의 미하루였다면 앞뒤 생각하지 않고 질문했겠지만 지금은 입을 열기 전에 깊게 생각할 줄 안다. 떠오르는 대로 물어 봤자 상대도 해 주지 않을 테니까.

입을 열 타이밍을 재는데 유선전화가 울렸다. 표시된 번호를 보니 1층 접수대였다.

—안녕하세요. 혹시 후와 검사님 자리에 계십니까?

"네, 계십니다."

—검사님께 면회 요청이 들어왔어요. 오사카 부경의 오비쓰 님이 오셨습니다. 사전에 약속을 잡지는 않으셨다고 합니다.

처음 듣는 이름이었다.

"검사님. 오사카 부경의 오비쓰라는 분이 1층에서 기다리신답니다."

"방문한다는 말은 못 들었는데."

"미리 약속을 잡지는 않으셨답니다."

"그러면 거절해. 곧 대면 조사를 시작해야 하니."

상대가 누구든 납득할 만한 이유가 없으면 승낙하지 않는 후와다. 미하루는 방문자에게 미안하다고 생각하며 접수대에 면회 불가를 전했다.

—저기, 오비쓰 님이 언제 시간 되시냐고 묻는데요.

미하루는 오늘 일정을 확인한 뒤 후와에게 의견을 물

었다.

"오후 6시 이후면 괜찮다고 말씀해 주세요."

전화를 끊고 나서 한 가지 확인하지 않았다는 사실을 깨달았다.

"검사님, 오비쓰라는 분을 아세요?"

"오사카 부경 경비부장이야."

상대의 직함을 듣고 입이 반쯤 벌어졌다.

대규모 경찰서의 본부장은 대부분 경비부 출신이 맡는다. 그 때문에 경비부장은 사실상 이인자인 경우가 많다. 오사카 부경은 본부장 밑에 부본부장이 있으니 삼인자인 셈이지만 어쨌든 부경 본부의 수뇌라는 사실은 분명했다.

그런 인물을 사전에 약속하지 않았다는 이유로 문전박대 하는 후와는 역시 특이한 존재였다.

미하루는 선입견이 강해서 경비부라는 말을 들으면 비밀주의를 고수하는 음습한 인상만 떠올랐다. 경비부는 경찰청 경비국을 중심으로 경시청 공안부, 도부현* 경찰 본

* 총 47개로 이루어진 일본 지방 공공 단체인 도도부현(都道府県) 중 도쿄도(都)를 제외한 나머지 지역.

부 경비부, 관할 경찰서 경비과로 조직된 공안 경찰이다. 도부현 경찰의 공안 조직은 경찰청 직할이기 때문에 예산도 국고에서 지급된다. 말하자면 현경 본부에서 독립된 조직이기 때문에 미하루가 그들을 어둡다고 느끼는 이유기도 했다.

그런데 오비쓰의 첫인상은 그 선입견을 크게 배반했다. 약속한 오후 6시 정각에 다시 방문한 오비쓰는 붙임성 있고 온화하게 웃는 남자로 시종일관 무표정하고 무뚝뚝한 후와와 완전히 정반대로 보였다.

"바쁘신 와중에 죄송합니다, 후와 검사님."

입을 열자마자 미소를 지으며 빈정대는 바람에 미하루는 조금 당황했다. 아무래도 오비쓰는 겉보기와 다른 사람인 것 같다. 후와와 처음 보는 사이도 아닌 듯했다.

"저야말로 죄송합니다. 마침 대면 조사 시간이었거든요."

오비쓰를 대하는 후와는 표정이 없는 만큼 모든 말이 듣기에 따라 비꼬는 투로 들렸다. 의식하고 비꼬는 사람과 의식하지 않고 비꼬는 사람의 대결 구도에 미하루는 아찔했다.

"서로 시간이 없는 듯하니 곧바로 본론으로 들어가죠. 사사키요 마사이치의 조사는 어디까지 진행됐습니까?"

"이제 첫 조사를 마쳤습니다."

"사사키요와 '로스트 르상티망'이 어떤 관계인지 밝혀졌습니까?"

"아직 수사 중이라 말할 수 없습니다. 어떤 사실이 밝혀지면 수사 본부에 피드백할 겁니다."

"경비부는 수사 본부 소속이 아닙니다."

수사 본부의 주체는 형사부이므로 당연했다. 애초에 경비부가 형사사건에 관여하는 경우는 드물었다.

"오늘은 '로스트 르상티망'에 관한 수사 정보를 우리 공안과와 공유하자는 제의를 하려고 방문했습니다."

"공안과? 경비부는 '로스트 르상티망'을 테러리스트 조직원이라고 생각합니까?"

"그게 생각까지 해야 할 사안인가요."

사근사근한 얼굴로 단정 지어 말하는 어투는 어딘가 섬뜩했다.

"ANFO 폭탄의 제조 과정을 공개하는 것만으로 완벽한 공안 사건입니다. 그런 내용이 퍼지면 이 나라에 테러리스트가 판치게 되죠. 현 정권의 전복을 꿈꾸는 그들에게 더할 나위 없는 상황 아닙니까."

"구체적으로 어느 조직에 소속된 테러리스트라고 생각

합니까?"

경비부 내 공안 경찰은 1과가 공산당이나 사이비 종교를, 2과가 우익단체를, 3과가 극좌폭력집단을 각각 담당한다. 따라서 경비부가 감시하는 대상이 누구냐에 따라 담당 과가 달라진다.

"현재 어떤 상황인지 특정하지는 않았습니다. 다만 최근 사이비 종교는 잠잠하니 2과나 3과가 담당할 것 같습니다."

"현재 우리 쪽 상황을 말씀드리면 피의자가 공안 경찰의 감시 대상이 될 만한 확증은 아직 아무것도 없습니다."

후와는 거침없이 말했다.

"현재는 그렇더라도 수사가 진행되면서 피의자 후보에 반사회적 정치 신념을 지닌 자가 몇 명 떠오를 겁니다."

"근거가 뭡니까?"

"범행 양상 자체가 테러리스트의 방식이니까요. 우편으로 보낸 폭발물이 언제 폭발할지, 누구를 희생시킬지 알 수 없죠. 즉 특정 직원이 아니라 지검이라는 조직을 노린 범행입니다."

"'로스트 르상티망'은 범행 성명에 사사키요를 즉시 석방하라고 요구했습니다. 범행 양상도 요구 내용도 테러리스트 같지만 그렇다고 반사회적 조직의 범행이라고 단정 짓기에는 근거가 부족합니다."

"하지만 검사님. 조직의 범행 또는 조직에 속한 자의 범행을 부정할 근거도 없습니다. 어차피 피의자를 추릴 때 그런 위험 분자를 색출해야 할 겁니다."

오비쓰는 바로 지금이라고 말하는 듯 상체를 앞으로 쑥 내밀었다.

"공안과에 예비 테러리스트로 분류한 인물들의 명단이 있습니다. 사상, 소속 단체, 폭탄 제조지식의 유무, 과거 소요 사건 관련 여부, 그 밖에도 여러 정보를 전부 관리하고 있습니다. 그 명단을 이번 수사에 제공할 수도 있어요."

미하루는 뜻밖이었다. 공안 경찰의 존재 의의 중 하나는 위험 분자의 정보다. 정보는 전부 공안과에서 관리하며 같은 경찰 조직에서도 공유하지 않는다고 들었다. 그렇게 꼭꼭 숨겨 놓은 정보를 제공한다니 공안과, 나아가서 경비부의 진심을 엿볼 수 있었다.

그러나 후와의 태도는 조금도 변하지 않았다. 표정 없는 얼굴은 물론 감정이 한 조각도 느껴지지 않는 말에 익숙해진 미하루조차 불안한 마음이 솟았다. 오비쓰의 얼굴도 슬슬 초조한 빛으로 물들었다.

"물론 공안과가 정보를 제공하는 이유는 사건을 조기 해결하려는 목적이지만 우리가 가진 정보로 피의자를 특정하게 된다면 어떠한 과정을 거쳐 피의자를 추렸는지와 피의자의 사상이 기록된 대면 조사 내용을 공유하고 싶습니다."

친밀감을 조성하다가 연대를 제안하고 다시 협상을 시도했다. 오비쓰는 후와의 안색을 살피며 교묘하게 어조를 바꿨다. 말의 단면이 고양이의 눈처럼 시시각각 변해도 위화감을 느낄 수 없었는데 그 이유가 바로 미소를 잃지 않기 때문이라는 사실을 깨달았다. 그렇다면 사근사근한 얼굴과 태도 모두 처음부터 계산된 행동이었다는 말인가. 아니면 오비쓰는 자신이 타고난 호감 가는 성격을 다듬어 독자적인 협상술로 발전시켰을까.

어쨌든 상대가 후와라서 효과를 기대하기 힘들었다. 상대의 반응을 확인하며 진행해야 하니 표정도 반응도 없는 후와를 상대할 때는 마네킹을 상대하는 것과 같았다.

"다만 검사님 스스로 장황하게 우리에게 설명하거나 검사 조서나 보고서를 공안과에 흘리는 건 거부감도 들고 지검 내부의 비판도 있을 테죠."

"있겠지요. 안타깝게도 공안과는 수사 본부에 속하지

않으니까."

"그러면 피의자를 체포하고 검사님이 조사한 뒤에 우리에게 일시적으로 신병을 넘기는 건 어떻습니까? 궁금한 것만 묻고서 바로 돌려보내겠습니다."

미하루는 어이가 없었다. 정보 제공 등 협력을 내세우면서 결국은 후와가 잡은 피의자를 옆에서 가로채 공안과의 실적을 쌓고 싶다는 속셈이었다.

바꿔 말하면 공안과가 가진 정보가 그만큼 가치 있고 희소하다는 자부기도 했다.

'로스트 르상티망'을 특정하는 데 난항을 겪는 지금, 예비 테러리스트 명단은 반드시 손에 넣고 싶었다.

그런데 후와의 대답은 예상대로 앉은 자리에 풀도 안 날 만큼 냉정했다.

"두 번이나 찾아오느라 수고스러우셨겠지만 안타깝게도 기대를 저버리겠군요. 수사 진척 상황을 상관도 없는 부서에 알려 줄 의리도 없고 피의자를 빌려주는 식의 경솔한 행동도 용납할 수 없습니다."

후와의 말에서 분노나 경고는 전혀 느껴지지 않았다. 그렇기에 더 이상 발붙일 곳이 없었다. 역시 오비쓰의 얼굴에서 미소가 사라졌다.

"경솔한 행동이라고 하셨습니까?"

"사법기관이 기록으로 남길 수 없는 일, 세상에 공개할 수 없는 일은 대부분 경거망동한 행동이었다는 비난을 면할 수 없는 것들입니다."

게다가 후와의 방식에도 어긋난다고 미하루는 가슴속으로 중얼거렸다.

"기록으로 남길 수 없고, 세상에 공개할 수 없는 일이라는 표현은 공안 경찰을 비꼬는 말입니까?"

오비쓰는 다소 도발적이었지만 애초에 후와는 빈정거릴 정도로 위트 있는 사람이 아니었다. 오비쓰는 후와와 초면은 아니더라도 그와 협상한 경험이 별로 없었기에 그런 사실을 모를 것이다.

"시간을 더 낭비하는 건 오비쓰 씨도 달갑지 않겠죠. 이만 돌아가시죠."

그야말로 찬바람이 쌩쌩 날렸다. 후와는 사과나 양해를 구하는 말 없이 사무적으로 딱 잘라 말했다. 매번 이런 식으로 대응하니 불필요하게 적을 만드는 것이다. 조금은 빈말도 할 줄 알면 좋을 텐데.

"시간을 오래 빼앗으면 실례가 될 테니 이만 가보겠습니다. 하지만 이것으로 이야기가 끝난 것은 아닙니다."

오비쓰는 자리에서 일어서며 포기하지 않은 듯 미련이 남은 말투로 말했다. 붙임성이 좋은 점과 외모에 어울리지 않는 집요한 성격이 이 남자의 협상술이겠거니 미하루는 이해했다.

"또 찾아뵙겠습니다."

마지막으로 남긴 말에는 집착마저 느껴졌다. 오비쓰가 집무실을 떠난 뒤 미하루는 갑자기 불안해졌다.

"공안과의 제안을 거절한 게 정말 옳은 결정일까요?"

후와는 미하루와 눈도 마주치지 않았다.

"내 판단이야. 사무관이 신경 쓸 필요 없어."

"하지만 예비 테러리스트 정보 같은 건 형사부에서 구하기 어렵잖아요."

"그런 정보 필요 없어."

"왜 그렇게 생각하세요? 아무리 생각해도 지검 폭파는 테러 행위인데요."

그제야 비로소 후와가 미하루를 흘긋 쳐다봤다.

"그건 테러라고 할 수 없어."

"그럴 리가요."

"표적이 하필 지검이라는 사법기관이었기 때문에 세상 사람들도 자네도, 그리고 공안과조차 그 사실에만 매몰되어 있지. 하지만 헛다리 짚은 거야."

4

다음 날, 후와는 미하루와 함께 기시와다 경찰서로 향했다.

"기시와다 경찰서는 왜 가세요?"

"체포 직후 사사키요의 상태를 아는 사람과 이야기를 나누고 싶어서."

"경찰 조서가 있고 조사할 때 찍은 영상도 있어요. 그걸 확인하면 되지 않나요?"

"조서에 적힌 내용은 취조 담당자가 끌어낸 말뿐이야. 비디오에 녹화된 것도 취조하는 동안에만 찍은 영상이고."

그러니까 기록 외의 것을 확인하고 싶다는 뜻이다.

기시와다 경찰서는 4층 건물로 창문 하나하나가 컸다. 채광이 지나치게 좋은지 창문 대부분이 블라인드로 가려져 있었다.

경찰 조서를 통해 사사키요의 취조를 담당한 수사관의 이름이 나루시마 기이치 순사부장과 미도리카와 게이고 순사부장이라는 사실을 알고 있었다. 미하루가 접수대에서 방문 목적을 알리자 응접실로 안내받았다. 몇 분 기다리니 보통 키에 통통한 남자 두 명이 들어왔다.

"설마 담당 검사님이 관할서까지 나오실 줄은 몰랐습니다."

먼저 입을 연 사람은 나루시마였다. 삼십 대 초반에 고집이 세 보이는 얼굴로 불필요하게 긴장감이 느껴지는 목소리였다. 한편 미도리카와는 이십 대 후반으로 보이는데 나루시마의 보좌 역할을 고수하는지 인사는 했지만 주도권은 상대에게 맡겼다.

"수사자료에 미비한 부분이라도 있습니까?"

"아뇨. 수사자료에 포함되지 않은 내용을 여쭤보려고 왔습니다."

"수사자료에 없는 내용이 그렇게 중요합니까?"

"사사키요에게 기소 전 정신감정을 할 생각입니다. 취조실 밖에서 보고 들은 사사키요의 언행을 알려주세요."

기소 전 정신감정이라는 용어를 들은 나루시마는 상황을 이해했다.

"사사키요가 정신이상자인 척할 가능성이 있습니까?"

"어떤 가능성이든 제로는 아닙니다. 체포 직후 행동이

나 태도가 어땠는지 사전에 증언을 모으고 싶습니다."

작은 탁자를 사이에 두고 후와와 미하루, 나루시마와 미도리카와가 마주 보고 앉았다. 처음에는 당황한 기색이던 두 경찰도 방문 목적을 알고 나니 협조적인 태도를 보였다.

"대낮에 발생한 묻지 마 사건이니 당연히 사사키요의 정신 문제를 의심했습니다. 제정신인 사람이면 일으킬 수 없는 사건이기 때문에 나름대로 경계했죠. 그런데 신병을 확보하고 보니 멀쩡한 놈이었고 저항다운 저항도 하지 않았어요. 솔직히 맥이 빠졌습니다."

"조리 없는 말을 떠들거나 날뛰지는 않았습니까?"

"전혀 그러지 않았습니다. 범행을 저지를 때도 차에서 내린 뒤 자기보다 약해 보이는 여자와 아이만 공격했으니 뭐 얌전했죠. 진술할 때는 오로지 세상에 대한 원망만 늘어놓았지만 이상한 점은 전혀 없었습니다."

미하루는 내심 고개를 끄덕였다. 나루시마가 사사키요의 진술을 듣고 난 느낌이 첫 대면 조사 때 미하루가 받은 인상과 겹쳤다.

"범행 동기는 이해가 갔습니까?"

"있을 법한 이야기라고는 생각했습니다. 사회에서 낙오

되어 구석에 처박혀 있던 놈들이 약한 사람들을 해치며 화풀이 대상으로 삼는 일은 흔하죠."

말끝마다 사사키요를 향한 분노가 묻어났다. 당연했다. 사법기관에 종사하는 사람으로서 개인감정을 개입시키는 것은 금물이지만 기시와다역 앞에서 벌어진 범행은 이성적으로 생각할 수 없을 정도로 비열하고 잔학했다.

"기록을 담당하셨죠?"

후와가 미도리카와에게 시선을 돌리며 물었다.

"경찰 조서를 봤습니다. 사사키요가 말한 사실만 담백하게 기록되어 있더군요."

"진술만 기록하는 것이 일이니까요."

"여성과 아이까지 희생당한 용서하기 어려운 범죄입니다. 아무래도 객관적으로 조서를 작성하려고 해도 취조하는 사람의 감정이 개입될 겁니다."

평소에 진술 조서를 많이 읽는 미하루는 후와의 말에 공감했다. 조서는 피의자가 사실을 진술한 내용을 기록한 문서지만 기록자의 생각이나 노골적인 감정을 담아 얼마든지 심증을 조작할 수 있다. 따라서 경찰 조서는 피의자 및 범행의 악랄함이 강조되는 경향이 있고 그렇기에 법정에서는 그보다 객관적이라고 판단하는 검찰 조서를 증거로 채용한다.

그러나 미도리카와가 작성한 조서는 훌륭할 정도로 취조하는 측의 감정이 느껴지지 않았다. 철두철미하고 냉정하게 사실만 기록해서 그대로 검찰 조서로 사용해도 되겠다는 생각이 들 정도였다.

"그렇게 사감이 배제된 조서는 오랜만에 읽었습니다."

"그런 사건을 취조할 때는 몹시 냉정해야 한다고 늘 생각했습니다."

미도리카와는 쥐어짜듯 말했다.

"우리는 일곱 피해자와 유족들 대신 범인에게 합당한 죗값을 치르게 하는 역할을 맡았습니다. 놈을 극형에 처하려면 초동수사에서 어떠한 실수도 과장도 없어야 한다……, 그렇게 마음속에 깊이 새기며 필사적으로 스스로를 억눌렀습니다."

"경찰 조서의 모범이라고 할 만한 내용입니다. 덕분에 검찰이 수고를 덜었습니다. 미도리카와 씨는 사사키요가 정상적인 판단력으로 범행을 저질렀다고 생각합니까?"

"사사키요는 어떻게 하면 더 많은 사람을 죽일 수 있을지 냉정하게 계산하고 계획을 착실하게 실행했습니다. 책임능력이 없는 사람은 그런 계산 못 합니다. 놈은 취조실에 연행되는 도중에도 기분 나쁜 웃음을 지으며 자신이 살해한 피해자들이 일곱 명이라는 사실을 듣고 희열을 느꼈습니다. 범행 양상은 둘째치고 사사키요 마사이치는 분명히 정상적인 판단력으로 살인을 저질렀습니다. 책임능력은 있습니다."

미하루는 한숨 놓았다. 두 수사관의 말은 진실이라고 봐도 무방해 보였다. 사사키요가 범행을 벌일 때부터 체포되고 연행되어 취조받는 동안에도 책임능력이 있었다는 증거로 활용할 수 있다. 기소 전 정신감정 결과가 어떻게 나올지 아직 모르지만 두 사람이 법정에서 증언하면 반드시 검찰 측에 유리하게 작용하리라.

후와도 똑같이 확신했는지 고개를 단 한 번 끄덕여 보였다.

"시간을 빼앗아서 죄송합니다. 두 분의 이야기를 들어서 다행입니다."

"이걸로 저희 역할은 끝입니까?"

"아니요. 두 분께 법정에서 증언해 주십사 부탁할 수도 있습니다. 그때 잘 부탁드립니다."

용건은 끝났다는 듯 후와가 자리에서 일어난 뒤 두 사람이 일어나는 것을 기다리지 않고 응접실을 나가려고 했다. 나루시마와 미도리카와가 서둘러 머리를 숙였지만 후와는 슬쩍 쳐다보지도 않았다.

이런 상황을 마무리하는 역할은 사무관인 미하루의 일이었다. 두 사람에게 사과하며 후와의 뒤를 쫓았다. 응접실을 나와서야 따라잡을 수 있었다.

"이제 사사키요의 책임능력을 보완할 근거가 생겼네요."

말을 붙였지만 후와는 아무 반응도 없었다. 그래도 부인하지 않는 모습을 보니 적어도 틀린 말은 아닐 터다.

그러나 한 박자 뒤에 뜻밖의 대답이 돌아왔다.

"아직 부족해."

"네?"

"두 사람의 이야기를 듣고 나니 더 부족해졌어."

도대체 나루시마와 미도리카와가 들려준 이야기에서 무엇이 부족했다는 말인가. 미하루는 기억을 되돌렸지만 도무지 짐작할 수 없었다.

이럴 때 계속 질문해 봤자 후와가 친절하게 설명해줄 리도 없으니 미하루는 열심히 그 뒤를 따라갈 수밖에 없었다.

후와와 미하루가 다음으로 향한 곳은 사사키요가 구류

된 부경 본부였다. 오후에 본부 내 별실에서 간이 감정을 실시하기로 했는데 후와와 미하루도 참석할 예정이었다.

기소 전 정신감정이란 말 그대로 검사가 기소 전에 정신과 의사에게 의뢰해 실시하는 정신감정이다. 검사는 해당 감정 결과를 근거로 기소 여부를 판단한다.

정신감정은 간이 감정과 본 감정으로 나뉜다. 간이 감정은 피의자의 동의가 필요한 임의수사이며 진찰은 한 차례만 진행하고 며칠 내에 감정서를 받는다. 그에 반해 본 감정은 형사소송법 225조에 의거해 법원의 허가를 받아 이루어지며 수개월이 걸린다. 현재 기소 전 정신감정은 간이 감정이 구십 퍼센트를 차지한다.

감정 장소인 별실에서 벌써 감정의가 기다리고 있었다.

"오셨군, 후와 검사."

친밀하게 한 손을 들어 인사한 사람은 안면이 있는 의사 미타라이였다. 이전에도 정신감정을 몇 건 의뢰한 적이 있어 미하루도 익숙한 얼굴이었다.

"피곤하시죠."

"대낮부터 피곤은 무슨. 의사가 피곤할 정도로 일하면 그게 제대로 된 세상이겠어?"

미타라이는 놀림조로 말하며 웃었다. 어떤 일이든 심각

하게 생각하지 않고 웃어넘기는 성격이었다.

"그건 그렇고 사사키요 마사이치의 정신감정을 내가 하게 되다니. 후와 검사가 의뢰했을 때 좀 경계심이 들었어."

"선생님이 새삼 긴장하신다고요?"

"긴장이 아니라. 이런 중대 사건이라면 언제 어떤 순간에 방송국 카메라가 마이크를 들이밀지 모르잖나."

미타라이는 진심도 농담도 아닌 말로 대꾸했다.

잠시 후 경관이 사사키요를 방으로 연행해 왔다. 상대가 정신과 의사라는 사실을 알아서인지 처음 대면 조사를 할 때보다 신중한 태도를 보였다.

"그럼 바로 시작하죠."

미타라이가 선언하자 후와와 미하루는 자리를 떴다. 검사가 동석해서 사사키요가 불필요하게 긴장할까 봐 배려한 것이다. 두 사람은 방 밖에서 미타라이의 진단이 끝나기를 기다릴 수밖에 없었다.

감정의가 간이 감정을 할 때 유의해야 하는 점은 대부분 정해져 있다.

1. 어떤 동기로 범행에 이르렀는가. 예를 들어 망상 같은 비논리적이고 이해할 수 없는 동기인가. 현실의 갈등, 이해관계, 욕구 충족 등 이해할 수 있는 요인이 포함되지

않는가.

2. 범행에 계획성이 있는가. 그 계획은 어느 정도로 치밀하고 현실적이라고 할 수 있는가. 계획성이 없었다면 돌발적, 우발적, 충동적이었는가.

3. 범행을 불법적이고 반도덕적인 행위라고 인식했는가. 예를 들어 피해망상의 연장으로 그릇된 현실 인식을 바탕으로 자신의 행위를 정당방위로 파악하고 있었는가.

4. 범행 당시 자신의 정신 상태를 어떻게 이해했는가. 정신장애에 의한 면책 가능성을 의식했는가.

5. 정상적인 상태에서 범행 당사자의 인격이 범행 양상과 친화적이었는가 이질적이었는가.

6. 범행 목적을 실현하기 위해 행동에 일관성이 있었는가. 범행 의도가 불명확하고 충동적이고 우발적으로 행동한 결과로 범행을 저지르지 않았나.

7. 범행 후 도주나 증거 인멸 등 자신을 방어하는 행동을 보이지 않았는가. 피해자를 구조하거나 위기를 회피하려고 했는가.

감정의는 위 일곱 항목을 판단하기 위한 질문을 반복한다. 잔머리를 굴리는 사람이나 끝까지 포기하지 않은 사람은 질의응답 과정에서 정신이상자인 척 속이려고 하지만 궁여지책으로 짜낸 연기력과 교묘한 언변이 감정의에게는 통하지 않는다.

말없이 기다리는 동안 점점 침묵이 무겁게 느껴졌다.

"사사키요가 과연 얌전히 정신감정을 받을까요?"

품고 있던 의심을 무심코 입 밖으로 꺼냈다.

"미타라이 선생님을 혼란스럽게 하려고 하지 않을까요?"

"상관없어."

후와의 대답은 몹시 무뚝뚝했다.

"상관없다니, 그게 무슨 말씀이세요?"

한동안 기다리는데 방문이 열리고 사사키요가 경관과 함께 나왔다. 그러더니 순간 미하루에게 기분 나쁜 웃음을 지으며 앞을 지나갔다. 미하루는 등줄기에 소름이 돋아 저도 모르게 얼굴을 찌푸렸다.

후와는 사사키요를 시선으로 쫓지도 않고 방으로 들어갔다. 미타라이가 서류를 정리하던 참이었다.

"오래 기다렸어?"

"아뇨."

"감정서는 내일이라도 제출할게."

"내일 제출할 수 있다면 이미 결론이 났다는 말씀이군요."

"사사키요는 첫 질문부터 앞뒤가 맞지 않고 종잡을 수

없는 대답을 했어."

후와의 생각이 적중했다.

"이야기에 일관성이 없고 주장도 지리멸렬했지. 질문과는 전혀 무관한 대답을 했어."

"선생님은 어떻게 판단하셨습니까?"

"처음에는 제법 흥미로웠는데 네 번째 질문부터는 지루하더군. 여섯 번째 질문부터는 고문이었고."

"정신이상자인 척했습니까?"

"그렇게 연기해서 되겠어? 작년에 우리 둘째 아들이 학예회에서 주인공을 연기했는데 저 사람보다 훨씬 잘했어. 그런 아마추어 같은 연기를 보는 건 오 분이 한계야."

미타라이는 몹시 어이없다는 듯 넌더리 난 표정을 지었다.

"정상인이 생각하는 정신이상자를 연기했다고나 할까. 일관성 없고 지리멸렬한 언행이 평범한 사람의 패턴에서 한 발짝도 벗어나지 않더군. 후와 검사라면 알겠지만 정신 붕괴는 그렇게 극적인 것이 아니거든. 잘못 끼운 단추처럼 논리 정연한 상태로 어긋나지. 잘 알지도 못하는 놈이 따라 할 수 있는 게 아니야."

"흉내 내려는 노력이 엿보였군요."

"안심해. 사사키요는 액자에 넣어 걸어두고 싶을 정도로 멀쩡한 정상인이야. 제대로 된 감정의라면 열 명이면 열 명 모두 책임능력이 있다고 판단할 거야."

3 무도한 죄업

1

4월 23일 오전 10시, 사카이시 사카이구 미나미가와라마치 2-29, 오사카 지검 사카이 지부.

사무국에서 수령 절차를 밟은 가시이는 우편물을 한데 모아 X선 검사 장치 옆에 놓았다. 지난주에 렌탈 업자에게 입수한 모델 번호 'FX-3000at'라는 장치인데 상자 모양으로 생긴 케이스에 창문이 달려 있어서 플랫 패널에 X선을 조사하는 영상이 표시되는 구조였다. 가연성물질이나 전자부품을 감지하면 램프에 불이 들어오고 부저가 울리도록 설정되어 있다.

가시이는 우편물을 하나씩 장치에 넣어 위험물이 담겨

있지 않은지 조심스럽게 확인했다. 수하물을 검사하는 공항 보안검색관이 된 기분이었다.

지검 사무국에 X선 검사 장치가 설치된 이유는 당연히 오사카 지검 폭파사건 때문이었다. 오사카 지검 및 기시와다 지부와 사카이 지부는 말할 것도 없고 교토 지검, 고베 지검, 나라 지검, 오쓰 지검, 와카야마 지검 등 오사카 고검 관구 내 모든 지검과 지부에 X선 검사 장치를 설치했다.

렌탈이라고 해도 저렴하지는 않지만 직원의 생명과 안정적인 업무를 고려하면 어쩔 수 없는 대응이었다. 그 덕분에 예전에는 단순 작업에 불과했던 우편물 분류가 교대제로 운영하는 중요 작업이 됐다.

총무과장의 설명으로는 '로스트 르상티망' 사건이 해결되면 장치를 반납할 예정이라고 했지만 가시이는 믿지 않았다. 아마 '로스트 르상티망'이 체포돼도 계속 X선 검사 장치로 우편물을 확인할 것이다. 한번 뿌리내린 시스템은 새로운 문제가 발생하지 않는 한 그리 쉽게 사라지지 않는다. 관공서는 변화를 싫어한다. 비록 임시라고 해도 새 매뉴얼이 생기면 그것이 표준이 된다.

이런 상황을 유튜브 등 동영상 사이트에 올리면 세금

낭비라며 시민들에게 매도당할까, 아니면 적절한 조치라고 인정받을까?

자신이 렌탈 비용을 지불하는 것도 아닌데 그런 생각을 하는 이유는 가시이 본인이 X선 검사 장치 도입에 대해 생각이 복잡했기 때문이었다.

애초에 '로스트 르상티망'이라는 자의 테러 행위로 업무량이 늘어난 현실을 이해할 수 없었다. 가뜩이나 풍족하지 않은 예산인데 몰지각한 사람 한 명 때문에 계획에 없던 지출을 해야 한다. 직원들도 업무 때문에 압박을 받으니 좋은 점이 단 하나도 없었다.

머지않아 '로스트 르상티망'이 체포되겠지. 그때는 오사카 고검 관구 내 지검과 지부가 테러 대책에 들인 비용을 전부 '로스트 르상티망'에게 청구해야 한다고 생각했다. 위력업무방해죄와 신용훼손으로 기소된 악질 유튜버의 예를 거론할 것도 없이 사회와 조직에 끼친 금전적 손실, 사회적 손실까지 합쳐서 민사 소송을 걸어 남은 인생을 모두 속죄와 배상금 갚는 데 쏟게 해야 한다.

가시이가 곰곰이 생각에 잠긴 그때였다.

갑자기 X선 검사 장치에서 경보가 울렸다.

황급히 패널을 살폈다. 우편물 중에 붉게 불이 들어온

부분이 있었다. 전자부품 같았는데 윤곽만 봐서는 정체를 종잡을 수 없었다. 그러나 내용물이 심상치 않은 것은 분명했다.

가시이는 서둘러 유선전화로 달려가 경비원을 호출했다. 그리고 같은 층에 있는 사람들에게 수상한 물건이 있다고 알리자 모든 직원이 썰물 빠지듯 몸을 피했다.

몇 분 지나지 않아 경비원이 도착했고 대피를 유도했다. 그 직후 관내 방송이 흘러나왔다.

—청사 1층에서 수상한 물체가 발견됐습니다. 관내에 있는 모든 직원은 지침에 따라 신속히 대피해 주시기 바랍니다. 다시 알려 드립니다. 청사 1층에서 수상한 물체가 발견됐습니다. 관내에 있는 모든 직원은 지침에 따라 신속히 대피해 주시기 바랍니다.

지침은 긴급 상황 발생 시 각 층에 책임자를 정해 두고 그 책임자의 지시하에 대피한다는 내용이다. 14일에 발생한 오사카 지검 폭파사건의 충격이 여전히 생생해서인지 직원들 모두 숙연하게 지시에 따랐다. 그 덕분에 모든 직원이 대피하는 데 그리 많은 시간이 걸리지 않았다.

모두 대피했을 그음 사가이 경찰서에서 경찰들이 출동해 청사 주변에서 대피를 유도했다. 폭발 규모를 예측할 수 없어서 일단 합동청사를 중심으로 반경 백 미터를 대피지역으로 지정했다고 한다.

사카이 지부의 직원들과 달리 혼란에 빠진 인근 주민의 대피는 순조롭지 않은 듯했다. 가시이가 대피한 곳에서 흥분한 주민의 목소리가 들려왔기 때문이다.

"우리 가게는 나갈 때 계산한다고. 손님이 무전취식하면 경찰이 책임질 거예요?"

"가게 비우고 왔는데 누가 물건을 훔쳐 가지 않을까요?"

니시코야카이도 도로를 사이에 두고 맞은편에는 편의점 등 소규모 점포가 즐비하다. 손님을 대피시키면서도 점포를 일시적으로 닫아야 하는 상황에 일부 점원 사이에서는 승강이가 일어나기도 했던 것 같다.

"대피를 왜 해야 해?"

"합동청사를 떠나래요."

"그거네. 오사카 지검처럼 폭탄이 설치된 거 아냐?"

순찰차가 스피커로 대피를 권고하고 이럭저럭하는 동안 폭발물 처리반도 도착해 X선 검사 장치에서 내용물을 꺼내려고 애썼다. 가시이를 비롯한 지검 지부 직원들은 안전한 곳에서 추이를 지켜볼 수밖에 없었다.

오사카 지검에서 공지한 내용에 의하면 문제의 폭발물

은 ANFO 폭탄이며 타이머를 원격 조작하는 유형이라고 한다. 따라서 언제 폭발해도 이상하지 않았기 때문에 가시이의 호흡이 자연히 거칠어졌다. 모여든 구경꾼 중에는 기대와 호기심으로 눈빛이 바뀐 사람들도 있었다. 말도 안 되는 상황이었다.

이 나라에서 테러가 자행되고 있다. 저 사람들은 왜 그 장면을 재미 삼아 지켜보는 것일까.

시간이 몹시 천천히 흘러가는 듯했다. 빨리 처리하기를 기도하는 심정으로 기다렸다.

그러던 와중에 합동청사가 있는 쪽에서 펑 하고 타이어가 펑크 나는 듯한 소리가 들렸다.

설마 폭발음이었을까? 조금 싸한 기분으로 상황을 지켜보는데 순찰하던 경찰차가 대피 해제를 알렸다. 가시이와 지검 지부 직원들은 흠칫거리며 합동청사로 돌아갔다.

돌아와 보니 청사 자체는 멀쩡했지만 X선 검사 장치는 원형을 알아볼 수 없을 정도로 부서져 있었다. 장치만이 아니었다. 주변에 있던 사무실 집기 대부분이 넘어지고 망가져 있었다. 경찰의 설명에 따르면 폭발물 처리반이 X선 검사 장치 안에 있던 물건을 꺼내기 직전에 폭발했다고 한다.

"그래도 폭발물이라는 사실을 미리 파악한 덕분에 피해를 최소화했네요. 인명 피해는 한 명도 없으니까요."

폭발물 처리반 중 한 명이 그렇게 말하며 가시이와 직원들을 위로했지만 당분간 사무실은 사용할 수 없을 것 같았다.

문제의 폭발물은 X선 검사 장치까지 함께 날려버렸지만 폭발물의 포장 상태와 내용은 X선으로 조사할 때 장치 내 하드 디스크에 데이터가 저장됐다. 자그마한 도시락통 크기였는데 받는 사람은 인쇄된 글씨로 적혀 있었다. 감식관은 그것이 ANFO 폭약에 IC555 타이머를 조합한 폭탄이며 오사카 지검 폭파사건에 사용된 것과 같다고 판단했다.

보내는 사람도 적혀 있었지만 곧바로 가짜 주소와 이름이라는 사실이 드러났다. 배송회사는 택배사인 사카이슈쿠인영업소였는데 누군가가 영업소에 직접 가지고 왔으며 CCTV가 없어 접수받은 직원의 기억에 의존할 수밖에 없었다.

그런데 해당 직원의 증언은 몹시 실망스러웠다.

"죄송합니다. 영업소에서 접수하는 우편물이 하루에 수십 건이나 되거든요. 손님을 한 명 한 명 기억하지 못해요."

가시이는 '로스트 르상티망'의 공포가 되살아났다. 하지만 '로스트 르상티망'이 ANFO 폭탄의 재료를 SNS에 공개한 지 얼마 지나지 않아 엄청난 팔로워들이 실제로 폭탄을 만들거나 폭파 실험을 했기 때문에 우편물이 그가 직접 보낸 것인지는 확실하지 않았다.

같은 폭발물이지만 실행범을 특정할 수 없는 상황에 가시이는 전율했다. 이제 '로스트 르상티망'은 특정 개인의 이름이 아니라 세상에 불만을 품은 자들을 총칭하는 대명사가 된 것 같기 때문이었다.

그런데 며칠 뒤 '로스트 르상티망'이 여느 때처럼 각 언론사를 향해 범행 성명을 냈다.

사카이 지부의 신중한 대처에 경의를 표한다. 그 덕분에 폭탄을 하나 버렸다. 다음에는 성공하겠다.

✣✣✣

4월 25일 오전 10시, 기시와다시 가미노초 히가시 24-10, 오사카 지검 기시와다 지부.

"아, 진짜."

왜 내가 이런 잡일을 해야 해. 총무과 소속 니시우라는 마음속으로 투덜거리며 우편물 수령 절차를 밟고 있었다.

이번 달 14일에 오사카 지검, 같은 달 23일에 사카이 지부에 우편물을 이용한 폭탄 사건이 연달아 일어났다. 지검과 지부에서는 차라리 우편물 접수를 경찰에 맡겨야 한다는 소리도 나왔지만 기시와다 경찰서는 사사키요 마사이치 사건뿐 아니라 '로스트 르상티망' 사건에까지 인력을 투입하고 있기 때문에 상황은 이해하지만 현재로서는 인력을 파견할 수 없다고 답변했다.

일반 직원을 위험에 노출할 수 없으니 우편물 수령 검사는 니시우라가 맡게 됐다. 소문으로는 사카이 지부에서도 같은 식으로 흘러갔다고 하니 결국 관공서라는 곳은 어디든 사고방식이 같다는 사실을 뼈저리게 느꼈다. 귀찮은 일은 결국 총무과로 떠넘긴다. 평소에도 곤란한 일을 도맡게 되는 중간관리직의 비애가 여기 있었다.

예전 같으면 삼십 분 정도면 끝났을 우편물 분류가 지금은 두 시간이나 걸렸다. X선 검사 장치로 투시하기 전에 우편물의 치수와 무게를 재는 규칙이 새롭게 추가됐기 때문이다. X선 검사 장치로 잴 수 없는 부분은 사람이 직접 처리하는 것이다. 이 과정이 이후 수사에 어떤 도움이 될지는 모르지만 지검 지부와 기시와다 경찰서의 결정이므로 니시우라가 참견할 여지는 없었다.

"하……."

위험한 작업이기에 니시우라는 방탄조끼를 입었다. 한편 우편물 검사 작업은 사무실 구석에서 이루어졌다. 마치 벌칙 게임을 받는 기분이었다. 조금이라도 투덜대지 않으면 견딜 수 없는 심정이었다.

이런 일을 임시로 떠맡겨 놓고 위험수당은 주는 걸까. 니시우라는 애써 현실적인 의문으로 생각을 틀었다. 비일상보다는 일상이 낫다. 두려움을 달래려면 현실을 떠올리는 편이 낫다.

그때 옆에 있던 유선 전화가 울렸다. 총무과 내선 번호가 표시되어 있었다.

"네, 니시우라입니다."

—과장님, 외선 전화입니다.

"어디에서 온 건데?"

—우편물 수령 담당자와 연결하라는 말만 해요. 이름을 물어도 대답하지 않고요.

목소리를 들으니 계속 입씨름한 것 같았다.

"연결해."

—네, 알겠습니다.

한 박자 침묵이 깔린 뒤 외선 전화가 연결됐다.

—여보세요.

"전화 바꿨습니다. 우편물 수령 담당입니다."

—아, 다행이다. 전화를 하도 안 바꿔줘서 엄청 조마조마했잖아요.

전화를 건 사람은 젊은 남자 같았다.

—제때 연결해 주지 않았다면 아마 그 여직원은 엄벌을 받았을걸요.

"어떤 일로 전화하셨습니까?"

—저기, 지금 우편물을 받고 있나요?

"용건을 말씀하세요."

—아마 오늘 중으로 도착할 텐데, 그쪽으로 폭탄을 보냈거든요.

순간 잘못 들은 줄 알았다.

"다시 한번 말씀해 주시겠습니까?"

—오사카 지검 기시와다 지부에, 폭탄을, 보냈다고요.

장난 전화라는 판단과 함께 설마 하는 의심이 샘솟았다.

"장난 전화라면 끊겠습니다."

—장난 전화라고 생각하는 건 자유지만 남의 친절을 무

시하면 안 되죠.

니시우라를 바보 취급하는 말투가 거슬렸지만 그런 점을 신경 쓸 상황이 아니었다.

"장난 전화가 아니라고 어떻게 보장하죠?"

—그, 러, 니, 까, 장난 전화라고 생각한다면 마음대로 하세요. 난 일단 충고는 했으니까.

상대가 일방적으로 전화를 끊었다.

공포와 긴장이 의심을 순식간에 산산조각 냈다. 니시우라는 다시 총무과로 전화를 걸었다.

"방금 폭파 예고가 들어왔어."

—네?

"지, 지금 당장 기시와다 경찰서에 연락하고 관내 방송으로 전 직원을 대피시켜요."

명확하게 지시하려고 했지만 조금 더듬고 말았다. 어쩔 수 없었다. 오랜 세월 지부에서 일했지만 이런 상황은 평생 한 번 겪을까 말까 한 일이었다.

니시우라는 필요사항을 전달하자마자 자리를 떴다. 현장 보존에 힘쓰며 다른 업무는 모두 중단했다. 이것 또한 기시와다 경찰서와 약속한 바였다.

몇 분 후 기시와다 경찰서의 기동대가, 그보다 조금 늦게 부경 본부의 폭발물 처리반이 도착했다. 니시우라와 직원들은 한 블록 떨어진 곳에서 그들의 동태를 지켜봤다. 자세한 상황을 살필 수는 없지만 이상을 발견하는 즉시 연락이 올 것이다.

사카이 지부 사건 때는 폭발물 처리 작업 중에 폭발했다고 한다. 그렇다면 이번에도 대피해 있는 동안 폭발음이 울릴까?

초조한 마음으로 그 순간을 기다렸다.

그러나 시간이 흘러도 폭발음은 들리지 않았다.

약 한 시간 지났을 무렵 마침내 연락이 왔다.

—이상은 발견되지 않았습니다. 대피를 해제합니다.

대피 해제라고?

다소 맥이 빠져 청사로 돌아갔더니 역시 파손된 것은 아무것도 없었다. 기시와다 경찰서의 경찰과 폭발물 처리반이 우두커니 서 있을 뿐이었다.

"우편물의 내용을 전부 확인했지만 위험물은 발견되지 않았습니다."

니시우라는 마치 책망받는 느낌이 들어서 필사적으로 항변했다.

"폭탄을 보냈다는 예고 전화가 왔습니다."

"속으셨네요. 하지만 실제로 피해가 발생하지 않아 다행입니다."

대답을 듣자 온몸에서 힘이 순식간에 빠져나갔다. 자신도 모르는 사이에 긴장한 듯했다.

이게 무슨 짓이냐는 목소리가 관계자들 사이에서 들려왔다. 물론 장난 전화를 건 사람에게 한 말이겠지만 니시우라는 자신에게 퍼붓는 욕설처럼 들리기도 했다.

그 후 기시와다 경찰서의 수사로 해당 전화의 주인공이 SNS에 게시글을 올렸다는 사실이 밝혀졌다.

—4월 25일, 오사카 지검 기시와다 지부를 폭파해 산산조각 내겠습니다.

—우리는 '로스트 르상티망'의 동지입니다. 사사키요 마사이치를 악랄한 사법의 손아귀로부터 지키자!

—잃어버린 세대를 냉대하는 세상에 철퇴를!

게시자는 '로스트 르상티망 네오'라고 자칭했다. 인터넷에 불온한 연설을 토해내는 사람은 적지 않지만 기시와다 경찰서가 주목한 점은 4월 25일이라는 날짜였다. 장난 전화가 걸려 온 날과 같은 날이어서 우연의 일치로 치

부하기에는 지나치게 맞아떨어졌다.

곧바로 '로스트 르상티망 네오'를 색출하기 시작했다. 이번 사건은 위력업무방해죄에 그치지 않고 테러리즘의 위험성까지 내포하고 있다. 사건의 중대성을 고려해서인지 기시와다 경찰서의 정보 공개 요청에 인터넷 통신사의 대응도 신속했다.

일주일이라는 이례적으로 짧은 기간 만에 '로스트 르상티망 네오'를 특정했다. '로스트 르상티망'과 달리 외국 서버를 경유하지 않아 IP 주소를 쉽게 추적할 수 있었기 때문이다.

"정말로 청사를 폭파할 생각은 없었어요."

체포된 범인은 기시와다시에 거주하며 직업이 없는 마흔여섯 살 하카마다 신야였다. 오사카 지검과 사카이 지부 폭파사건에 편승해 세상을 떠들썩하게 만들고 싶었다고 한다.

"그렇게라도 하지 않으면 누가 나를 주목하겠어요? 쉰 살이 다 되어 가는 백수가 사람들 눈에 띌 방법이 달리 있나요?"

세상의 주목을 받고 싶었다, 세상을 한바탕 놀라게 하고 싶었다.

근저에 깔린 동기는 사사키요와 비슷했지만 SNS 게시글과 장난 전화로 그친 점에서 '로스트 르상티망'보다 급이 낮은 모방범이라는 인상은 부정할 수 없었다. 취조할 때 수사관이 그렇게 말하자 하카마다는 몹시 분통을 터뜨렸다고 한다.

이런 범죄행위에서조차 자기 현시욕을 발현하고 싶은 것인가. 하카마다의 자백 내용을 전해 들은 니시우라는 절망적인 기분이 들었다.

✢✢✢

미하루는 그다지 감이 좋은 편은 아니지만 그래도 가끔 예감이 적중할 때가 있다. 그러나 그 예감은 대개 불안한 예감이었다.

기시와다 지부에 장난 전화를 건 하카마다가 체포된 지 얼마 지나지 않았는데 오사카 고검 관구뿐 아니라 전국 지검에서 유사한 사건이 빈발했다.

5월 2일, 히라카타구 검찰청 앞으로 보내는 사람에 '로스트 르상티망'이라고 적힌 우편물이 도착했다. 가장 먼저 신고를 받은 히라카타 경찰서가 급히 출동했지만 내용물은 단순히 나일론에 비료를 채운 것이었다. 하지만 내용물을 밝혀낼 때까지 약 여섯 시간 동안 히라카타구 검찰청은 업무를 중단할 수밖에 없었고 피의자는 밝혀지지 않은 채 위력업무방해로 피해 신고서를 제출했다.

5월 3일, 교토 지검으로 '합동청사 앞에 ANFO 폭탄을 설치했다'는 전화가 들어왔다. 교토 부경이 출동해 청사 주변을 한나절이나 샅샅이 수색했지만 수상한 물건을 찾지 못했고 결국 장난 전화라고 판단했다. 교토 지검은 그날 피해 신고서를 제출했다.

5월 6일, 히로시마 지검에 '로스트 르상티망'이라고 자칭한 남자가 출두했다. 1층 로비에서 위층으로 올라가려는 남자를 경비원이 저지하자 남자는 "내 옷 속에 ANFO 폭탄이 여러 개 있다"라며 위협했다. 그 순간 직원의 기지로 엘리베이터가 강제로 멈췄고 위층으로 향하는 계단에는 바리케이드가 설치됐다. 그리하여 남자는 1층 로비에서 농성하는 처지가 되어 이를 물리치려는 히로시마 현경과 대치했다.

2층부터 그 위층 직원들이 아직 대피하지 않아서 경찰은 섣불리 손을 쓸 수 없었다. 남자가 본인의 말대로 ANFO 폭탄을 여러 개 지니고 있다면 건물이 통째로 날아갈 위험이 있기 때문이었다.

곧 남자의 신원이 판명됐다. 히로시마시에 거주하는 마흔다섯 살 스마 겐지, 무직이었다. 부모와 함께 살고 있어서 경찰은 스마의 어머니를 통해 설득하려고 시도했지만 어머니가 아들을 '식충이'라고 욕하는 바람에 실패로 끝났다.

어머니의 설득은 역효과를 냈고 스마는 자포자기 발언을 쏟아냈다. 건물 위층에 남아 있는 직원 중에 컨디션 난조를 호소하는 사람도 발생했다. 농성에 들어간 지 여덟 시간, 마침내 경찰은 기동대를 투입해 강제 진입하기로 결정했다. 1층 로비에 섬광탄과 최루탄을 터뜨리고 스마가 겁먹은 사이에 진입해 신병을 확보했다. 체포하고 보니 그는 ANFO 폭탄은커녕 있으나 마나 한 장비만 갖고 있었다.

"내가 여기 있다는 걸 증명하고 싶었어. 부모와 함께 사는 백수 신세라 아무에게도 인정받지 못해도 세상을 적으로 돌리고 싸울 수 있다는 걸 증명하고 싶었다고."

5월 7일, 나고야 지검. 전날 벌어진 히로시마 지검 농성 사건에서 촉발된 것인지 마흔다섯 살 히로하타 다카시가 ANFO 폭탄을 품에 안고 지검장 집무실을 찾아가려고 했지만 도중에 경비원에게 붙잡혔다. 놀랍게도 ANFO 폭탄은 진짜였고 히로하타가 스위치를 누르면 그대로 폭발하는 구조였다. 참사를 면한 이유는 순전히 히로하타의 결단이 마지막 순간 흔들렸기 때문이었다.

"지검장을 인질로 삼으면 사사키요 마사이치를 풀어줄 줄 알았습니다. 사회에서 외면당한 우리도 법과 질서를 바꿀 수 있다고 깨닫게 하고 싶었습니다."

그 밖에도 각 지검에 장난 전화가 빗발쳤다. 그 수가 많은 데다 큰 피해가 나지 않은 경우는 겉으로 드러나지 않았을 뿐이다. 각 고검에서 집계하면 분명 어마어마하리라.

사회를 증오하는 사람들이 이렇게나 세상에 존재하다니.

머리로는 안다고 생각했는데 막상 현실에서 사건이 일어나는 모습을 보니 그 삿된 집념에 등골이 오싹했다.

"역시 '로스트 르상티망'을 따르는 자들이 나타났어요."

미하루가 다급하게 말했지만 후와는 눈썹 하나 까딱하지 않고 수사자료만 읽을 뿐이었다.

"잃어버린 세대 중에 사사키요 마사이치나 '로스트 르상티망'에 공감하는 사람이 더 있을 겁니다. 만약 그들이 동시다발로 사법기관을 테러한다면 경찰 기동력을 최대한 끌어올려도 막을 수 있을지 모르겠어요."

"수사자료를 읽고 있잖아. 조용히 해."

"하지만."

"피해망상이야."

"제가, 말인가요?"

"있지도 않은 일, 일어나지도 않을 일을 생각하며 겁을 먹는 게 피해망상이 아니고 뭐지?"

"망상 아니에요."

이런 사태가 벌어지는 와중에도 후와는 몹시 태연했다. 냉정하고 침착한 성격에도 정도가 있지. 지금은 긴급 상황 아닌가.

"실제로 지검이 피해를 입은 사건이 여러 건 발생했어요. 하루라도 빨리 '로스트 르상티망'을 잡아야 합니다."

"폭탄범을 잡아야 하는 건 당연하지만 망상에 사로잡혀 있으면 발목을 잡혀. 전에도 말했지. 세대 등 모호한 인식으로 사람들을 한데 묶지 말라고. 같은 세대여도 각자가 느끼는 방식은 천차만별이야. 느끼는 방식이 다르면 당연히 행동도 달라지지."

"하지만 실제로 피해자가."

"중대 사건이 발생하면 그 틈을 이용한 모방범이 나오

기 마련이야. 인기 아이돌이 빌딩에서 투신하자 몇몇 팬이 뒤따라 자살한 사례도 있지. 각 지검에서 사건을 일으키는 사람들도 마찬가지야. 다만 자신과 가까운 곳에서 일어나니 더욱 위급하게 느껴질 뿐이야."

"검사와 직원들을 끌어들인 파괴 행위예요. 아이돌의 뒤를 따라 자살한 사건들과는 다릅니다."

"다르지 않아. 파괴 충동이 자신을 향하느냐 타인을 향하느냐의 차이일 뿐이지. 사건이 빈번하게 일어나는 것처럼 보이지만 범인 개개인은 독립적인 개체야."

"검사님은 이 사건들을 잃어버린 세대의 범죄라고 생각하지 않으시는군요."

"만약 이것이 세대 그 자체의 반란이라고 한다면 그들이 개개인이 아니라 조직적으로 움직여야 한다고 생각하지 않나?"

미하루는 대답할 말이 없었다. 그들이 집단을 이루리라는 생각은 지금껏 전혀 머릿속에 없었다.

"개별 행동을 하는 것보다 조직으로 움직이는 편이 더 효율적이고 더 큰 성과도 기대할 수 있지. 초등학생도 알 만한 논리를 마흔 넘은 성인이 모를 리 없어. 그런데도 무리 짓지 않았다는 것은 결국 그들은 홀로 움직일 수밖에 없다는 증거야. 상대가 조직이 아니라 독립된 개개인이라면 그때그때 대처하면 돼."

후와의 설명에서는 언제나 감정이 전혀 느껴지지 않았다. 공포나 기대감은 추호도 없이 논리만이 고고하게 우뚝 서 있었다.

"어느 일정한 기간에 같은 그룹의 범죄가 두드러진다는 이유만으로 특별히 대응하거나 법을 만들면 반드시 화근이 되지. 나무만 보고 숲을 보지 못한다고 하는데 그 반대도 결코 옳다고 할 수 없어. 이번 소동으로 입지가 좁아진 같은 세대 사람들도 많지. 그 사실을 잊어서는 안 돼."

후와의 말을 듣는 사이에 초조한 마음이 가라앉았다. 가슴속에 피어오르던 감정에 찬물을 끼얹은 기분이었다.

미하루는 다시 송치 자료를 대조하기 시작했다. 일상 업무에 집중하면 불안은 더욱 멀어진다. 자신이 생각해도 기가 막힐 정도로 단순했다.

2

후와는 제쳐두고, 잇따라 일어나는 잃어버린 세대의 테

러 사건 때문에 애를 먹은 사람은 지검 관계자만이 아니었다. 위력업무방해가 엮이면 당연히 경찰이 나서야 하고 사건이 발생하면 그때마다 수사관을 차출해야 했다. 지검이 직접 피해를 입었다면 경찰은 간접 피해에 시달렸다.

5월 10일, 간노 형사부장이 후와를 방문했다.

"지금 어떤 사건이 '로스트 르상티망'의 범행인지 구별하는 것만으로도 애를 먹습니다."

후와가 호출하지도 않았는데 간노는 수사 진행 상황이 순조롭지 않다는 보고를 하러 찾아왔다.

"유사 사건이 빈발하는 건 사실이지만."

후와는 평소처럼 표정 없는 얼굴을 무너뜨리지 않았다.

"'로스트 르상티망'은 자신이 범행을 저지르면 성명을 냅니다. 확증까진 아니어도 그걸로 구별 정도는 할 수 있죠."

"하지만 확증을 얻지 않고 가볍게 수사를 끝낼 수도 없는 노릇 아닙니까. 아무튼 한시라도 빨리 '로스트 르상티망'의 신원을 특정해야 하는데 검사님은 구체적인 방안이 있습니까?"

미하루는 당황했지만 간노의 안색을 살피다가 알아차렸다. '로스트 르상티망' 사건의 수사 책임자인 후와를 향해 완곡하게 빈정대려는 의도였다. 수사가 암초에 걸리면 수사 본부장이나 형사부장에게 돌아가는 책임을 후와에게 뒤집어씌우려는 속셈이 훤히 들여다보였다.

"현재 오사카 고검 관구는 말할 것도 없고 전국 지검에서 테러 대책 경비를 요청하고 있습니다. 다른 곳도 아니고 지검이 요청하니 거절할 수도 없어 인력을 차출하고 있죠."

지검 경비에 인력을 빼앗긴다는 애로 사항은 이해했다. 전국 각지의 지검이 피해를 입고 있지만 그 피해가 집중된 곳은 오사카 고검 관구였다. 경호 요청도 타 지역 고검 관구보다 많은 것이 자명했다.

"그 덕분에 수사 인력을 증원할 수 없습니다. 검사님에게 뭔가 돌파구가 있다면 가르쳐 주셨으면 합니다."

은근히 무례한 어조로 가르쳐 달라고 했지만 후와에게 묘안 따위는 없다고 단정하는 말투였다. 미하루는 아니꼬와서 빈정거리는 소리로 한마디라도 되받아치고 싶었지만 후와의 앞이어서 침묵을 지켜야 했다.

"IP 주소는 계속 추적하고 있습니까?"

"네. 하지만 아무래도 외국 서버를 여러 개 경유해서……."

"시간은 걸리겠지만 추적하다 보면 최종 지점을 특정할

수 있을 겁니다. 인력을 나누기 어려운 사정은 이해하지만 애초에 그 업무는 경비 담당 수사관에게 기대하던 일은 아닙니다. 현재의 가용 인력을 효율적으로 배치해 주세요."

간노의 은근한 무례에 후와는 원리원칙을 관철했다. 사법은 원리원칙을 바탕으로 하므로 지금 상황에는 후와가 유리했다.

"수사 본부를 세운 시점부터 끊임없이 인력 배치를 생각하고 있습니다."

간노도 지지 않고 맞받아쳤다.

"그런데도 IP 주소를 추적하는 데 시간이 걸립니다. 그 사이에 사사키요 마사이치와 '로스트 르상티망'의 추종자들이 각지에서 사건을 일으키고 있죠. 착실한 수사는 당연하고 역시 돌파구가 필요합니다. 이왕이면 수사 회의에 참석해서 수사관들에게 동기를 부여하는 것도 좋지 않겠습니까."

"수사 회의에 참석할 생각은 없습니다. 애초에 수사 회의는 정보를 공유하는 자리고 내가 입수한 정보는 이미 수사관 모두가 파악하고 있을 겁니다."

"수사관들의 사기를 북돋우는 자리기도 합니다."

"부경 본부 수사관들은 일일이 엉덩이에 채찍질해야 제대로 움직입니까?"

설령 후와에게 비꼴 마음이 없었어도 통렬한 비아냥으로 들렸다. 아니나 다를까 간노는 순간 불쾌감에 얼굴을 찌푸렸다.

"오사카 부경은 언제 어느 부서든 정예들만 모여 있습니다."

"그것참 다행이군요."

이제는 누가 들어도 완전히 빈정대는 말투였다. 옆에 있던 미하루는 속이 시원하면서도 위태롭다고 느꼈다. 간노는 처음부터 이전 스캔들로 엮인 후와를 적대시했다. 이런 대화를 반복하면 불난 집에 부채질하는 격이었다.

그러나 외부의 평판이나 자신을 향한 타인의 호감도 따위에 전혀 관심 없는 후와에게는 씨알도 먹히지 않으리라. 이런 상사는 안전할까, 위험할까. 미하루는 점점 판단할 수 없었다.

"얼마 전 실시한 기소 전 정신감정에서 사사키요 마사이치는 책임능력이 있다는 소견을 받았습니다."

"호오. 변호인 측이 39조를 주장하기는 어려워졌군요. 뭐, 처음부터 유죄 확정인 사건이긴 했지만 변호인이 항변할 여지를 아예 틀어막는 게 맞죠."

간노는 기분이 조금 풀린 듯했다.

"검사님은 사사키요 마사이치에게 극형을 선고하면 이 소동이 진정되리라 보십니까?"

"변호인은 당연히 항소하겠지만 2심에서 형이 확정되면 사사키요 마사이치를 석방하라는 요구 자체가 의미 없어질 겁니다. '로스트 르상티망'의 진의가 사사키요의 석방이라면 적어도 같은 요구는 하지 않겠죠."

"뭔가 의미심장한 말이군요."

"그가 진정으로 원하는 것이 사사키요의 석방이 아니라면 다른 요구를 할 가능성이 있습니다. 그러니 사사키요의 형이 확정돼도 털끝만큼도 방심할 수 없습니다. '로스트 르상티망'을 체포하는 것 말고 이 소란을 종식할 방법은 없습니다."

간노는 다시 인상을 썼다.

불청객은 간노로 끝나지 않았다. 같은 날 오후, 이번에는 오비쓰 경비부장이 후와를 찾아왔다.

"'로스트 르상티망'과 추종자들 때문에 경비부는 정신이 하나도 없네요."

오비쓰는 내뱉는 말과 달리 붙임성 있는 표정을 잃지 않았다. 그러나 평소와 변함없는 태도가 오히려 위압감을 느끼게 했다.

"오사카 부경은 물론 사건이 발생한 사카이, 기시와다, 히라카타, 교토, 히로시마, 나고야 지검이 각각 현경 본부에 경비를 요청했습니다. 그래서 각 현경의 경비과는 비번인 사람을 내근 직원으로 투입해 인력을 돌려막는 실정이죠."

경비과는 주로 경비경호와 재해대책, 혼잡경비를 담당한다. 같은 경비부 안에서도 외사과와 성격이 다른데, 대상자를 뒤에서 지켜보며 업무를 수행하는 외사과와 달리 경비과 업무는 정면에 서서 상대를 지키는 것이었다.

"이렇게 말하는 나도 휴가가 날아갔어요. 이래 보여도 압박과 스트레스에 약해서 쉬지 않으면 타격을 받거든요. 후와 검사님은 스트레스에 강할 것 같군요."

후와는 대답하지 않았다. 그러나 후와가 주변 환경에 전혀 영향을 받지 않는다는 사실은 모두가 동의하는 바였다.

"혼자서 사사키요 사건과 '로스트 르상티망' 사건을 맡았죠? 내가 검사님이었다면 사흘 만에 위궤양에 걸렸을 겁니다.”

“어떤 사건이든 다 똑같이 수고스럽습니다.”

“지검을 노린 테러는 이야기가 다르죠. 지검 업무가 멈추면 사법 시스템에 지장이 있으니까. 법무성도 공안위원회에 지검의 경비를 요청했습니다. 공안위원회에서 통보하면 각 현경은 순순히 따라야 하죠.”

이 또한 완곡한 비아냥이었지만 후와는 일일이 반응하지 않았다. 그저 감정을 읽을 수 없는 눈으로 상대를 응시할 뿐이었다.

“평소 경비경호 업무에 더해 지검에 상주까지 하면 심각한 인력 부족으로 이어집니다. 지금은 각각 경호에 투입되는 필수 인원을 조정해서 운영하고 있지만 아무튼 오래가지 못할 겁니다. 무리하면 피로가 쌓이는 건 사람이나 조직이나 마찬가지니까요.”

“조직의 피로라.”

“후와 검사님도 피곤하면 몸을 만족스럽게 움직일 수 없을 테죠. 평소라면 할 수 있는 일을 못 할 겁니다. 그러면 불의의 사고를 불러올 수 있어요.”

후와가 반응이 없자 속이 탔는지 오비쓰는 몸을 쑥 내밀었다.

"수사 진척 상황을 확인하려고 이렇게 다시 찾아왔습니다."

"수사 본부의 정보라면 오비쓰 부장님 귀에도 들어갈 텐데요."

"수사 본부가 아니라 검사님이 쥐고 있는 정보를 원합니다. 신중의 대명사인 당신이 가진 정보 말입니다. 백 퍼센트 확실한 정보만 흘릴 테니까."

"확실하지 않은 걸 정보라고 할 수 없죠."

"소문과 예상으로 수사를 시작하는 것도 우리 방법입니다."

오비쓰는 옅은 웃음을 지으면서도 결코 물러서지 않았다.

"'로스트 르상티망'은 이제 테러리스트로서 요건을 갖췄고 많은 추종자를 이끄는 위험인물이 되었습니다. 그 자가 테러를 입에 올리면 마리오네트처럼 범행에 뛰어드는 무리가 반드시 나타나죠. 히로시마 지검과 나고야 지검 침입 사건은 자칫 더 큰 참사로 이어질 뻔했습니다. 이제 한시도 늦출 수 없어요. '로스트 르상티망'을 잡기 위해 검사님이 쥐고 있는 정보를 모두 제공해 줬으면 합니다."

"다시 말하지만 확실하지 않으면 정보라고 할 수 없습니다. 정보라고 부를 수 없는 것을 출발점으로 삼으면 오인 체포와 직결될 수 있습니다."

"수사선상에 오른 용의자를 닥치는 대로 신문할 겁니다. 용의자가 많을수록 진범을 특정하는 데 도움이 되죠."

터무니없는 주장이었다.

공안과는 범인 체포보다 정보 수집에 무게를 두는 부서다. 따라서 원죄에 대해 다소 불감증인 경향이 있다고 들었다. 오비쓰의 억지는 그 불감증에서 유발된 것일까.

"용의자가 많아지는 이유는 수사단계에서 마무리가 허술했기 때문입니다. 그렇게 수사해서 어떻게 진범을 잡겠습니까. 조준이 안 되는 총으로 표적을 노리는 것과 같습니다."

"허 참, 오사카 부경 경비부를 고물 총 취급하는 겁니까? 너무하시네요."

오비쓰는 유쾌하게 웃어넘겼다.

그러나 눈만은 웃지 않았다.

"아까부터 옆에 있는 사무관이 나를 부모님의 원수 보듯 쳐다보는군요. 방해한 것 같으니 이만 물러가죠. 하지만 검사님."

오비쓰는 마지막 말을 잊지 않았다.

"'로스트 르상티망'의 체포가 늦어지면서 다른 문제가 파생됐을 때 그 책임은 당신에게 달려 있습니다. 견책이나 감봉 정도로 그치면 다행이겠지만요."

유쾌한 듯 집요한 것이 오비쓰의 본질이리라. 미하루는 오비쓰에게 학을 뗐다. 그가 집무실을 나가고 나면 소금을 뿌리고 싶을 정도였다.

그런데 오비쓰의 말이 괜한 소리가 아니었다는 사실이 그날 증명됐다. 저녁 무렵에 사카키가 후와를 호출한 것이다.

사건이 종결되지 않았는데 호출하다니 불길한 예감만 들었다. 미하루는 후와와 함께 차장검사의 집무실로 향하면서 속이 점점 아팠다.

"'로스트 르상티망' 사건은 아직 보고를 올리지 않았더군요."

사카키가 입을 열자마자 진척 상황을 묻는 바람에 속이 더욱 아팠다. 미하루는 후와의 그림자처럼 움직이기 때문에 그가 어디를 조사하는지 정도는 파악하고 있다. 그런데 후와는 계속 기시와다역 묻지 마 사건의 수사자료만 조사할 뿐 '로스트 르상티망'에 대해서는 어떠한 조사도 시작하지 않았다.

“현재는 사사키요 마사이치의 첫 공판을 준비하고 있습니다.”

“사사키요 마사이치의 기소 전 정신감정 결과는 보고 받았습니다. 예단은 금물이지만 공판은 차질 없이 유지될 수 있지 않을까 싶은데. 그렇다면 ‘로스트 르상티망’이 누군지 특정하는 수사를 진행해도 좋지 않겠습니까?”

“제게 일임하셨으니 진행 방식은 제가 정하겠습니다.”

“각 지검에서 빈발하는 사건을 모르는 건 아니겠지요. 세간과 언론이 본청의 움직임을 주시하고 있어요.”

“언론이 주시하면 검찰의 움직임이 상대에게 누설됩니다.”

“그런 뜻이 아니에요. 기대에 부응하라는 말을 하는 겁니다.”

“기시와다역 묻지 마 사건과 지검 폭파사건은 서로 관련 있습니다. 사사키요 마사이치를 완벽하게 조사하지 않으면 ‘로스트 르상티망’의 꼬리도 잡지 못합니다.”

“그쪽에 대한 보고를 전혀 올리지 않은 이유는 그 때문입니까?”

사카키는 못마땅한 듯 입술을 일그러뜨렸다. 후와의 일

에 개입하고 싶은 듯하지만 공교롭게도 후와의 실적을 돌이켜보면 참견할 여지가 없었다. 유능한 부하는 귀히 여겨지지만 너무 유능한 부하는 미움을 받는다.

"후와 검사는 세간이나 언론 따위 안중에 없겠지만 지검장님이 몹시 걱정하십니다. 어쨌든 본인이 후와 검사를 담당자로 추천했으니."

미하루는 옆에서 대화를 듣다가 사카키가 아직 후와를 다루는 법을 모른다고 생각했다. 과연 상사에 대한 충성심을 강조하는 것으로 후와를 부릴 수 있을까? 그렇게 단순한 사람이었다면 곁에서 보좌하는 미하루도 고생하지 않았으리라.

"지검장님은 당신에게 기대가 커서 당신을 책임자로 지목했습니다. 기대가 클수록 그 기대를 저버렸을 때 후폭풍을 감당하기 어려울 겁니다."

문득 오비쓰의 말이 되살아났다. 입장도 소속도 다른 사람이 같은 말을 한 이유는 그것이 거의 상식이기 때문이었다.

"기대는 모르겠지만 제가 맡은 일은 완수하겠습니다. 단 제 방식대로."

"그렇게까지 말할 때는 걸맞은 각오도 했겠죠. 자꾸 고집을 부리면 아무도 돕지 않을 겁니다."

이래서야 보고가 아니라 조직을 향한 충성심을 확인하는 의식이 아닌가.

약간 아쿠자의 협박 같았지만 후와는 평소처럼 눈썹 하나 까딱하지 않았다. 미하루는 두려운 마음과 속 시원한 감정을 동시에 맛봤다.

"검사는 독립된 사법기관입니다. 책임은 본인만 지면 충분하겠죠."

사카키는 후와를 잠시 날카롭게 노려보다가 기운이 빠진 듯 짧게 탄식했다.

"진전이 없더라도 정기적으로 보고는 하도록 해요. 이상입니다."

사카키의 손에서 풀려나 집무실을 나온 순간 겨드랑이에 기분 나쁜 땀이 맺혔다. 미하루가 저도 모르게 걸음을 멈추자 앞에서 걷던 후와가 눈치채고 물었다.

"왜 그래?"

"아뇨. 늘 그렇지만 검사님은 잘도 평정심을 유지한다 싶어서요."

"자네가 심란할 만한 이야기가 있던가?"

"사건을 빨리 해결하지 못하면 책임지라고 하셨잖아요."

"책임자가 책임을 지는 건 당연하지."
"검사님이 하겠다고 나선 것도 아니잖아요."
"사건을 골라가며 맡은 적은 없어."
"마치 제비뽑기에서 꽝을 뽑은 것 같잖아요."
"자네는 지금도 부검사가 목표인가?"
"당연하죠."
"그렇다면 쉬운 사건과 어려운 사건을 나누지 마. 제대로 된 검사가 될 수 없을 테니. 검사가 사건을 나누는 기준은 하나뿐이다."
"어떤 기준이죠?"
"이기느냐 지느냐."

3

기시와다역 묻지 마 사건의 피해자 유족을 만나 조사하고 싶다는 후와의 말에 미하루는 평소처럼 그를 뒤따랐다.

수사는 경찰에게 맡겨도 되지 않을까 미하루는 계속 생각했지만 후와는 직접 확인하지 않으면 납득하지 않았다. 사람을 육성하는 데 적합하지 않은 부류지만 애초에 검사는 독립된 사법기관이기 때문에 부하를 키울 마음 따위 처음부터 없었을지 모른다.

"그런데 왜 직접 만나려고 하세요? 수사자료에 피해자들의 신상과 사건 당시 상황이 기록되어 있잖아요."

"부족해."

여느 때처럼 무엇이 어떻게 부족한지는 설명하지 않았다. 이 단계에서는 물어도 제대로 된 대답을 들을 수 없다는 것을 그동안의 경험으로 알기에 미하루는 말없이 후와의 뒤를 따랐다.

처음 방문한 곳은 기시와다시에 있는 우노 데쓰지의 집이었다. 우노는 임대 맨션에서 아내와 딸 셋이서 살고 있었다.

아직 오전이기 때문에 틀림없이 피해자의 아내가 나오리라 예상했다. 그러나 인터폰 너머에서 들려온 목소리는 젊은 여자의 목소리였다.

—누구세요?

"오사카 지방 검찰청입니다. 우노 데쓰지 씨 일로 찾아뵈었습니다."

후와는 검사 신분증을 갖고 다니지 않기 때문에 언제나

검찰 사무관인 미하루가 나섰다.

잠시 후 문이 빼꼼히 열리더니 이십 대로 보이는 피해자의 딸이 얼굴을 내밀었다. 미하루가 검찰 사무관 신분증을 제시하자 딸이 가볍게 고개를 끄덕였다.

"엄마는 출근하셨는데요."

그러자 후와가 미하루의 뒤에서 말했다.

"따님도 괜찮습니다."

도어체인을 풀고 후와와 미하루를 응접실로 안내했다. 집 안 복도에 선향 냄새가 짙게 감돌아 미하루의 기분이 가라앉았다.

"딸 다마미입니다."

새삼 정면에서 얼굴을 마주하니 수사자료에 있던 아버지의 얼굴이 보였다. 분명 아버지를 닮았으리라.

"오사카 지검 폭파사건과 기시와다 지부 장난 전화 사건을 인터넷 뉴스에서 봤어요. 몹시 화가 나더라고요."

다마미가 고개를 숙이고 입을 열었다. 표정을 보이기 싫은지 계속 아래를 쳐다봤다.

"검사님들은 안 다치셨어요?"

"걱정해 주셔서 감사합니다. 저희는 다른 층에 있어서 무사했습니다."

"아빠에 대해 무엇이 궁금하세요? 사사키요를 사형시킬 수 있다면 무엇이든 협조할게요."

"아버님은 어떤 분이셨습니까?"

후와의 질문이 의외였던 듯 다마미는 의아한 표정으로 고개를 들었다.

"그게 재판과 관계 있나요?"

"관계 유무는 내용에 따라 다르죠."

"다른 집 아빠들처럼 평범하셨어요. 집에서는 말수가 적으셨고 가끔 가족들을 웃기려고 하다가 썰렁하게 만들고 발 냄새도 나고. 하지만 항상 본인 일보다 저와 엄마를 우선시해서 밖에서는 술도 안 마시고…… 아, 이런."

다마미는 다시 고개를 숙이고 들지 않은 채 말했다.

"왜 이 나라는 범인에게 너그럽고 피해자에게는 매몰찬가요? 그냥 자기 분에 못 이겨 아빠를 죽인 건데 왜 그런 놈 편을 드는 사람이 있는 거죠? 폭탄으로 지검을 파괴하는 인간의 사정까지 이해하려고 한다니. 세상이 미쳐 돌아가고 있어요."

몹시 비통하지만 진심이 담긴 호소였다. 사사키요 사건 이후 줄곧 비뚤어진 악의에 노출되었던 미하루를 안도하게 하는 지극히 상식적인 생각이었다.

"폭파사건이 터졌을 때 TV나 인터넷 뉴스에서 잃어버린 세대의 비극이라는 둥 원한이라는 둥 쉴 새 없이 떠들어댔는데 저희로서는 작작하라는 심정이었어요. 사사키요에게 살해당한 일곱 피해자와 그 유족보다 사사키요와 그에 동조하는 사람들을 동정하고 공감하다니. 정말 분통터져 못 살겠더군요."

폭파 현장과 가까운 곳에 있는 ABC 아사히 방송은 '로스트 르상티망'을 규탄하는 입장을 분명히 했지만 좌익계열인 재경 TV 방송국*이나 중앙지는 그의 범죄를 비난하는 한편 잃어버린 세대를 옹호하며 정부를 비판했다. 언론기관이니 사회적 약자의 입장을 대변하려는 자세는 이해하지만 피해자와 유족에 대한 배려가 보이지 않아 미하루도 불만스러웠다.

"피해자 유족을 취재하라는 말이 아니에요. 아빠가 살해당해야만 했던 이유를 국가나 사회의 탓으로 돌리지 말라는 말입니다. 우리 아빠를 죽인 사람은 사사키요예요. 그 사람이 개똥 같은 논리로 아빠를 포함한 일곱 명을 죽

---

* 주로 도쿄도에 본사를 둔 TV 방송국. 니혼TV, 아사히 TV, TBS텔레비전, 후지TV, TV도쿄를 가리킨다.

인 사건, 그게 다라고요. 그렇게 사회적인 의미를 덕지덕지 붙이지 말았으면 좋겠어요."

다마미는 후와를 노려보듯 올려다봤다.

"요즘은 재판에서 피해자 유족이 의견을 발언할 수 있죠?"

"네. 피해자 참가 제도가 있습니다."

"그러면 저를 꼭 불러주세요. 사사키요에게 하고 싶은 말이 많아요. 이 말을 안 해 주면 죽어서도 눈을 못 감을 거예요."

다마미의 분노는 점점 거세졌다. 한편 후와는 상대의 감정은 신경 쓰지 않고 질문을 이어갔다.

"아버님을 포함해 가족 중에 예전부터 사사키요 마사이치를 알던 사람은 없습니까?"

"없었던 것 같아요. 엄마는 아는 걸 숨길 수 없는 성격이고 사사키요는 쭉 은둔형 외톨이였다면서요. 가게에서 가전제품을 파는 아빠와 아무런 접점도 없었을 거예요."

두 번째 방문지는 오쿠라 가즈키 부모님의 집이었다. 오쿠라는 기시와다시에 있는 아파트에 혼자 살았는데 본가도 시내에서 우동집을 운영하고 있었다.

영업시간이라 요리 중인 아버지와 차남은 주방을 떠날 수 없어 어머니인 스미에가 후와와 미하루를 맞았다.

“사사키요 사건을 담당한 검사님이시군요.”

스미에는 후와 일행의 정체를 파악하자마자 곧바로 안으로 들였다.

“가즈키의 일로 고생이 많으십니다.”

후와와 미하루의 바로 앞에 앉아 깊이 머리를 숙였다.

“아직 재판 전인가요?”

사사키요의 기소 전 정신감정이 진작에 끝났고 기소도 했다. 지금은 공판 전 정리절차를 앞두고 있다고 설명하자 스미에는 이해하면서도 불만스러운 기색이었다.

“사사키요는 도대체 언제쯤 사형 선고를 받을까요?”

“변호인이 무죄를 주장하면 재판 기간이 길어질 테고 1심 판결에 불복해 항소하면 판결이 확정되기까지 더 오래 걸립니다. 기소한 뒤 판결이 확정되는 데 오 년 넘게 걸리는 사건도 드물지 않습니다. 설령 사형 판결이 확정된다고 해도 집행은 몇 년 후에나 될 겁니다.”

“그럴 수가. 범인이 누군지 알고 많은 사람이 목격도 했잖아요.”

“죄인이라고 해도 국가가 한 사람의 목숨을 앗아가는

겁니다. 신중에 신중을 기해야죠."

"우리 가즈키는 순식간에 살해당했어요."

"불합리하다고 생각합니다. 하지만 법정은 복수의 장이 아니므로 피고인에게 불합리를 강요할 수 없습니다. 검찰이 할 수 있는 일은 증거를 갖춰 유죄판결을 이끌어내는 것뿐입니다. 오늘 찾아뵌 이유도 이를 위한 정보 수집 때문입니다."

"저희에게 무엇을 물으시려고요?"

"가즈키 씨는 장남이죠?"

"네, 주방에서 일하는 아이가 둘째예요. 사실은 가즈키가 가게를 이었으면 했는데 그 아이가 몹시 싫어했거든요. 어릴 적에 일을 돕게 한 것이 역효과가 났는지 이제 밀가루 반죽은 지긋지긋하다며 컴퓨터 소프트웨어 회사에 취직했어요. 그 회사도 3월에 도산해서 이제 본가로 돌아오려나 했는데 열심히 재취업 자리를 찾더군요."

터져 나오려는 감정을 수습하듯 스미에의 말이 자주 끊겼지만 후와가 재촉하지 않았기에 말을 멈추지는 않았다. 평소에 짓는 무표정이 도움이 되는 희귀한 경우였다.

"그날 아침에도 헬로워크에 가는 길이었죠. 그러다가 사건에 휘말려서……. 만약 우리가 강제로 가게를 잇게

했다면 그런 일을 피할 수 있지 않았을까. 그런 생각이 들 때마다 가슴이 미어져요."

"냉정한 말이겠지만 자꾸 그런 식으로 생각하시면 건강에 좋지 않습니다."

후와는 감정 없는 목소리로 천천히 말했다.

"만약을 생각하기 시작하면 후회가 끝도 없습니다. 가즈키 씨도 원치 않을 거예요."

"저도 그렇게 생각해요. 하지만, 그래도."

스미에는 결국 참지 못하고 낮게 오열했다.

가게에서 들려오는 우렁차고 활기찬 목소리가 몹시 이질적으로 느껴졌다. 한참 눈물을 쏟은 스미에는 눈가를 닦은 뒤 고개를 들었다.

"실례했습니다."

"여쭙겠습니다. 사건이 일어나기 전에 사사키요 마사이치를 아셨습니까? 지인이나 단골손님이었거나."

"우리 가게가 작다 보니 손님 얼굴은 단골손님이든 처음 온 손님이든 기억해요. 하지만 사사키요는 사건을 보도한 뉴스에서 처음 봤습니다. 남편도 둘째도 그럴 거예요."

세 번째는 가코이 쓰요시의 집이었다. 주소는 기시와다

시 덴진야마초였는데 단지 안에서도 비교적 신축인 공동 주택이었다.

미하루는 조금 의외였다. 부동산 회사 직원이라면 신축 맨션이나 교외 단독주택에 살아도 이상하지 않다고 생각했기 때문이다.

하지만 곰곰이 생각해 보면 고급 외제차 딜러사 직원이라고 모두 외제차를 타지는 않으니 어쩌면 당연한 일일지도 몰랐다.

집에는 피해자의 아내인 사요리뿐이었다.

"아들은 학교에 갔어요."

사요리는 아이가 집에 없다는 사실에 안도하는 눈치였다.

"그 사건이 일어나고 한 달이 지나서야 겨우 아이도 진정됐어요. 사건이 일어났을 때는 너무 충격을 받아서 학교를 보름쯤 쉬었을 정도였죠."

사요리와 후와가 대화하는 동안 미하루는 무심코 거실을 관찰했다. 선향 냄새는 나지 않지만 벽에 그을린 흔적처럼 사진을 떼어낸 자국이 남아 있었다. 미하루의 시선을 눈치챈 듯 사요리는 괴로운 눈빛으로 말했다.

"아이가 붙여 놓았던 아빠와 함께 찍은 사진을 다 떼어

냈어요. 지금은 아이를 위해서라도 보여주지 않는 편이 나을 것 같아서. 아빠를 무척이나 좋아했거든요."

"스마트폰에는 사진이 없나요?"

"아이 스마트폰에 아빠 사진 한두 장은 있겠지만 억지로 삭제하라고 할 수도 없고 스마트폰을 빼앗을 수도 없는 노릇이라."

집 안에 있는 사진은 숨기고 스마트폰 사진은 방치한다. 정말 어중간한 대처지만 그 어중간함이 아이를 어떻게 대해야 할지 모르는 엄마의 마음을 대변하는 것처럼 느껴져 안타까웠다.

"예전부터 사사키요 마사이치를 아셨습니까?"

"아뇨. 뉴스에서 보기 전까지는 본 적도 들은 적도 없는 사람이에요."

"부군께 사사키요로 추정되는 사람의 이야기를 건네 들은 적은 없습니까?"

"남편은 일 때문에 만난 손님 이야기를 잘 안 했어요. 게다가 사사키요 마사이치라는 사람은 계속 집구석에 틀어박혀 살았다면서요. 은둔형 외톨이가 집을 빌리려고 남편의 회사로 찾아올 리도 없잖아요."

사요리의 주장은 타당했고 미하루도 내심 동의했다. 그

러나 후와의 질문 의도는 도무지 이해할 수 없었다.

"업무 이야기는 일절 가정으로 끌고 오지 않는 남편이셨군요."

"아뇨, 기쁘고 즐거웠던 일은 곧잘 이야기했어요. 신혼부부에게 좋은 집을 소개했다거나 처음 자취하게 된 고객과 이야기하다가 과거의 자신이 떠올랐다거나……. 일에 열정적이었다기보다 고객들이 기뻐하는 얼굴을 더 좋아했어요. 그래서 부동산 정보를 집까지 가져와서 이것도 아니고 저것도 아니라며……."

지금까지 유지하던 평정이 삽시간에 사라지고 사요리의 표정이 일그러졌다.

"부군을 원망하거나 증오할 만한 사람은 없습니까?"

"그런 사람이 있을 리 없어요. 정말 좋은 사람이었거든요. 그런데 남편이 왜 사사키요 같은 제정신 아닌 사람에게 살해당해야 했을까요."

이제 한계였다. 사요리는 후와의 앞에서 얼굴을 가렸다.

"출근하기 전에 늘 아이가 '안녕히 다녀오세요'라고 인사했어요. 그런데 사건이 일어난 날은 하필 늦잠을 자서 얼굴도 보지 못하고 출근했죠. 남편도 아쉬웠겠지만 아이도 가여워요. 최근 한 달은 저보다 일찍 일어나요. 분명

늦잠을 잔 자신을 용서하지 못해서겠죠. 아직 여덟 살밖에 안 된 아이가 그런 식으로 스스로를 질책하다니 너무 끔찍해요."

모든 가정에는 기둥 역할을 하는 사람이 존재한다. 이 가정에서는 가코이 쓰요시의 존재감이 더욱 강했던 것 같다. 기둥을 잃은 가족은 다시 일어서는 데도 시간이 더 필요하다. 미하루는 또다시 가슴이 아팠다.

"아이는 의외로 논리적입니다."

금방이라도 눈물을 쏟을 것 같은 사요리 앞에서 후와는 담담하게 이야기를 풀어나갔다.

"네가 늦잠을 잔 것과 아버지가 살해당한 것 사이에는 아무런 인과관계가 없다. 인내심을 갖고 그렇게 설명해 보시면 어떨까요?"

후와의 말은 이보다 논리적일 수 없을 정도로 타당했지만 애석하게도 비탄에 잠겨 있는 유족에게는 전혀 효과가 없었다. 할 수만 있다면 그 입을 틀어막고 싶었다.

하지만 그다음에 나온 한마디에 생각을 고쳤다.

"아드님의 마음에 가시가 박혀 있다면 그것을 하나씩 정성스럽게 뽑아주는 것이 부모의 의무입니다. 아드님께 웃음을 되찾아 주는 것이 부군께서 가장 바라는 일 아니겠습니까?"

가코이 쓰요시의 집을 나오자 미하루가 후와에게 물었다.

"피해자 중 누군가가 사사키요와 아는 사이였다고 생각하세요?"

대답을 기대하지는 않았다. 후와는 모든 것이 명백해지지 않는 한 자신의 예측을 입 밖으로 내뱉을 사람이 아니었다.

그런데 지금은 예외였다.

"확인 작업이야."

"확인이요? 사건을 저지르기 전까지 사회와 접점이 없던 사사키요가 피해자들과 어떠한 연결고리가 있었다고 보기는 어렵잖아요."

"사사키요가 아니라 '로스트 르상티망' 말이야."

"네?"

"'로스트 르상티망'이 정말로 사사키요의 석방을 원하는 것 같나?"

"사사키요의 석방은 단지 명분일 뿐 진짜 목적은 테러라는 말씀이세요?"

후와는 다시 입을 다물었다.

두 사람이 다음으로 방문한 곳은 가코이가 근무하던 하루키역 앞의 부동산 중개 회사였다. 아마 진위를 확인하려는 목적일 터다. 후와는 그곳에서도 같은 질문을 반복했다.

"가코이 씨의 팬이 된 고객이 적지 않았습니다."

상사인 다다자키라는 남자는 후와와 미하루를 사무실 안쪽으로 안내한 뒤 짧게 탄식하고서 입을 열었다.

"우리끼리 이야기지만 결혼 시즌, 입사나 입학 시즌은 대목이지 않습니까. 본사에서 중개 물건을 하나도 남기지 말라는 절대명령이 내려오거든요. 그러면 조건이 나쁜 집부터 우선 처리하게 되는데 가코이 씨는 항상 고객을 우선했습니다. 지점 할당량이 많을 때는 조금 곤란했지만 그래도 가코이 씨가 담당한 고객은 집을 정하고 나서도 찾아오는 분도 계셨죠. 그러니 가코이 씨한테 화를 낼 수 없었어요. 길게 보면 그 고객들이 다 우리 회사 팬이 될 테니까요."

"가끔 말썽을 부리는 고객은 없었습니까?"

"하여간 고객을 잘 다루는 직원이었습니다. 고객을 우선하는 태도는 상대방도 알 수 있거든요. 대접받는데 싫어할 사람은 별로 없잖아요."

가코이가 사망한 지 아직 한 달밖에 되지 않았는데 다다자키는 매우 그립다는 어투로 말했다.

"그 친구를 잃고 우리 지점에 패기라고 해야 하나, 빛이 꺼진 느낌이에요. 그 친구가 분위기 메이커였구나 새삼 깨달았죠."

숙연한 분위기였지만 후와는 분위기를 살피고 눈치를 보는 사람이 아니었다.

"예전에 사사키요 마사이치가 고객으로 방문한 적은 없습니까?"

"없습니다."

다다다키는 일언지하에 부정했다.

"뉴스에서 얼굴을 여러 번 봤지만 전혀 모르는 사람이었습니다. 직원들에게도 확인했으니 틀림없어요. 방문한 적 있는 사람이라면 저를 포함한 모든 직원이 후회했겠죠."

"왜 그렇죠?"

"조금이라도 엮인 사람이 그런 사건을 일으켜 가코이 씨를 해쳤다면 견딜 수 없었을 겁니다. 우리가 개인정보를 입수했다면 사사키요의 가족에게 어긋난 복수를 계획했을지도 모릅니다. 그만큼 사사키요가 저지른 짓은 큰 죄라고 생각해요."

네 번째는 우치우미 나쓰키의 집이었다. 올해 신문사에 취직한 나쓰키는 어머니와 함께 살며 통근했다고 한다.

"가을 2차 모집 때 간신히 합격했죠."

후와와 미하루를 맞이한 사람은 어머니인 게이코였다.

요즘 신문사가 가을에 2차 채용을 한다는 사실은 미하루도 안다. 봄에 진행하는 1차 채용 때 합격했다가 퇴사하는 사람이 예상보다 많으면 빈자리를 메우려고 다시 채용공고를 내는 것이다.

"어려서부터 신문기자가 꿈이었어요. 봄 채용시험 때 신문사들에게 불합격 통지를 받았을 때는 일주일 동안 침울해했죠. 하다못해 탈락했을 때를 대비해 다른 회사도 지원하라고 했지만 신문기자 말고 다른 일을 할 생각은 없다고 하더군요."

게이코는 귀신같은 몰골이었다. 울거나 화를 내는 데도 지쳐 초췌한 모습이었다.

"그랬는데 2차 모집에 합격했어요. 펄쩍 뛸 정도로 기뻐했죠. 나쓰키가 고등학생 때 남편이 세상을 떠났는데 그런 상황에서 아르바이트를 하면서 대학까지 졸업했으니 더욱 기뻤죠."

"부군은 어떻게 돌아가셨습니까?"

"허망한 죽음이었죠. 오 년 전에 다코지조 공원에서 일어난 스토커 사건을 기억하세요?"

"네. 사귀다 헤어진 남자가 여자를 칼로 찌른 사건이죠."

"그때 지나가던 회사원이 여자를 감싸다가 찔려 사망했죠. 우치우미 신지. 제 남편입니다."

후와의 옆에서 듣던 미하루는 소름이 돋았다.

그러면 아버지와 딸 모두 묻지 마 사건으로 희생됐다는 말인가. 우연이라고 해도 너무나 비극적이었다.

"왜 하필 내 남편이냐며 세상을 원망했죠."

"가해자 남성이 국회의원의 셋째 아들이었던 것으로 기억합니다."

"오사카 18구의 가토 고조예요. 총무성에 힘깨나 쓴다는 거물 의원이라던가, 언론 보도도 어물쩍 넘어갔어요."

총무성은 방송 인허가권을 쥐고 있다. 방송망을 산하에 둔 언론의 칼끝이 무뎌질 수밖에 없었다.

"범인을 체포한 순경 정도만 힘이 되어줬어요. 떠들기 좋아하는 사람들은 괜히 남의 일에 끼어드는 바람에 봉변당했다는 둥 끔찍한 말만 지껄였죠."

"나쓰키 씨가 신문기자를 목표로 한 이유도 그 때문이겠군요."

"권력의 눈치를 보지 않는 보도, 좀 더 피해자 친화적인 기사를 써서 사람들에게 알리고 싶다. 나쓰키는 살해당한 아버지의 억울함을 그런 형태로 풀고 싶어 했어요. 그런데 그 아이마저 묻지 마 사건에 희생되다니. 남자친구와 사이도 좋다며 들떴었는데……."

"남자친구는 어떤 사람입니까?"

"그걸 알기도 전에 사건에 휘말려서 듣지 못했어요. 장례식에도 남자친구로 보이는 사람은 참석하지 않았고요. 죽었으니 필요 없다고 생각했겠죠. 죽었다고 멸시당하는 건 이번이 두 번째예요."

게이코는 힘없이 웃었다.

"슬퍼하는 데도 체력이 필요하더군요. 지난 한 달 동안 왜 우리만 이런 꼴을 당해야 하나 계속 울었더니 걷기조차 힘드네요."

"사건이 일어나기 전에도 사사키요 마사이치를 아셨습니까?"

"전혀요. 알지도 못하고 알고 싶지도 않았어요."

이날 마지막으로 방문한 곳은 나쓰키가 근무하던 신문사였다. 사회부 데스크의 가와모토라는 남자가 조사에 응했다.

"4월에 입사한 지 얼마 지나지 않은 시기여서 인재로 클지 어떨지는 몰랐지만 근성 하나는 있는 친구였습니다. 사회부에서는 신입에게 우선 경찰 담당 기자 업무부터 시키는데 그 업무가 대개 밤낮없이 대기해야 하는 일이거든요. 첫날부터 죽는소리를 내는 놈들도 적지 않은데 나쓰키 씨는 일주일을 버텼어요. 신입으로서 그것만으로도 기대감이 높아졌죠."

가와모토는 자신의 의자에 앉은 채 천장을 올려다봤다.

"젠장. 원석을 갈고닦기도 전에 손에 닿지 않는 곳으로 가 버렸습니다."

"나쓰키 씨가 신문기자가 되려고 한 이유를 아십니까?"

"우리 부서에 처음 발령받아 온 날 들었습니다. 아버지의 비극을 눈감은 언론의 체질을 뒤집어엎겠다고. 의욕이 대단했는데 기사 한 줄 쓰기도 전에 그런, 그런……."

한동안 말을 잊지 못하다가 얼버무리듯 헛기침했다.

"우리는 왜 사사키요 같은 쓰레기가 생겨났는지 철저하게 분석해 기사로 쓸 생각입니다. 사회에 책임을 묻지 않고 어디까지나 사사키요 본인에게 죄를 묻는 형태로."

"추모의 의미로 말입니까?"

"적어도 작별 인사는 되겠죠. 우리 신문사가 나쓰키 씨에게 해 줄 수 있는 건 고작 이 정도입니다."

"마지막 질문입니다. 사건 발생 전에 다른 취재를 통해 사사키요 마사이치의 이름을 들어 보신 적 있습니까?"

"그런 소재가 있었으면 벌써 썼겠죠. 그야말로 나쓰키 씨를 떠나보내기 전에."

4

다음 날 오후, 피해 유족 조사를 재개했다. 첫 방문지는 기시와다역과 가까운 노다초에 있는 고마바 히나타의 집이었다. 소형 점포와 주택이 뒤섞여 있는 블록의 모퉁이에 있었다.

'고마바 세무사 사무소'라는 간판이 걸려 있는 사무소 겸 주택. 미하루가 방문 목적을 알리자 소장인 고마바 겐이치가 흔쾌히 두 사람을 맞이했다.

"아내가 장을 보러 나가서 제대로 대접도 못 하겠네요."

"몇 가지 여쭈러 찾아뵈었습니다."

직업 특성상 고객을 상담하며 적절한 조언을 해서인지

고마바는 넉살이 매우 좋았다. 온화한 미소에도 친근감이 느껴졌다.

사무소 인테리어에서는 상당한 세월이 느껴졌다. 캐비닛을 비롯한 사무집기는 햇볕이 잘 드는 부분의 색이 바래 있었다.

"할아버지께서 세무사 사무소를 여신 이후로 대를 이어 운영하고 있습니다. 제가 3대째입니다."

자격을 취득해 아버지가 경영하는 세무사 사무소에 들어가 물려받았다. 세무사 자체는 그저 직업일 뿐이지만 3대째 이어온다면 가업이라고 해도 무방하다는 생각이 들었다.

"공판 준비 때문에 오셨죠? 첫 공판 날짜는 잡혔습니까?"

"이제 공판 전 정리절차에 들어갑니다."

"정리절차가 길어질 것 같습니까?"

"자백 사건은 오로지 양형이 쟁점이 되지만 어쨌든 변호인 측이 어떻게 나오느냐에 따라 달라질 듯합니다."

"그럼 빨리 종결될 수 있도록 검사님이 애써 주셔야겠군요."

고마바는 정중하게 머리를 숙였다.

"어머니의 한을 풀어 주세요. 부탁드립니다."

다시 들어 올린 얼굴에 조금 전과 달리 원통한 심정이 새겨져 있었다.

"판결을 내리는 사람은 재판관이고 사건의 내용을 보면 사사키요가 무죄 판결을 받지 않으리라는 것을 압니다. 사건마다 쟁점이 다르니 문외한인 제가 참견할 생각은 없습니다. 그러나 그런 범행을 저지른 사사키요 마사이치가 죗값을 치르려면 사형 말고는 없다고 단언합니다. 재판관이 이상한 판결을 하지 않도록 검사님이 철벽같이 논고해 주시기 바랍니다."

피해자 유족이 피고인의 엄벌을 간청하는 경우는 드물지 않다. 고마바처럼 호감 가는 사람이 간절히 부탁하면 마음이 더욱 불편했다.

"남의 죽음을 바라다니 부도덕하다는 걸 잘 알지만 이번만은 별개죠. 그 사람이 일곱 명이나 되는 사람의 목숨을 빼앗은 이유를 수사 본부의 형사님께 전해 들었는데 동정의 여지가 전혀 없습니다. 일본 재판은 갱생이 목적이라는 말을 들은 적 있습니다만 자신의 울분을 풀려고 무고한 사람들을 참살한 인간에게 과연 갱생의 여지가 있을까요? 저는 절대로 그렇게 생각하지 않습니다."

"어떤 사건이든 기소한 사건이 유죄판결을 받도록 이끄

는 것이 검사가 할 일입니다."

지극히 당연한 말이었지만 후와가 꺼내면 갑자기 설득력이 높아진다. 허세를 부리지도 않고 힘을 빼고 말하기 때문이리라.

"유족으로서 든든하네요. 법정이 복수하는 자리가 아니라는 건 알지만 막상 제 가족이 부당하게 살해당하니 그런 이상론은 날아가 버리는군요."

고마바는 후와에게 믿음이 갔는지 영업용 가면을 벗어 던졌다.

"사회생활을 하는 이상 사람은 누군가에게 신세를 지며 살아갑니다. 서로 신세를 지고 돕기 때문에 사회생활이라고도 할 수 있죠. 하지만 우리 어머니는 개미 한 마리 못 죽이는 분이셨어요."

"병원에 다니시는데도 아들 부부에게 의지하지 않으셨죠."

"네, 발목을 삐는 바람에 제대로 걷지 못하셨습니다. 언제든 차로 병원에 모셔다드리겠다고 했는데 그러면 너희가 번거로울 거라며 고집을 부리셨어요. 연세가 드셔서 그런 게 아니라 옛날부터 그런 기개가 있는 분이셨죠. 입만 열면 남에게 폐를 끼치지 말라, 자기 일은 스스로 하라고 가르치셨습니다."

이야기를 들어 보니 옛날 사람 기질 때문이 아니라 고마바 히나타의 신조였기 때문이었으리라는 생각이 들었다.

"그렇다고 남을 탓하거나 무관심한 성격도 아니셨습니다. 곤경에 처한 사람이 있으면 그냥 지나치지 않으셨고 쓸데없는 참견이라는 말을 듣더라도 세심하게 도우셨어요. 자신에게 엄격하고 타인에게 친절한 자랑스러운 어머니셨죠. 그런 분이셨는데 그렇게 어이없게, 그런 가치 없는 쓰레기의 손에 돌아가셨다니. 정녕 세상에 신은 없는 것이냐며 저주했습니다."

무차별은 바로 그런 의미구나. 미하루는 뼈저리게 통감했다. 사사키요에게 표적은 누구라도 상관없었다. 좋은 사람이든 나쁜 사람이든 고려해야 할 조건은 단 하나였다. 자신보다 힘이 약해 보이는 사람.

"여쭤볼 것이 있습니다."

"무엇이든 말씀하십시오."

"혹시 돌아가신 히나타 씨가 생전에 사사키요 마사이치라는 남자를 아셨습니까?"

고마바는 잠시 생각에 잠겼다가 대답했다.

"이제 어머니께 확인할 방법은 없지만 적어도 저는 그

놈 얼굴도 이름도 몰랐습니다. 뉴스에서 처음 봤어요."

여섯 번째는 히구치 시오리의 집이었는데 이곳도 노다초에 있었다. 지은 지 이십 년 정도 지난 단독주택이었고 문패에는 네 사람의 이름이 적혀 있었다.

인터폰으로 신분을 알리자 고등학생으로 보이는 소년이 현관으로 나왔다.

"아버지와 어머니는 아직 퇴근 안 하셨어요."

시오리와 한 살 터울인 남동생이라고 했다.

"사망하신 시오리 씨에 대해 여쭈고자 찾아뵈었습니다."

후와가 말을 꺼내자 동생은 조금 머뭇거리더니 두 사람을 안으로 들였다.

"히구치 가즈야입니다."

가즈야는 다소 부루퉁하게 자신을 소개했다. 나이 때문인지 성격 때문인지 형제가 없는 미하루는 판별할 수 없었다. 누나를 갑작스럽게 잃은 지 아직 한 달밖에 지나지 않았기 때문에 상실감이 가즈야를 거칠게 만들었는지도 모른다.

"누나에 대해 물어보려 오셨다니 제가 제격이네요."

"이유가 뭐죠?"

후와는 질문 상대가 연상이든 연하든 말투를 바꾸지 않았다. 그 태도가 상대방의 마음을 여는 열쇠기도 했다.

"아빠와 엄마는 누나를 전혀 모르시거든요. 누나는 집에 있는 시간보다 학교에 있는 시간이 더 많았고 우리 또래 아이들은 웬만하면 부모님에게 속마음을 이야기하지 않으니까요."

"학교 친구들에게는 속마음을 이야기합니까?"

"상대가 누구냐에 따라 다르고 아무리 친구라도 다 드러내지는 않겠지만 적어도 부모님께 말할 수 없는 이야기를 하긴 하죠. 누나와 학년이 다르지만 남매니까 부모님께는 못 하는 말을 서로 주고받긴 했어요."

"부모님이 본 시오리 씨와 가즈야 군이 본 시오리 씨는 차이가 있겠군요."

"부모님은 누나가 유행에 민감한 요즘 여자아이들이라고 생각하셨겠지만 사실 누나는 정의의 편이었어요."

"호오."

"옳지 않은 행동을 정말 싫어해서 학교폭력을 주도하는 무리와 싸우기도 했죠. 고등학생씩이나 돼서 왕따 같은 유치한 짓을 하는 녀석들이 있거든요. 누나는 그런 남자아이들을 보면 인정사정없이 주먹을 날렸어요. 그것도 중학생 때부터. 별명도 보급형 인간병기나 여자 터미네이터였죠."

"부모님은 모르셨습니까?"

"놈들도 동갑내기 여자아이에게 맞았으니 창피해서 떠들고 다니지 못했죠. 진짜 웃겼어요. 제가 입학하자마자 누나가 뒷배처럼 돼서. 그전까지 저를 편하게 대하던 선배들이 누나의 동생이라는 사실을 알고 나서는 깍듯해졌다니까요."

미하루도 집에서 보여주는 얼굴과 학교에서 보여주는 얼굴이 달랐던 시절이 있다. 자신을 비롯한 반 친구 대부분이 그랬다. 이유는 분명했다. 가족끼리만 아는 것이 있듯 또래끼리만 이해할 수 있는 것이 있기 때문이다.

"뉴스에서 봤는데 어떤 할머니 다음에 누나가 당했다면서요. 사사키요와 정면으로 맞서다가 칼에 일방적으로 찔렸다고. 누나답다고 생각했어요. 분명 할머니가 살해당하는 모습을 보고 도망치다 말았겠구나 싶었죠. 칼을 든 상대는 이길 수 없는데. 그래도 누나는 사사키요를 용납할 수 없었던 거예요."

말끝이 떨렸다.

"제길. 묻지 마 살인을 벌이는 놈을 상대로 정의감에 불타면 어떻게 해. 개, 개죽음이잖아."

절대 개죽음이 아니라고 말해 주고 싶었다.

사사키요가 살해한 일곱 명 중 죽이는 데 시간이 가장 오래 걸린 사람은 시오리였다. 저항이 길고 격렬해서 사사키요도 애를 먹었다. 달리 생각하면 시오리가 저항하지 않았다면 여덟 번째, 아홉 번째 희생자가 나올 수도 있었다는 뜻이다.

하지만 그 말을 건네 봤자 가즈야에게 아무 위안도 되지 않는다. 그래서 미하루는 잠자코 있을 수밖에 없었다.

"사건이 일어난 뒤에 누나에게 당했던 선배들이 우리 집에 찾아왔어요. 그때 말해 줬죠. 네 누나 대단한 거라고. 칼을 든 삼십 대 남자와 일대일로 붙었다고. 우리는 결코 흉내 낼 수도 없는 일이라고, 존경한다고. 부모님 입에서는 절대 나올 수 없는 말이에요. 잠깐, 죄송해요."

말하는 사이에 감정이 격해졌는지 가즈야는 황급히 눈가를 훔쳤다.

"이런. 가족 말고 다른 사람 앞에서는 안 울려고 그렇게 안간힘을 썼는데."

"무리하지 마요. 억지로 감정을 억누르면 오히려 부작용이 납니다."

"사사키요가 그랬다죠. 계속 방에 틀어박혀 살다가 결국 꼬이고 꼬여서 그런 어른이 됐다면서요."

"사람의 마음은 악마도 모릅니다. 내가 아는 건 범행 경위뿐입니다."

"검사님, 사사키요를 꼭 사형시켜 주세요."

가즈야가 정중하게 머리를 숙였다.

"사사키요는 이미 유치장에 있으니 제가 손을 쓸 수는 없죠. 사실은 누나처럼 사사키요와 일대일로 붙고 싶지만. 그러니 검사님이 저 대신 그 자식을 마구 패 주세요. 주먹이 아니라 말로."

맡겨 달라고 대답하고 싶었다.

"시오리 씨나 가즈야 씨는 사건이 일어나기 전에도 사사키요라는 사람을 알았습니까?"

"아뇨. 저는 몰랐어요. 아마 누나도 몰랐을 테고요. 특히 누나는 동아리 활동을 하지 않아서 집과 학교만 오갔기 때문에 다른 사람을 알 기회는 거의 없었어요."

마지막 방문지는 아사하라 겐키의 집이었다. 미야모토초에 있는데 겐키가 다니던 초등학교까지는 직선거리로 약 사백 미터였다. 사건 당시 친구들과 함께 등교하던 길에 사건에 휘말렸다. 갑작스러운 소란에 아이들은 뿔뿔이 흩어졌지만 겐키만 도망치지 못한 듯했다.

후와와 미하루가 방문했을 때 어머니인 미레이만 있었다.

"초재를 지낸 뒤로 남편은 계속 야근해서요."

미레이는 죄송하다는 듯 말했다. 사전에 확인한 자료에 따르면 겐키의 아버지는 산업기계 제조업체에서 근무한다. 삼 주째 야근이라니 근로기준법에 저촉되는 것 아닌가.

"야근이라지만 회사가 시켜서 하는 건 아니에요. 본인이 자원해서 남은 거라……."

미레이의 말투에서 사정을 대략 짐작할 수 있었다. 핵심은 되도록 집에 돌아오고 싶어 하지 않는다는 뜻이었다.

미하루는 안내받은 거실을 슬며시 둘러봤다. 선향 냄새가 희미하게 떠돌지만 그보다 달콤한 향이 더 진하게 남아 있었다.

아이의 냄새.

햇살과 흙과 생크림을 섞어 희석한 듯한 냄새. 집에 돌아오면 어쩔 수 없이 이 향을 맡게 되리라.

미레이는 지친 목소리로 말했다.

"집에 돌아오면 겐키가 떠올라서 괴로운가 봐요. 쉬는 날에도 외출해서 저녁까지 돌아오지 않거든요. 남자는 그나마 낫죠. 출근하거나 외출해서 도망칠 수 있어요. 하지만 저 같은 전업주부는 집에 있을 수밖에 없잖아요."

여기도 중심을 잃은 가정이 있다. 겐키라는 구심력을 상실해 부부의 유대가 위태로워진 것은 아닌지, 미하루는 불필요한 걱정을 했다.

"계속 이렇게 지내면 안 된다는 건 알지만……. 어느 날 불쑥 아이가 돌아올 것만 같은 기분이 들어서요. 그런 사건이 없었던 것처럼 평소처럼 다녀왔습니다, 라고 소리치며 책가방을 내던지면서요. 스스로도 미련이라는 건 알지만."

그렇지 않다.

발언권이 없는 미하루는 말없이 고개를 저었다. 어머니가 어떻게 자식의 죽음을 쉽게 인정할 수 있겠는가.

"포기하지 못했다 하더라도 누구도 미레이 씨를 탓하지 못할 겁니다."

후와가 미하루의 마음을 대변했지만 미레이는 뜻밖의 대답을 내뱉었다.

"나를 탓하더군요, 시부모님께서. 겐키는 가엾지만 아

무리 후회해도 돌아오지 않는다고. 아직 둘 다 젊으니 지금이라도 둘째를 낳으라고. 요즘 같은 세상에 대를 이을 아이를 낳아야 한다는 케케묵은 사고방식이라니. 하지만 시어머니는 그렇지 않은 것 같아서……."

이것도 미레이가 피폐해진 원인 중 하나인가.

외아들이 무참히 살해당하고 비탄에 잠겨 있는데 바로 둘째를 낳으라는 말을 듣는 것은 따귀를 연달아 맞는 격과 같다. 만약 미하루가 미레이였다면 틀림없이 시부모님과 고성이 오갔으리라.

"겐키는 태어날 때부터 작았어요. 이 킬로그램이 채 안 되는 저체중아여서 양가 부모님이 매우 걱정하셨죠. 그런데 작게 낳아서 크게 키운다는 말 아시죠? 큰 병치레 없이 건강하게 잘 자라줬어요. 입학식 때는 키가 큰 순서대로 세는 편이 더 빨랐거든요. 이름대로 정말 기운 넘치는 아이라 넘어지기도 하고 높은 곳에서 떨어지기도 하고 자잘하게 자주 다쳤죠. 작년 한 해는 반창고를 붙이지 않은 날이 없을 정도로……."

미레이가 갑자기 말을 멈췄다.

"무슨 일이 있으셨습니까?"

"죄송해요. 더 이야기했다가는 두 분 앞에서 울음이 나올 것 같아서 그만할게요."

그렇게 말하며 가슴이 텅 빈 듯 웃었다.

"요즘은 사람을 만날 때마다 경계해요. 아무 예고 없이 저도 모르게 눈물이 나와서요. 마치 꽃가루 알레르기라도 있는 사람처럼. 슬프거나 견딜 수 없다는 생각을 하지 않아도 물 흐르듯 주르륵 흘러내려요."

이야기를 듣고 있으니 가슴이 미어졌다.

자식을 앞세운다는 것은 이런 의미였다.

순서가 다르다. 부모가 먼저 떠나는 것은 자연의 섭리와 같아서 그나마 납득할 수 있다. 그러나 그 반대는 그저 도리를 거스르는 일일 뿐이다. 다른 아이를 낳는다고 대체할 수 없으며 부모는 상실감과 후회를 짊어진 채 살아가야 한다.

미하루는 새삼 사사키요의 죄가 얼마나 무거운지 깨달았다. 사사키요는 단순히 일곱 명의 목숨만 앗아간 것이 아니다. 일곱 가정과 가족들의 삶이 회복하기 어려울 정도로 산산조각 났다.

사사키요는 몇 번을 죽어도 죗값을 갚지 못할 것이다.

"여쭙겠습니다. 사건이 일어나기 전에 사사키요 마사이치를 아셨습니까?"

"아뇨, 본 적도 들은 적도 없는 사람이에요. 남편도 마찬가지고요. 만약 아는 사람이었다면 반드시 사사키요의 집으로 쳐들어갔겠죠."

아사하라 겐키의 집에서 나왔을 무렵 주변은 완전히 어두워졌다.

"관사까지 바래다주지."

후와가 말했을 때 솔직히 안심했다.

미하루는 덴노지에 있는 공무원 모모다니 관사에 산다. 기시와다에서 차로 약 한 시간 거리. 어제와 오늘 피해자의 집을 방문하느라 녹초가 됐기 때문에 관사로 돌아가는 만원 전철에서 고생하고 싶지 않았다.

미하루는 조수석에 올라탄 뒤 재킷을 벗었다. 산 지 얼마 안 된 옷이기에 안전벨트로 주름을 만들고 싶지 않았다.

후와는 차에서도 침묵했다. 한 시간 가까이 밀실에 단둘이 대화도 없이 앉아 있으면 보통은 어색하겠지만 평소 후와에게 단련되어서인지 긴장감조차 들지 않았다.

"피해자 유족의 이야기를 듣고 생각했어요."

후와는 반응이 없었다.

"언론은 기시와다역 묻지 마 사건으로 일곱 명이 희생됐다고 보도했지만 그들은 일곱 피해자를 단순히 숫자로만 표기했구나, 하고요. 사사키요는 일곱 명을 살해한 범인으로만 인식되잖아요. 하지만 일곱 명에게는 각자 가정이 있고 미래도 있었어요. 사사키요는 그것을 모두 파괴하는 엄청난 죄를 저지른 거예요. 정상참작 같은 건 없어야 해요."

후와는 역시 침묵했다.

"사사키요를 반드시 극형에 처해야 해요. 그 사람들의 한을 풀어줘야 합니다."

"입 다물어."

한층 나지막한 목소리였다.

"고마바 씨는 피해자 유족이지만 법정이 복수의 장이 아님을 이해하고 있어. 그런데 검찰 측 사람이 복수를 입에 담으면 되겠어?"

미하루는 입을 다물 수밖에 없었다.

후와가 고지식하게 제한속도를 준수했기 때문에 정확히 한 시간 만에 합동 숙소 앞에 도착했다.

"감사합니다."

경솔한 발언을 해서 새삼 부끄러웠다. 허둥지둥 인사한 뒤 미하루는 관사 입구로 뛰어 들어갔다.

우편함을 열어 보니 카드사에서 보낸 우편물과 전단지만 들어 있었고 흥미를 끌 만한 우편물은 하나도 없었다. 카드사 우편물을 집어 들고 엘리베이터 앞에 섰을 때였다.

“이거 두고 갔어.”

등 뒤에서 들린 목소리에 돌아보니 후와가 재킷을 팔에 걸고 다가오고 있었다. 몹시 당황한 나머지 차에 두고 내린 듯했다.

망신도 이런 망신이 없다.

후와가 우편함 앞을 지나쳤다.

그 순간 두 사람의 바로 옆에서 폭발음이 들렸다.

우편함 한가운데가 부풀어 오르며 뚜껑을 날려 버렸다. 파편은 날카로운 탄환이 되어 사방으로 날아갔다.

귀청을 찢는 굉음 때문에 청각이 마비되었다.

폭발 지점 바로 앞에 있던 후와의 몸이 허공에 떠오른 뒤 벽에 내동댕이쳐졌다. 미하루도 폭풍을 맞아 엘리베이터 문으로 떠밀려 눌렸다.

관사 입구의 유리가 깨지며 부서졌다.

폭발 직후 불길이 치솟았지만 번지지는 않았다.

청각을 포함한 모든 감각이 둔해졌다. 폭발과 파괴는 슬로우 모션으로 보는 것처럼 진행됐다.

그리고 몇 초 후 청각이 되살아났다.

주변이 하얀 연기로 자욱하고 머리 위에서 경보가 울렸다. 등에서 서서히 극심한 통증이 느껴졌다.

도대체 무슨 일이 일어났지?

탁한 시야 가장자리에 불현듯 후와의 모습이 들어왔다. 후와는 벽 바로 아래에 몸을 웅크린 채 움직이지 않았다. 미하루는 비틀거리며 후와에게 달려갔다.

"검사님, 괜찮으세요?"

손을 뻗기 전에 하얀 연기가 걷히며 후와의 온몸이 드러났다.

등에 쇳조각이 여러 개 박혀 있었다. 몸 아래에 서서히 피가 고이며 번졌다.

미하루는 온몸에서 피가 빠져나가는 기분이었다.

섣불리 손을 대면 안 되지만 후와는 고개를 떨군 채 꿈쩍도 하지 않았다.

"검사님! 후와 검사님!"

입구에는 공허한 경보만 울려 퍼졌다.

4 예기치 못한 악몽

1

관사는 화재 등 이변이 발생하면 즉시 가장 가까운 경찰서에 신고가 들어가는 구조로 운영된다고 들었다. 그런데 소방서도 같은 구조로 운영되는지는 기억나지 않았다.

후와가 누워 있는 곳을 중심으로 피 웅덩이가 점점 번졌다. 미하루는 걸핏하면 정신이 혼미해지는 자신을 질타하며 후와 옆에 주저앉았다. 바지가 피에 젖었지만 개의치 않았다.

등에 꽂힌 쇳조각을 선불리 뽑았다가 과다 출혈을 일으킬 수 있다. 지금 자신이 할 수 있는 일이라고는 지혈 정도였다.

미하루는 후와가 들고 있던 재킷을 집어 출혈 부위에 댔다.

"후와 검사님, 후와 검사님."

계속 부르며 스마트폰으로 119에 신고했다.

—119, 소방서입니다. 화재입니까, 구급 상황입니까?

"구급 상황이에요."

—신고자분 성함과 주소를 말해 주세요.

"소료 미하루, 검찰 사무관입니다. 주소는 덴노지에 있는 공무원 모모다니 관사고요. 방금 관사 우편함이 폭발했고 부상자가 한 명, 등에 우편함 파편이 박혔습니다."

신고한 사람이 당황해서 쩔쩔매는데 접수하는 여자 대원의 목소리는 기계 음성이 아닌가 의심스러울 정도로 사무적이어서 더욱 초조했다.

—폭발이 계속 일어날 가능성이 있습니까?

"모르겠어요."

순간 공백이 생겼다. 부상자를 이동시키라고 지시할지 말지 고민하는 듯했다.

—즉시 구급차를 보내겠습니다. 신고자분은 위험한 곳에서 벗어나시고 부상자는 최대한 움직이지 않도록 하세요.

"부탁드립니다."

전화를 끊은 뒤에도 긴장감이 이어졌다. 지금까지 일어난 폭파사건은 ANFO 폭탄이 하나만 설치되어 있었지만 이번에도 그렇다고 확신할 수 없었다.

그러나 후와의 부상으로 머릿속이 꽉 찬 탓인지 공포는 그다지 느끼지 못했다. 분명 감각이 마비되었으리라.

"검사님, 검사님."

얼마나 효과가 있을지 모르지만 어쨌든 후와의 의식이 끊어지지 않도록 계속 불렀다. 그사이에 상처 부위를 누른 재킷은 피를 흡수해 순식간에 색이 바뀌었다.

누구라도, 빨리.

그러는 동안 폭발음과 경보를 들은 관사 주민들이 1층으로 내려왔다. 개중에는 낯익은 얼굴도 보였는데 대부분 우편함 앞에 펼쳐진 참상에 할 말을 잃은 모습이었다.

몇 분 후, 구급대원과 덴노지 경찰서 수사관들이 도착했고 후와를 스트레처에 실어 옮겼다. 한편 미하루는 수사관에게 이끌려 관사 밖으로 나갔다.

"미하루 씨는 안 다쳤습니까?"

수사관이 묻자 미하루는 몸을 더듬었다. 흥분한 탓에 통증을 깨닫지 못했을지 모른다. 그러나 무릎 몇 군데에 유리 파편을 맞아 입은 찰과상이 전부였다.

미하루는 흠칫했다.

자신이 다치지 않은 것은 결코 우연이 아니다.

폭발 순간, 폭발 중심지와 미하루 사이에 후와가 있었다. 미하루가 받아야 할 충격과 쇳조각을 후와가 모두 받아냈다.

후와가 자신의 방패막이가 된 것이다.

순식간에 온몸에 경련이 인 듯 떨렸다.

"미하루 씨, 괜찮으세요?"

"안 괜찮아요."

입으로 비죽 튀어나온 소리는 자신이 생각해도 놀라울 정도로 울음이 뒤섞인 말이었다.

"검사님을, 후와 검사님을 살려 주세요."

"병원으로 이송하면 의사가 진찰할 겁니다. 저희는 폭탄범을 잡아야죠. 그러려면 미하루 사무관님, 당신의 협조가 반드시 필요합니다."

그런 것쯤은 안다. 후와가 의식이 있었으면 가장 먼저 했을 말이다.

미하루는 아랫입술을 깨물고 고개를 끄덕일 수밖에 없었다.

덴노지 경찰서로 자리를 옮겨 조사받았다. 담당자는 현장에서 말을 걸어 준 모미이라는 형사였는데 한심하게도 미하루가 제공할 수 있는 정보는 매우 적었다.

아무 전조도 없이 우편함이 폭발했다. 입구에서 수상한 인물은 보지 못했고 타이머 작동음도 들리지 않았다. 미하루를 노리고 설치한 폭탄이라면 짚이는 사람이 있는지 등을 이야기할 수 있을 텐데 폭탄은 다른 층 거주자의 우편함에 있었다.

"감식 말로는 우편함에서 ANFO 폭약의 성분과 기폭장치 일부를 채취했다고 합니다."

"그동안 일어난 사건과 연관성은요?"

"상당히 클 겁니다. 방금 부경 본부에서 연락이 왔습니다. 합동수사가 될 것 같아요."

기존에 벌어진 사건들처럼 기폭장치가 시한식이라면 특정인을 겨냥한 범행이라고 보기 어렵다. 관사에는 지검 관계자뿐 아니라 법무성과 관계된 직원도 거주한다. 특정인보다는 법무성 직원 혹은 법무성 자체를 대상으로 벌인 테러로 보는 것이 타당하리라.

"가장 가까운 지검과 법무성 관련 시설을 경비하라는 지시가 관할서에 내려왔습니다. 경비부 직원들은 매일 한 명도 빠짐없이 차출하고 있는데 설마 관사를 노릴 줄은 전혀 생각도 못 했습니다."

모미이는 착잡한 듯 표정이 어두워졌다.

"지금 상황에서 숙소까지 경비해야 한다면 다른 부서의 지원을 받아야 할 것 같네요. 정말이지 '로스트 르상티망' 한 놈 때문에 관할서가 죄다 비상이에요."

"'로스트 르상티망'이 여러 명이라는 설도 있어요."

"그런 놈은 한 명으로 충분하다고요."

모미이가 질색하는 이유를 이해할 수 있었다. 미하루는 동의한다는 의미에서 고개를 끄덕였다.

결국 미하루는 수사의 실마리가 될 만한 정보는 아무것도 제공하지 못한 채 경찰서를 떠났다. 후와가 덴노지 구급센터로 이송됐다는 정보를 듣고 그의 상태를 확인하려 곧바로 병원으로 달려갔지만 간호사의 한마디로 목적을 이루지 못했다.

"죄송하지만 면회 금지입니다."

냉정한 말투에 도리어 불안감이 샘솟았다.

"그 정도로 심각한가요?"

"자세한 상태는 저희도 모릅니다."

면회 금지 환자의 상태를 간호사가 모를 리 없지만 병

원에서 입씨름해 봤자 소용없었다. 미하루는 미련이 남은 마음으로 병원을 떠났다.

다음 날, 미하루는 지검에 출근하자마자 사카키의 호출을 받았다.

차장검사 집무실에 홀로 방문한 것은 처음이었지만 긴장감보다 조바심이 앞섰다.

"어젯밤 관사 폭파사건 소식 들었습니다."

사카키는 어느 때보다 당혹스러운 얼굴이었다.

"미하루 사무관은 괜찮습니까?"

"저는 아주 가벼운 찰과상만 입었습니다. 하지만 후와 검사가 면회 금지 상태입니다."

"후와 검사의 용태는 조금 전에 들었어요. 등에 쇳조각 네 개가 박혔고 그중 두 개는 장기를 건드렸다더군요. 아직 의식이 없습니다."

여전히 의식 불명이라는 말에 미하루는 더욱 초조해졌다.

"후와 검사가 걱정되겠지만 지검 직원은 중상자 간병이 아니라 다른 일을 해야 합니다. 지금 오사카 지검은 담당 검사의 빈 자리를 대신해 사무관이 그 임무를 맡아야 하는 상황입니다. 사사키요의 기소를 결정할 시기도 임박했죠."

잊은 줄 알았던 긴장이 어깨에 드리웠다. 사카키가 설명하지 않아도 안다. 검사가 부재한 경우 해당 검사에게 소속된 사무관이 업무를 대행할 수 있다. 물론 다른 검사에게 사건을 통째로 넘길 수도 있지만 평소에도 사건을 산더미처럼 안고 있는 검사들에게 부담을 가중하는 것은 무리한 주문이었다.

무의식중에 인식하고는 있었지만 일부러 외면하고 있었다. 담당 검사의 업무 내용은 숙지하고 있지만 아는 것과 실제로 대행하는 것은 하늘과 땅 차이였다.

"할 수 있겠어요, 미하루 사무관?"

"할 수 있습니다."

내면의 갈등이야 어떻든 미하루는 그렇게 대답할 수밖에 없었다.

사카키는 안도한 듯 고개를 크게 끄덕이고는 달래듯 말했다.

"짐이 무거울 수 있지만 평소처럼 묵묵히 업무를 처리하는 것이 우리에게 주어진 사명입니다."

"평소처럼 업무를요?"

"'로스트 르상티망'뿐 아니라 테러리스트의 목적은 질서를 파괴하고 불안을 키우는 것입니다. 습격당한 조직이든 시설이든 원활하게 기능하지 않으면 그야말로 놈들이 원하는 대로 되고 말죠. 그러니 평소처럼 업무를 보는 것이 테러에 대한 가장 큰 저항입니다."

사카키의 주장은 옳았다. 아마 이 자리에 후와가 있었더라도 의문을 제기하지 않았으리라.

그러나 미하루는 순순히 동의할 수 없었다. 논리정연한 인식 뒤에 다쳐서 쓰러진 후와의 모습이 떠올랐다.

"총무과 마에다 사무관에 이어 두 번째 중상자인데 솔직히 이번 사건이 우리에게 더 치명타입니다."

사카키는 그렇게 말하며 책상 위에 놓인 조간을 턱으로 가리켰다. 사회면 머리기사로 어젯밤 폭파사건이 현장 사진과 함께 실려 있었다.

"담당 검사가 중상을 입었다는 소식은 세상에 주는 임팩트가 커요. 사사키요 마사이치와 '로스트 르상티망'의 범행에 쾌재를 부르는 무리에게 희열을 느끼게 하는 사건이기도 하고. 이로써 놈들은 또 기고만장하겠지."

사무관과 검사의 급을 따지는 사고방식에 거부감이 들었지만 정곡을 찌르는 말이긴 했다. 인터넷에서 잃어버린 세대 일부가 기세등등해졌다고 들었다.

"그런데 오늘 사사키요 마사이치의 대면 조사가 진행될 예정이죠. 미하루 사무관이 맡아줄 수 있을까?"

"하겠습니다."

그렇게 대답할 수밖에 없었다.

"최근 일어난 사건들의 시초에 사사키요 마사이치가 있지. 그래도 사감을 섞지 않고 신문할 수 있겠어요?"

"평소 후와 검사에게 개인감정을 섞으면 안 된다고 배웠습니다."

"그랬지."

사카키는 수긍한 얼굴로 고개를 끄덕인 뒤 미하루를 놓아줬다.

그러나 그 자리를 벗어나도 부담은 조금도 줄지 않았다. 오히려 후와의 집무실에 가까워질수록 압박감은 커졌다.

그때 스마트폰이 울렸다. 니시나의 전화였다.

—잠깐 시간 괜찮아?

"지금 집무실로 가는 중이에요."

—내가 그쪽으로 갈게.

미하루가 집무실에 도착하고 몇 분 뒤 니시나가 검사 집무실로 들어왔다.

"여러 가지로 큰일이네."

소식통인 니시나는 관사 폭파사건과 후와의 부상은 물론 미하루가 사카키에게 불려간 일까지 알고 있었다. '여러 가지'는 그런 의미에서 한 말이었다.

"괜찮아?"

"후와 검사님은 아직 면회 금지 상태예요."

"후와 검사가 아니라 미하루 씨가 괜찮은지 물은 거야. 표정이 아주 볼 만하네. 마치 맨몸으로 사자 우리에 들어가는 사람 같아."

'그렇게까지 비통한 얼굴인가?'

미하루는 얼굴을 쓰다듬었다.

"오늘 힘든 일이라도 있어?"

"사사키요 마사이치의 대면 조사가 있어요."

"그래서구나. 자기는 얼굴에 다 티가 나니까. 모처럼 후와 검사 밑에서 일하고 있으니 표정 관리하는 법을 조금은 배워야지."

"후와 검사님처럼 하는 건 힘들어요."

"똑같이 흉내 내라는 말이 아니야. 그런 얼굴 했다가는 결혼식에도 안 부를 거야."

니시나는 두 손을 뻗어 미하루의 뺨을 가볍게 꼬집었다.

"왜, 왜, 왜 그러세요?"

"마사지. 조금 더 긴장을 풀라고. 피의자 앞에서 그렇게 궁지에 몰린 표정을 짓는 순간 지는 거야."

"알겠으니까 그렇게 쭉쭉 잡아당기지 마세요."

니시나는 손을 떼더니 히죽히죽 웃었다.

"드디어 원래대로 돌아왔네. 그래, 그렇게 하라고."

"억지로 꾸민 거예요."

"그래도 긴장은 풀렸잖아."

그 말을 듣고 보니 방금까지 경직됐던 기분이 어느 정도 풀어졌다. 니시나의 말솜씨 덕분일까, 스킨십에서 비롯된 효과일까? 어찌 됐든 뻣뻣하게 굳었던 온몸에서 스르르 힘이 빠졌다.

"누구도, 아마도 사카키 차장검사님조차 미하루 씨에게 후와 검사의 대역을 맡길 생각은 없을 거야."

"애초에 맡을 수 있을 리도 없어요."

"갑자기 후와 검사처럼 성과를 내라는 건 동네 야구단의 9번 타자이자 우익수인 선수를 고시엔* 타석에 세우는 것과 같으니까. 그러니 자기는 다른 평범한 검사들을 목

* 일본 야구를 대표하는 전국 고교 야구 대회.

표로 잡으면 돼. 그렇게 생각하면 괜찮지 않을까?"

마치 주문처럼 즉시 효과가 나타났다.

근육뿐 아니라 마음속 긴장까지 풀렸다.

사무관 신분으로 검사의 서열을 매기는 것은 불손하지만 그래도 능력 차이는 엄연히 존재했다. 후와를 따라잡는 것은 무리라도 오사카 지검에서 눈에 띄지 않는 검사와 같은 수준으로 일하라고 하면 마음이 조금 편해졌다.

"감사합니다. 힘이 나네요."

그러자 니시나가 부러운 눈으로 미하루를 바라봤다.

"정말이지 기가 막힐 정도로 얼굴에 감정이 그대로 드러나네. 미하루 씨, 포커 잘 못 하지?"

"그만 하세요."

공황에 빠진 자신을 걱정했구나. 니시나가 찾아온 이유를 마침내 깨달은 미하루는 진심으로 고마웠다.

"그건 그렇고 부경 본부에서 보낸 공지 들었어?"

"무슨 공지요?"

"관사 폭파사건 때문에 오사카부 내에 있는 법무성 관련 숙소에 모두 경비를 세운대. '로스트 르상티망'을 체포할 때까지. 중대 사건이 발생하면 현장 부근 초등학교에 경찰을 붙여 집단 등하교시키는 것과 같은 셈이야."

“그런 관사가 몇십 동이나 되잖아요.”

“부경 소속 경비부가 총동원된 상황이라 인력이 매우 부족해서 다른 부서의 지원을 받는대. 그 덕분에 지역과와 생활안전과에서도 인력을 차출한다더라고.”

모미이의 불안이 완벽하게 들어맞았구나.

“그래서 부경 본부도 관할서도 인력이 부족하대. 앞으로 일반 업무에도 차질이 생기지 않을까?”

테러리스트의 목적은 질서를 파괴하고 불안을 키우는 것이다. 머릿속에 사카키의 말이 되살아났다. 인력 배치가 편중되는 가운데 일반 업무까지 처리해야 하면 어딘가에서 갈등이 생긴다. 그 갈등 또한 질서의 파괴였다. 지금 검찰에 부과된 사명은 공판을 진행해 하루라도 빨리 사사키요 마사이치의 형을 확정 짓는 것이다. 사사키요 마사이치가 저지른 행위는 사회를 향한 항의 같은 고상한 것이 아니라 이기적이고 동정의 여지 없는 살육임을 만천하에 알려야 한다. 숭배 대상인 사사키요의 처우가 결정되면 ‘로스트 르상티망’과 동조자들의 열기도 식으리라.

“건투를 빌게.”

그 말을 남긴 뒤 니시나는 집무실을 떠났다.

대면 조사는 오전 10시에 시작됐다. 이번에도 사사키요만 개별 호송됐다. 세 번째 신문이지만 계속 특별대응하는 이유는 말할 필요도 없이 사사키요를 둘러싼 테러활동이 종식될 기미가 전혀 보이지 않기 때문이었다.

후와가 자리를 비워서 미하루가 대신한다고 알리자 호송 담당 경찰관은 당황한 기색으로 확인했다.

"그럼 집무실에 사무관과 피의자 단둘이 있는 거네요. 괜찮으시겠습니까?"

조사 중에는 집무실에 경찰관이 출입하지 않는 것이 원칙이었다.

"만약 꼭 필요하시면 저희가 옆에서 대기하겠습니다."

여자인 미하루를 보고 직업의식을 발휘했겠지만 자신 때문에 원칙을 바꾸는 데 거부감이 들었다.

게다가 지난번에는 다섯 명이나 됐던 호송 경찰이 오늘은 두 명뿐이었다. 부경 본부의 인력 부족이 피의자 호송에도 영향을 미친 듯했다.

"피의자는 수갑을 차고 허리 포승줄로 묶인 상태죠? 그렇다면 집무실 밖에서 대기하셔도 괜찮습니다."

"알겠습니다. 예상치 못한 상황이 발생하면 바로 말씀하세요."

이윽고 집무실에 사사키요가 들어왔다. 수갑에 허리 포승줄로 묶인 채 의자에 고정됐다. 허리 포승줄이 의자에 단단히 묶여 있기 때문에 사사키요는 일어설 수도 없었다.

경찰이 물러나고 집무실에는 미하루와 사사키요 두 사람만 남았다. 사사키요는 여전히 건강하지 못한 체형이었지만 표정은 전보다 발랄했다. 그 이유는 깊이 생각할 것도 없었다.

"전에 본 검사님이 아니네요?"

"검사님은 자리를 비우셔서 내가 대신합니다. 사무관인 소료 미하루입니다."

"아아, 자리를 비우셨다고?"

사사키요는 느닷없이 야유 섞인 웃음을 지었다.

"신문 봤어요. 후와 씨였나? 어제 관사 폭파사건에 휘말려 병원에 이송됐다면서요."

냉정하게 대처하려고 했지만 시작부터 실패였다.

"경찰은 '로스트 르상티망' 짓 아닐까 의심하는 것 같던데 나도 그렇게 생각해요."

"당신 사건과는 관계없는 일입니다."

"관계가 왜 없어요. 지금 벌어지는 테러 사건들이 모두 내 무죄 석방을 외치는 활동인데요."

"무슨 말이 하고 싶은 겁니까?"

"딱히. 다만 나를 함부로 대하면 엄청난 보복을 당한다는 말이에요. 검찰도 법원도 그 점을 염두에 두고 공판에 임했으면 좋겠네요."

"자신의 소망을 직설적으로 표현하는 것이 잘못은 아니지만 상당히 식상하네요. 지난번 정신감정 때는 더 지리멸렬했다고 들었습니다."

사사키요의 얼굴에서 비웃음이 사라졌다.

"미타라이 선생님에게 정신감정 결과를 받았습니다. 선생님의 질문에 당신은 처음부터 엉뚱한 대답을 했고 그 후로도 일관성 없는 말과 지리멸렬한 주장으로 일관했죠. 선생님은 당신에게 책임능력이 있다고 진단했습니다. 액자에 넣어 걸어 놓고 싶을 정도로 정상이라네요."

다소 혐오감을 담아 말했다. 사사키요는 불쾌감을 숨기지 않았다.

"그럴 리 없다는 표정이군요."

"그 의사는 돌팔이야."

"설마. 해당 분야의 권위자라고 불리는 분입니다. 법원에서도 미타라이 선생님의 감정서는 전적으로 신뢰하죠."

"정신감정의 결과는 감정의에 따라 달라진다고."

"네, 그러니까 가장 믿을 수 있는 선생님에게 부탁드렸죠. 이후에 당신 변호인이 어떻게 나올지는 모르지만 설사 다른 감정의에게 의뢰한다고 해도 법정은 미타라이 선생님의 감정을 증거로 채용할 겁니다. 정신의학에 문외한인 내가 봐도 당신은 정신이상자인 척하는 가짜거든요."

"진짜라고요. 나는 정말 머리에 나사 하나 빠진 놈이에요."

"모순되네요. 정신질환자는 스스로 비정상이라고 말하지 않아요."

실제로 모든 정신질환자가 자각증상이 있는지 아닌지 미하루는 모른다. 하지만 사사키요가 자꾸 정신질환자인 척 속이려 든다면 이 정도 도발은 허용 범위이리라. 아니나 다를까 사사키요가 적개심을 드러냈다.

"잘난 척 떠들지 마."

"지난 신문 때 대답한 내용과 감정을 받을 때 대답한 내용이 크게 달랐습니다. 당신이 형법 제39조를 방패로 공판을 피할 계획이라는 것 정도는 감정의가 아니라도 짐작할 수 있어요. 몹시 떳떳해 보이지 않는 태도죠."

"왜 검사 앞에서 결백한 태도를 보여야 하지?"

정신이상자인 척할 수 없다는 사실을 깨닫고 작전을 바꾼 듯했다. 어느 쪽이든 꼴사납기 짝이 없었다.

범행 동기는 자신을 멸시한 세상에 항의하려는 행동이었다고 거창하게 말했으면 최소한 자신이 한 일을 책임지고 인정하는 것도 각오했어야 하지 않나.

그러나 사사키요에게 통하지 않는 이야기라고 생각해 굳이 더는 추궁하지 않았다. 지금 해야 할 일은 사사키요가 정신이상자인 척 공판에서 도망치려는 사실을 검사 조서에 구체적으로 작성하는 것이다.

"나에 대한 심증을 나쁘게 만드는 게 그렇게 좋아요?"

"좋고 싫고의 문제가 아닙니다. 당신이 정당한 심판을 받게 하는 것이 검찰의 임무입니다."

"흥, 기합이 바짝 들어갔네."

미하루를 얕보는지 수다스러운 말투가 후와를 상대할 때보다 천박했다.

"미하루 씨 제법이네. 사무관 된 지 몇 년이나 됐어요?"

"질문은 내가 합니다."

"겉보기에는 아직 이십 대 같은데. 4년제 대학 나와서 바로 채용됐겠지. 검찰 사무관이면 공무원인 데다 여자니까 누가 뭐래도 어엿한 엘리트네."

한심하게도 여자라는 단어에 반응하고 말았다. 미하루는 분노를 억누르고 사사키요를 노려봤다.

"인생은 타이밍. 내 입으로 말하기는 그렇지만 고등학생 때도 대학생 때도 성적은 상위권이었거든. 그때까지는 실패한 적도 없어서 그대로 순조롭게 취직하고 독립하고 가정을 꾸리고 평온하게 나이를 먹어가리라 막연하게 생각했어요. 그런데 하필 맞닥뜨린 게 취업빙하기였어. 삼 년만 더 일찍 태어나거나 늦게 태어났으면 지금쯤 나는 당신 상사였을지도 몰라요. 아니, 어쩌면 검사가 됐을지도 모르지."

설령 정말로 검사가 됐더라도 이 남자 밑에서 일하기는 싫었다.

"안타깝지만 인생은 타이밍만으로 결정된다고 생각하지 않습니다. 본인의 노력과 주변의 협조가 있는—"

"과연 그럴까요? 내가 죽인 일곱 명, 그날 그 장소에 있던 것도 타이밍이잖아. 타이밍이 생사를 가른 좋은 예라고요."

후와와 함께 피해자 유족을 만나고 온 사람으로서 참을 수 없는 한마디였다.

저도 모르게 욕설을 내뱉을 뻔했지만 간신히 삼켰다. 격해진 감정을 들키기 싫어서 어금니를 악물며 표정을 죽였다.

불현듯 깨달았다.

감정을 억누르려 하면 표정이 저절로 경직된다. 후와가 표정 없는 검사로 통하는 이유는 틀림없이 이 때문일 것이다.

사사키요는 도발하듯 웃었다. 대꾸할 필요는 없지만 뭐라도 되받아치지 않으면 주도권을 빼앗긴다.

"그건 궤변이죠. 애초에 당신에게 살의가 없었다면 그런 비극은 생기지 않았을 테니까. 아무튼 당신이 얼마나 인명을 경시하는지 잘 알 수 있는 발언이군요."

"참 알기 쉬운 사람이네."

사사키요의 미소가 불손하게 변했다.

"열심히 무뚝뚝한 표정을 짓고 있지만 감정이 줄줄 새는걸. 사무관님, 피의자 신문은 이번이 처음이죠?"

"당신과 상관없습니다."

"흐음, 부정하지 않네요."

"기시와다역에서 일곱 명이나 목숨을 빼앗았을 때 후회 안 했습니까?"

"후회를 하긴 했죠. 평소에 운전 실력 좀 키워 놓을걸, 하고 몇 번이나 생각했어요."

"그게 무슨 뜻이죠?"

"쌍방 이익일 수 있었다는 뜻이죠."

길게 설명하지 않아도 안색과 태도로 알 수 있었다.

운전 기술이 좋았다면 세 사람보다 더 많은 사람을 치어 죽일 수 있었다. 사사키요는 그렇게 암시한 것이다. 그러나 분명히 표현하면 검사 조서에 작성돼 죄질이 나빠지므로 모호한 표현으로 감추는 것이다.

"솔직히 말하면 오늘 조사하는 사람이 사무관님이라 살았어요."

사사키요는 안도하는 표정을 지어 보였다. 표정이 시시각각 바뀌는 사람이었다.

"그 검사님은 내가 무슨 말을 하든 눈썹 하나 까딱 안 했잖아요. 엄청 기분 나빴다니까. 나도 모르게 안 해도 될 말을 꺼낼 것 같아 너무 무서워서 살아 있는 것 같지 않았다고요. 그런 점에서 사무관님 앞에서는 안심하고 떠들어댈 수 있지."

진정해, 이것도 도발하려는 말이야.

하지만 사사키요가 틀린 말을 하지는 않았다. 후와에 비하면 자신은 기가 막힐 정도로 얼굴에 감정이 드러났다. 심리 싸움에서 이보다 다루기 쉬운 상대도 없으리라.

버텨야 해.

이 상황을 버텨야 후와와 한 걸음 가까워진다.

“그렇다면 다행이군요. 안심하고 이야기할 수 있다면 범행 동기를 좀 더 자세히 듣고 싶은데요.”

“상당히 흥미로운 제안이지만 사무관님은 그것보다 더 신경 쓰이는 일이 있잖아요.”

“무슨 말이죠?”

“병원에 실려 간 검사님 말이에요. 신문에는 어떤 상태인지 보도되지 않았지만 실제로는 어때요? 역시 위독한 상태예요? 아니면 진작 죽었나?”

이번에야말로 감정이 폭발할 것 같았다. 하지만 미하루는 후와의 표정 없는 얼굴을 떠올리며 견뎠다.

“해당 사건과 관계없는 일입니다.”

쥐어 짜내듯 말을 내뱉은 뒤 범행이 묻지 마 살인이었다는 진술을 끄집어내려고 시도했다.

그러나 사사키요는 대답을 얼버무리기만 했다.

2

결국 대면 조사는 미하루가 바라지 않던 결과로 끝났

다. 사사키요의 입에서 주목할 만한 진술을 끌어내지 못한 채 시간이 다 된 것이다. 후와의 업무는 산더미처럼 쌓여 있어 사사키요 한 명에게만 많은 시간을 할애할 여유가 없었다.

"내일도 같은 시간에 오세요."

미하루가 통보하자 경관 두 명 사이에 낀 사사키요는 마지막 말을 잊지 않았다.

"내일도 사무관님이 있다면요."

"무슨 뜻이죠?"

"검사님이 그런 꼴을 당했으니 사무관님도 같은 일을 당하지 말란 법 없잖아요."

"빨리 데리고 가 주세요."

사사키요는 여유롭게 웃으며 집무실을 떠났다. 미하루는 그 뒷모습을 향해 무언의 저주를 퍼부었다.

신문하는 동안에는 정신이 없어서 느끼지 못했지만 혼자 남자마자 자신이 한심해 고통스러울 정도였다.

패배감이 마음을 잠식했다. 지금까지 대면 조사에 수백 차례 동석해 후와를 보고 배웠는데 이리저리 휘둘리고 말았다. 야유와 비아냥과 도발에 농락당해 유익한 전술 하나 꺼내지 못했다.

니시나는 평범한 검사처럼만 하면 된다고 격려했지만 조금 전 자신의 대면 조사는 그 정도 수준에도 미치지 못했다.

문득 책상 옆으로 시선을 옮기니 송치된 지 얼마 지나지 않은 수사자료가 골판지 상자 네 개에 담겨 있었다. 지금부터 내용을 대조 확인한다고 해도 야근해야 한다.

퇴근해도 관사 입구에 아직 폭발 흔적이 생생하게 남아 있어 집에 틀어박혀도 불안을 잠재울 수 없었다. 이런 상태면 청사에 묵는 편이 훨씬 안심됐다.

그러나 역시 후와가 가장 걱정이었다. 니시나가 구급센터에 정기적으로 문의하고 있으니 소식이 있으면 미하루에게 가장 먼저 알려 주기로 했다. 그런데 아직 아무런 소식도 없었다.

여전히 혼수 상태일까. 니시나를 번거롭게 할까 봐 걱정도 됐지만 결국 스마트폰으로 전화를 걸었다.

—네, 니시나입니다.

"미하루입니다. 바쁘실 텐데 죄송해요. 후와 검사님 소식은 없나요?"

—방금 병원에 확인했어. 쇳조각을 뽑기는 했는데 폐와 위에 박혔었대. 출혈이 상당해서 수혈하는 데 고생했다더

라고.

후와를 찌른 쇳조각 모양이 아직도 기억에 생생했다. 눈을 감지 않아도 당시 광경이 떠올랐다. 화약과 피 냄새까지 생생했다.

"수혈용 혈액은 충분했대요?"

—후와 검사가 A형이라 혈액 자체는 충분했나 봐. 그보다 아직 의식이 안 돌아와서 걱정이야. 피를 너무 많이 흘려서 계속 쇼크 상태야.

혈액이 부족하다고 해도 미하루가 도울 수 있는 일은 아무것도 없었다. 면회 금지니 병원에 찾아가도 문전박대나 당하겠지.

그래도 아무것도 하지 않을 수는 없었다. 가만히 앉아 있자니 견딜 수 없었다.

—미하루 씨야 당연히 걱정되겠지만 지금 후와 검사를 도울 수 있는 사람은 주치의 선생님뿐이야. 자기는 후와 검사의 일을 대신해. 지금은 각자 할 수 있는 일에 열중하는 수밖에 없으니까.

이렇게까지 상황을 냉정하게 짚어주면 할 말이 없었다.

"과장님이 모처럼 격려해 주셨는데 별다른 성과를 못 냈어요."

—후와 검사 말고는 어느 검사나 다 그럴 거야. 기본적으로 경찰 조서를 확인하고 보충하는 수준이니까.

역시 조금 신랄하다고 생각했지만 이상하게도 니시나의 말투에 싫은 기색은 없었다.

—무엇보다 미하루 씨가 열심히 병문안 가봤자 후와 검사가 깨어나면 뭐라고 할 것 같아?

"이런 데서 뭘 하는 거야. 어서 돌아가 일이나 해."

—정답. 설마 병상에 누운 중상자에게 혼나고 싶은 건 아니지?

이해했어요.

그렇게 대답하고 통화를 끝내려던 순간이었다.

관내에 느닷없이 경보가 울렸다

✣✣✣

오전 11시를 조금 지났을 때 사사키요의 대면 조사가 끝났다.

호송 담당인 히라누마 순경은 가토 순경과 함께 집무실로 들어가 사사키요를 일으켜 세웠다.

"내일도 사무관님이 있다면요."

"무슨 뜻이죠?"

"검사님이 그런 꼴을 당했으니 사무관님도 같은 일을 당하지 말란 법 없잖아요."

"빨리 데리고 가 주세요."

사사키요는 여유롭게 웃으며 히라누마와 가토에게 끌려 나갔다.

가토는 몰라도 히라누마는 피의자 호송 업무가 처음이었다. 평소에는 부경 본부 내 경비 업무를 담당하지만 오늘 지령받아 급히 호송 업무에 투입됐다. 돌려막기식 인력 배치에 자조하는 동료도 있지만 본부 안에서 경찰들이 눈에 띄게 줄었다는 사실을 떠올리면 어쩔 수 없다고 생각했다.

그런데 하필이면 최근 벌어진 사건들의 원흉인 사사키요 마사이치를 호송하는 업무라니.

히라누마는 사사키요를 호송하면서 흘긋흘긋 관찰했다. 살이 쪄서 건강해 보이지 않고 도저히 일곱 명이나 되는 사람을 살육한 체형 같지 않았다. 평소라면 피의자를 유심히 살피지 않지만 호송이라는 명목이라면 감시 또한 임무에 포함됐다.

체형 외에 특별히 눈에 띄는 점은 없었다. 삼십 대치고는 다소 나이 들어 보이지만 어디에나 있는 평범하고 음침한 남자였다. 묻지 마 사건의 범인은 물론 테러를 꿈꾸는 잃어버린 세대의 영웅으로 추앙받는 인물이라는 사실을 믿기 어려웠다.

애초에 사사키요의 범행으로 촉발된 연쇄 테러 사건 자체가 현실성이 없었다. 실제로 각 지검에 피해가 발생하기는 했지만 이 나라에서 일어난 사건이라는 생각이 들지 않았다. 과거에 사이비 종교집단이 사건을 일으킨 적은 있지만 일본은 테러리즘과 거리가 매우 먼 나라가 아닐까 생각했다. 그런데 이렇게 어이없게 몇 건이나 연달아 일어나다니.

본부장이 아무리 지시하고 비상이 걸려도 비현실감을 지울 수 없었다. 마치 허구 세계에 빠진 듯한 착각마저 들었다.

그 모든 것이 수갑을 차고 허리 포승줄에 묶인 이 남자 때문이라고 생각하니 착잡한 마음이 들었다. 한시라도 빨리 호송 업무에서 해방되고 싶었다.

보통 호송차는 지검이 있는 나카노시마 합동청사 앞에 세우는데 이번 폭파사건으로 출입 금지 구역이 생겨서 약간 떨어진 곳에 정차했다. 그래도 정문 현관에서 겨우 이십 미터 거리였기 때문에 큰 차이는 없었다.

그 거리감이 방심을 불러왔다.

호송차에서 십 미터 떨어진 곳까지 갔을 때 등 뒤로 인기척이 느껴졌다.

뒤를 돌아볼 새도 없이 히라누마와 같이 사사키요를 양옆에서 호송하던 가토의 몸이 기우뚱하면서 그가 잡고 있던 허리 포승줄을 놓쳤다.

무슨 일이 일어났다.

시야 구석에 검은 사람 그림자가 비쳤다. 검은색 아폴로 캡모자, 검은색 마스크, 검은색 옷, 검은색 신발.

누가 뒤에서 가토에게 발을 건 듯했다. 중심을 잡지 못하고 앞으로 고꾸라졌다. 검은 그림자는 기민했다. 넘어진 충격으로 움직일 수 없는 가토의 허리에서 수갑을 빼앗아 그의 팔을 뒤로 꺾어 손목에 수갑을 채웠다. 그리고 오른 발목을 지르밟았다.

가토는 비명을 지른 뒤 고통스러운 나머지 기절했다.

상황이 벌어지기까지 고작 몇 초. 갑작스럽게 닥친 일에 히라누마는 한 발짝도 움직이지 못했다.

잡아야 한다.

그러나 히라누마는 사사키요를 붙잡고 있어서 곧바로

행동으로 옮기지 못했다.

호송차에 대기 중이던 운전자에게 지원을 요청할 수밖에 없었다.

막 소리를 지르려던 순간이었다.

사사키요가 히라누마의 명치를 팔꿈치로 찍었다. 히라누마는 숨도 쉴 수 없었다.

검은 그림자는 그 찰나의 틈을 놓치지 않았다. 명치를 뒤덮은 고통을 참는 히라누마의 앞으로 가 급소를 걷어찼고 히라누마는 정수리까지 관통하는 통증에 서 있을 수조차 없었다. 결국 버티지 못하고 무릎을 꿇었다. 그런 히라누마를 뒤에서 밀어 쓰러뜨렸다. 히라누마도 금세 가토처럼 빼앗긴 수갑으로 포박당했다.

쓰러질 때 턱을 세게 부딪쳐 극심한 통증으로 의식이 흐려졌다.

"누구냐."

고개를 들지 못해 청각에 의존할 수밖에 없었다. 사사키요의 목소리였다.

그 질문에 나머지 한 사람이 대답했다.

"'로스트 르상티망'."

마스크가 두꺼운 탓인지 목소리가 또렷하지 않아 성별

도 나이도 짐작할 수 없었다.

이 자식이.

극심한 통증에 괴로웠지만 직업의식이 범인을 확인하라고 명령했다. 그러나 고개를 들었을 때 눈에 보인 장면은 건너편으로 달아나는 두 사람의 뒷모습이었다.

호루라기와 무전기는 가슴 앞으로 찬 주머니에 담겨 있어서 수갑을 찬 자세로는 꺼낼 수 없었다. 그저 꼴사납게 소리를 질러 도움을 청할 수밖에 없었다.

가토도 자신과 비슷했다. 똑같이 소리를 질러 호송차 운전자를 불렀다.

"사사키요가 달아났다!"

"'로스트 르상티망'과 함께!"

이윽고 두 사람의 목소리를 들은 경찰들이 모여들었지만 도망자들은 이미 시야에서 사라진 뒤였다.

점차 통증이 가라앉자 히라누마는 자신이 엄청난 실수를 저질렀다는 사실을 자각했다. 최근 몇 년 사이에 일어난 흉악범죄 중 손에 꼽을 만한 사건을 저지른 범인은 물론 연쇄 폭탄범까지 두 눈 멀뚱히 뜨고 놓치고 말았다. 아무리 첫 호송 임무였다고 해도 변명의 여지는 없었다.

제길.

몸에 익지 않은 업무를 맡았기 때문이다.

저지른 실수의 무게에 겁이 나면서도 풀 곳 없는 분노에 사로잡혔다.

❖❖❖

관내에 울린 경보는 방금 청사를 나간 사사키요가 도주했다는 사실을 알리는 소리였다. 미하루는 화들짝 놀라 급히 1층으로 향했다.

설마.

사사키요와 호송 경찰이 집무실을 떠난 지 불과 몇 분밖에 지나지 않았는데.

1층까지 내려갔더니 누군가 말을 걸었다.

“미하루 씨.”

“니시나 과장님. 방금 사사키요가 달아났대요.”

장소가 어딘지는 물을 것도 없었다. 두 사람이 밖으로 나가자 호송차 앞에서 경찰관 몇 명이 우왕좌왕하고 있었다. 호송 경찰 두 사람은 형사들에게 둘러싸여 질문 공세를 받았다.

“현관을 나와 호송차로 가는 중에 급습당했대. 호송 경찰 두 사람은 수갑을 찬 채로 쓰러졌고 사사키요는 그 틈에 도주했어."

"사사키요가 두 사람을 습격했나요?"

"아니, 습격은 다른 인물이. 그러고서 사사키요와 같이 달아났어."

"사사키요의 동료일까요?"

"동료가 아니라면 같이 도망갈 리 없겠지."

서서히 자책감에 사로잡혔다.

합동청사에서 일어난 일이지만 호송 도중 일어난 일이니 책임 소재는 오사카 부경에 있었다. 하지만 검사 대면 조사가 끝나자마자 벌어진 일이라서 미하루의 책임감을 자극했다.

"어차피 습격범이 어떤 놈인지 곧 형사들이 조사하러 올 거야."

자세히 알고 싶은 정보는 산더미 같지만 그보다 도주한 사사키요의 행방이 마음에 걸렸다.

"도주에 사용한 수단이 차량인지 뭔지는 모르지만 부경 본부가 인력을 총동원해 추적할 거야. 호송 도중에 중대 사건의 피의자를 놓쳤으니 체면이 말이 아니지."

부경 본부의 체면이 박살 났다는 말은 우왕좌왕하는 경

찰관들의 안색만 봐도 알 수 있었다.

이미 일곱 명이나 살해한 사사키요를 짐승에 비유하는 사람도 있었다. 그 표현을 빌리면 지금 짐승을 들판에 풀어놓은 꼴이었다.

"얼마 전에 돈다바야시 경찰서에서 피의자가 도주한 사건이 있었잖아."

그 사건은 미하루도 생생히 기억했다. 변호사 접견이 끝난 뒤 칸막이 판을 부수고 경찰서에서 도주한 피의자를 사십구 일 만에 야마구치현 슈난시 도로의 휴게소에서 겨우 체포한 사건이었다.

"그때 부경 본부는 삼천 명을 투입해 매일같이 수색했지만 좀처럼 잡지 못했어. 도망친 피의자의 범죄 혐의는 절도, 부녀자 폭행, 상해, 방화였지. 심각한 죄지만 사사키요에 비할 바는 아니야. 내가 부경 본부장이면 삼천 명이 아니라 매일 모든 경찰관을 온 도시에 내보낼 거야. 사사키요가 새 범죄를 저지르기라도 해봐. 부경 본부 상층부의 목이 몇이나 날아가겠어?"

니시나는 가벼운 어투로 술술 말했지만 괜한 불안을 부추기지는 않았다. 지금 한 말은 충분히 가능성 있는 추측이라고 해도 무방했다.

자책감 뒤에 공포가 엄습했다.

들판으로 달아난 사사키요를 잡을 수 있을지는 그다음 이야기다. 짐승이 새 사냥감을 앞에 두고 어떤 행동에 나설 것인가.

새삼 등줄기에 소름이 돋았다.

부경 본부 수사1과의 조사를 받은 것은 사건 발생 후 몇 분 뒤였다. 오쓰야마라는 형사는 초조와 민망한 심정이 뒤섞인 얼굴로 질문을 반복했다.

"불편을 드려 죄송합니다."

미하루를 비롯한 검찰 측은 아무 잘못이 없는 데다 기소하려는 피의자가 도주했으니 항의해야 마땅한 사안이기도 했다. 미하루는 오히려 동정심이 들었다.

수사에 협조하고 싶은 마음은 굴뚝같았지만 아무리 노력해도 제공할 수 있는 정보가 거의 없어서 미안한 기분이 들었다. 게다가 도리어 오쓰야마가 가져온 정보에 더욱 충격을 받았다.

"습격범이 '로스트 르상티망'이었다니."

"사실인지 아닌지는 몰라도 두 호송 경찰이 검은 옷을 입은 사람이 그렇게 말하는 소리를 들었다고 합니다."

"사사키요와 전부터 공범 사이였을까요?"

"모릅니다. 말이 나온 김에 알려 드리면 '로스트 르상티망'의 성별도 나이도 밝히지 못했습니다. 현재로서는 두 사람이 도주했다는 사실만 확실합니다."

잃어버린 세대의 아이콘으로 등극한 사사키요와 그를 추대한 장본인이 만났다. 당사자와 테러를 몽상하는 사람들에게는 가슴 설레는 소식이겠지만 평온을 찾은 시민들에게 이보다 더 불길한 소식은 없었다.

"최악의 조합이에요."

오쓰야마는 얼굴을 굳힌 채 말했다.

"이 일을 하다 보면 다소 조심성 없는 농담 한두 개는 자연스럽게 나오게 마련이에요."

"네, 알아요. 의사 선생님이나 스님도 그렇다고 들은 적 있거든요."

"사람의 생사가 걸린 중대한 일이니 정신을 안정되게 유지하려고 일부러 웃고 싶다거나 웃기고 싶다고 자꾸 생각하게 되죠. 하지만 이번에는 그것도 허용되지 않는 분위기입니다. 본의 아니게 피해를 입은 미하루 사무관님 앞이니 하는 말인데 지금 수사1과 형사부실은 여성과 아이가 거의 들어올 수 없는 분위기예요. 그만큼 살기등등하거든요."

하지만 미하루는 형사부실보다 접근하기 어려운 장소를 떠올렸다.

후와가 누워 있는 병실이었다.

의식을 회복한 후 사사키요가 '로스트 르상티망'의 협조로 도주했다는 소식을 들으면 후와는 도대체 얼마나 절망할까.

절망이 후와를 병상에 묶어둘 수 있다면 그나마 낫다.

최악은 절망이 후와를 일으켜 세우는 상황이었다.

3

사사키요가 도주했다는 뉴스가 순식간에 퍼졌다.

가장 먼저 보도한 언론사는 역시 지리적 이점을 살린 ABC 아사히 방송으로 사건이 발생한 지 오 분 뒤에 속보를 내보냈다. 다음으로 아사히 방송 계열, NHK, 그 외 언론사 순으로 보도했으며 십 분 뒤에는 온 국민이 사사키요와 '로스트 르상티망'의 도주극을 알게 됐다.

반향은 패닉에 가까웠다.

—사사키요 마사이치 용의자, 경찰의 눈앞에서 도망

—사사키요, 근처에 숨었을까?

—이송 도중 탈주, 추궁을 피할 수 없는 오사카 부경 관리 체계

—'로스트 르상티망'이 공범인가

—백주 대낮의 도주극

언론사들이 선정적인 헤드라인을 내걸 필요도 없이 내용만으로도 일반 시민들을 구렁텅이로 몰아넣었다. 일곱 명이나 되는 무고한 사람들을 살해하고 한 치도 양심의 가책을 느끼지 않는 살인마와 잃어버린 세대의 대변자를 자처하며 지검을 폭파한 테러리스트가 손을 잡았다는 소식은 평온하게 살아가는 일반 시민을 공포에 떨게 하기에 충분했다.

'로스트 르상티망'이 단순히 사사키요에게 공감해 그를 빼돌린 것이 아니라는 사실 정도는 중학생도 알 수 있다. 이후 두 사람이 죄를 뉘우칠 리 없다는 점도 쉽게 짐작이 간다. 어딘가에서 반드시 새 사건을 일으킬 터다.

실제로 각 언론사의 보도 내용은 두 사람의 은신처보다 행동을 예측하는 데 비중을 뒀다.

두 사람은 이후 무슨 일을 벌일 것인가.

장소는 어디일까.

—이 책임은 전적으로 오사카 부경에 있습니다.

오사카 지역 방송국의 뉴스 프로그램에서 검찰 출신 패널이 단번에 부경 본부를 비판했다.

—오사카 지검을 비롯해 각 사법기관이 유무형의 피해를 입고 있습니다. 이런 상황에서 사사키요를 놓치는 건 피해자를 배반하는 결과입니다. 부상을 당한 검사와 사무관이 이 뉴스를 알면 피눈물을 흘릴 겁니다.

검찰 출신 패널의 분노가 당연하다는 듯 캐스터가 고개를 끄덕였다.

—확실히 그 정도 피해가 발생한 직후에 터진 불미스러운 사건이니까요. 도대체 부경 본부는 무엇을 했냐는 비판도 당연히 있을 겁니다.

—아니, 지금 이건 불미스러운 사건이라는 말로 끝날 상황이 아닙니다. 2018년에 돈다바야시 경찰서에서도 피의자가 도주하는 불미스러운 사건이 있었는데 해당 피의자의 혐의는 고작 강도치상이었습니다. 이번 사건은 규모도 흉악성도 훨씬 심각하죠. 제가 부경 본부장이라면 지금 당장 오사카부 전 지역에 외출금지령을 내릴 겁니다.

—선생님, 외출금지령은 다소 과하지 않습니까.

—아뇨, 조금도 과하지 않습니다. 생각해 보세요. 도망범은 바로 그 처참한 사건을 일으킨 사사키요 마사이치라고요. 그저 불만을 해소하려고 대낮에 기시와다역 앞에서 일곱 명을 죽인 인물이란 말입니다. 바꿔 말하면 사사키요는 불만이 해소되지 않는 한 언제든지 같은 범행을 반복할 수 있다는 의미입니다. 외출 금지가 무리한 조치라면 하다못해 초등학생이 등하교할 때라도 경찰을 배치해야 한다고 생각합니다. 이런 상황에서는 부모님도 자녀를 안심하고 학교에 맡길 수 없어요.

—사사키요와 '로스트 르상티망'이 어디에 숨어 있다고 생각하십니까? 돈다바야시 사건 때는 용의자가 순례자로 변장도 하지 않았습니까.

—당연히 변장했을 겁니다. 다소 경솔한 이야기겠지만 한신 타이거스의 팬인 척 유니폼을 입고 도톤보리를 거닐어도 행인들은 눈치채지 못할 겁니다.

—으음, 그러니까 어디 폐가나 폐허에 몸을 숨기지는 않았을 거라는 말씀이군요.

—사사키요가 단독으로 움직이는 상황이면 그런 선택을 할지도 모르지만 '로스트 르상티망'의 존재를 잊어서

는 안 됩니다. 지금까지 벌인 범행을 생각하면 매우 교활한 인물이라고 추측합니다. 경찰이 당연히 폐가나 폐허를 철저하게 조사하리라 예상하겠죠. 그 누구도 방금 스쳐 지나간 사람이 일곱 명을 살해한 수배자라고 생각하지 못할 테니까요.

—즉 사사키요나 '로스트 르상티망'은 지금 도심을 활보하고 있을지도 모른다는 말씀이군요.

—가능성이 있는 정도가 아니라 매우 큽니다. 그래서 오사카 부경이 엄중한 경계 태세를 갖춰야 한다고 말씀드리는 겁니다.

검찰 출신 패널의 말은 지나치게 직설적이었지만 방송국에 항의하는 사람은 한 명도 없었다. 시청자들도 그의 경고를 허풍이 아니라 머지않아 닥칠 위기로 인식했기 때문이었다.

기회를 놓치지 않은 석간지는 사사키요의 수배 사진을 일면에 실었다. 평소에는 무심코 지나치기 쉬운 수배 사진이지만 피의자가 시내를 활보하고 있다면 상황이 달랐다. 해당 석간지는 불티나게 팔렸고 신문사에 재고 확인 전화가 끊임없이 울렸다.

ABC 아사히 방송이 나간 지 삼십 분 뒤, 오사카 부경 본부가 마침내 움직였다. 돈다바야시 경찰서 피의자 도주 사건으로 기존에 투입했던 삼천 명을 웃도는 오천 명 규모로 수색을 시작했다. 당연하게도 각 지검의 경비를 맡고 있던 경찰들까지 추적 수사에 동원됐는데 이 역시 우선순위를 고려한 방책으로 보였다. 어쨌든 사사키요는 사법 당국의 손에서 벗어났으니 '로스트 르상티망'의 요구를 강제로 이루어준 꼴이어서 지검을 테러할 명목도 사라졌다.

그러나 아무리 많은 인력을 투입해도 초동수사가 늦으면 의미 없다. 사건 발생 시점부터 본부장이 지시를 내리기까지 삼십 분이 걸렸는데 신속하게 움직였다고 말하기 어려운 시간이었다. 실제로 사건 현장인 오사카 지검에서 반경 오 킬로미터 범위에 있는 주요 도로에 검문을 깔고 시내 여기저기에 경찰들을 파견했지만 사사키요로 추정되는 인물은 발견하지 못했다. CCTV 영상도 분석하고 있지만 아직 유력한 정보는 나오지 않았다.

사건 발생부터 지시까지 삼십 분이나 걸린 원인은 확실하지 않다. 다만 최근 부경 본부에 불미스러운 사건이 연달아 일어나고 있으니 새로운 사건을 본부장에게 보고하는 과정에서 중간 담당자들이 주저하거나 마찰이 있었으리라는 추측이 타당했다.

미하루가 소식통 니시나에게 전해 들은 바에 따르면 부경 부본부장은 오비쓰 경비부장을 호출해 노발대발하며 질책했다고 한다.

"'로스트 르상티망'의 테러 행위를 막을 목적으로 사법 시설을 철저히 경비했더니 결국 피의자 호송이 허술해져 놓치고 말았다고. 그야말로 주객이 전도된 상황이잖아."

물론 부본부장은 본부장을 대신해 질책한 것이지만 다른 의도도 있었다. 현재 부경 본부의 이인자인 부본부장은 형사부 출신이며 예전부터 본부장 자리를 경비부 출신이 독점하는 현실에 큰 불만을 품고 있었다. 사사키요의 도주는 그 와중에 일어난 사건으로 경비부장의 책임을 추궁해 실추시키기에 절호의 기회였던 것이다.

"그렇게나 중대한 사건의 피의자를 멀뚱히 놓친 실책은 말할 것도 없고 만약 사사키요가 또다른 범행을 저지르면 오비쓰 경비부장은 어떻게 책임질 건가."

오비쓰는 한마디도 대꾸하지 못한 채 창백한 얼굴만 했다. 그동안 경찰 조직을 순조롭게 누비던 오비쓰는 엎친 데 덮친 격이었지만 반박할 수 없는 처지였다.

"쇠사슬로 묶어 놓은 짐승을 시내에 풀어놨어. 이 때문에 시민들이 피해를 입기라도 해봐. 그 책임은 몇 번을 죽어도 갚을 수 없다고."

오비쓰는 고개만 숙인 채 변명 한마디 못 했다. 자신이 과시하던 권력이 거꾸로 비수가 되어 찌르는 형국이었다.

"그런 말이 오고 갔대."

흡연 구역에서 니시나는 두 사람이 주고받은 대화를 마치 직접 보고 온 사람처럼 재현했다. 미하루는 어안이 벙벙해서 니시나의 열연에 감탄만 했다.

"그런 이야기를 용케도 입수하셨네요. 이 정도면 어떤 소식통이 와도 울고 가겠어요."

"부경 본부에 친구가 많거든."

정보 수집 능력은 발이 얼마나 넓냐에 좌우된다. 니시나가 살아 있는 표본이라 해도 좋았다.

"사사키요의 도주는 분명 경비가 허술해진 틈을 보인 오비쓰 경비부장의 실수야. 폭파사건들이 사사키요의 주변 감시를 허술하게 만들려는 '로스트 르상티망'의 양동작전이었다면 감쪽같이 덫에 걸린 오비쓰 경비부장이야말로 체면이 말이 아니지. 지금쯤 엄청 이를 갈고 있을 거야."

“사사키요와 ‘로스트 르상티망’을 찾는데 오천 명이나 투입한 이유가 그 때문이에요?”

“전에도 말했지만 나였으면 부경의 모든 경찰을 투입했을 텐데 오천 명으로 정한 건 오비쓰 씨 나름대로 균형을 잡으려는 의도겠지. 사법 시설 경비에 너무 많은 인력을 투입한 잘못을 반면교사 삼은 거 아닐까 싶어.”

“하지만 오천 명이나 투입했는데도 아직 아무 단서가 없잖아요.”

“초동이 늦었으니까. 사건 발생 오 분 이내에 본부에 연락이 들어왔다면 두 사람 모두 붙잡을 수 있었을 거라고 말하는 간부도 있는 것 같던데 ‘만약’이라는 가정은 아무리 이야기해봐야 소용없지.”

니시나의 낙천적인 말투에 자포자기하는 심정이 담겨 있었다.

“아무튼 지검은 폭파사건이 한 번 일어났으니까. 역시 연달아 두 번 표적이 되지는 않으리라 생각했거든. 게다가 솔직히 말하면 별로 겁도 안 나고.”

“왜요?”

“오사카 지검 최대 전력인 후와 검사가 빠졌잖아. 누구를 더 잃어도 전력에 별 차이 없을 테니까.”

미하루는 황급히 흡연구역 밖을 둘러봤다. 다행히 인적은 없었지만 방금 발언이 와전되어 퍼지면 니시나는 물론 후와도 곤란해진다.

"신경 쓰지 마. 청사 사람이라면 모두 후와 검사의 존재 가치를 아니까. 이제 와 새삼 총무과장이 그런 말을 했다고 따지는 놈은 없을 거야."

"따지지 않을지는 몰라도 마음은 상하겠죠."

"있잖아, 미하루 씨. 자기는 후와 검사 옆에 딱 붙어 있으니 눈치채지 못했을 테지만 주변 사람들이 후와 검사를 몹시 꺼리잖아."

"그건 너무 잘 알죠."

"사람들이 꺼리는 이유는 능력이 뛰어나기 때문이야. 능력 없는 사람을 누가 신경이나 쓰겠어. 모든 직원이 후와 검사가 없어서 불안하다고 똑같이 생각해."

"검사님이 들으면 좋아하실 것 같아요."

순간 니시나는 파안대소했다.

"그런 걸로 좋아할 사람이야? 그 표정 없는 양반이. 그런데 병문안은 갔니?"

"아뇨, 업무 대행까지 하다 보니 면회 시간에 못 맞추겠더라고."

"하긴. 두 사람 이상의 업무량을 소화해야 하니."

"검사님의 의식이 돌아오면 바로 연락 달라고 부탁해 놨어요."

갑자기 니시나의 표정이 어두워졌다.

"아직 의식이 안 돌아왔구나."

미하루는 할 말을 잃었다. 쇳조각 제거 수술은 무사히 성공했지만 장기 손상과 출혈성 쇼크가 심각했다. 그래서 고비는 넘겼지만 아직 예단할 수 없는 상황이 지속됐다.

문득 후와가 복귀하지 못한 현장을 상상한 적이 있는데 늘 다른 생각을 떠올리며 잊으려고 했다. 후와를 잃은 오사카 지검 따위 도저히 상상할 수 없었다. 마음 같아서는 매일 병문안 가고 싶지만 업무 하나 만족스럽게 처리하지 못한 채 면회 가면 '이런 곳에서 한눈팔지 마'라며 꾸짖을 것이다. 업무에 몰두하면 그동안만큼은 불안과 절망을 잊을 수 있다는 장점도 있었다.

그렇다. 미하루는 불안해서 견딜 수 없었다.

후와가 방패 역할을 하며 막아 줬지만 원래라면 그 폭발의 희생양은 미하루였어야 했다.

니시나는 그렇게 말하지 않았지만 미하루는 만약 그때 다친 사람이 자신이었다면 하는 생각이 들었다. 미하루와 같은 수준이거나 그보다 뛰어난 사무 능력을 지닌 사무관은 많다. 만약 미하루가 병원에 실려 가도 대신 업무를 처리할 직원은 수도 없이 많다. 하지만 후와를 대신할 사람은 아무도 없다. 후와가 예전처럼 계속 수사했다면 '로스트 르상티망'의 정체를 밝혀냈을지도 모른다. 운명은 부상자를 잘못 선택했다. 사람의 중요도를 잘못 측정한 것이다.

아아, 그만.

침울해지기만 하고 아무 득이 되지 않는다는 사실을 알면서도 자꾸 그 생각에 잠식돼 부정적인 감정에 빠져들었다.

미하루는 잡념을 털어내듯 머리를 흔들었다.

"미하루 씨."

"네, 네."

"방금 차라리 내가 다쳤어야 했나 생각했지? 그런 생각 절대 하지 마."

니시나는 나무라는 눈빛으로 미하루를 노려봤다.

"누가 다치면 손해니 득이니 하는 그런 생각은 후와 검사가 가장 싫어할 거야."

"그렇, 겠죠?"

"지금 우리가 할 수 있는 일은 기다리는 것뿐이야. 후와 검사가 의식을 되찾는 것과 사사키요와 '로스트 르상티망'이 잡히는 것, 이 두 가지. 오사카 부경은 사람 찾는 데 선수라고. 오천 명이나 투입했으니 헛발질하지 않을 거야."

니시나의 말에 용기를 얻은 미하루는 일단 불안을 잊었다.

그러나 마음 한구석에는 경험에서 우러나오는 감이 꿈틀거렸다. 아무리 인원을 투입해도 타이밍을 놓치면 모두를 시궁창에 처넣는 격이었다.

✣✣✣

사건 발생부터 지시까지 삼십 분이나 걸린 점이 치명적이었다고 지적하는 지식인이 많았다. 사사키요를 빼돌린 '로스트 르상티망'이 청사 밖으로 달아난 사실에 정신이 팔려 도주용 차량을 주목하지 못한 점도 두 사람을 놓친 원인이었다.

사건 현장인 오사카 나카노시마 합동청사는 다미노바시기타즈메 교차로 모퉁이에 있어서 시내에서도 하루 교통량이 많은 곳이었다. 일시적으로 노상 주차하는 사람도 적지 않아서 그중 한 명이 '로스트 르상티망'이었다고 해도 이상하지 않았다.

합동청사 부지에 설치된 CCTV도 다미노바시 부근을 찍는 카메라는 한 대도 없었다. 수상한 인물이나 차량이 있었는지 알아내려면 그 주변을 오가던 자동차의 블랙박스를 정밀하게 조사해야 하지만 초동수사가 지연되는 바람에 아직 해당하는 차량을 특정하지 못했다.

초동수사가 지연되는 바람에 기동력을 잃었고, 그것이 초동수사를 더욱 더디게 만들었다. 이렇게 악순환의 고리에 빠진 수사 본부는 분노와 수치만 겉돌 뿐 효과적으로 손을 쓰지 못했다.

처음에 사사키요를 대면 조사한 기시와다 경찰서의 나루시마도 부경 본부의 실책에 분노한 사람 중 한 명이었다.

"어째서 현장 보고를 바로 상부에 올리지 않았지?"

나루시마의 탄식은 형사부실에 있는 모든 사람에게 들렸을 테지만 나무라는 사람은 아무도 없었다. 그래도 옆에 앉아 있던 미도리카와가 진정하라는 듯 말렸다.

"본부 나름대로 문제가 있겠죠. 관할서에서 일하는 우리가 불평해 봤자 소용없어요."

"그런데 우리가 애써 잡은 사사키요를 어이없게 놓쳐 버렸잖아. 호송 경찰 두 사람은 저항다운 저항 한 번 못했다는 말 아니야. 한심하기 짝이 없어."

입 밖으로 쏟아내도 도무지 화가 가라앉지 않았다. 오히려 말하면 할수록 더욱 격렬해졌다.

"그런 주제에 관할서에는 휴일까지 반납하고 수사하라고 명령이나 하고. 책임 떠넘기기도 정도껏 해야지."

이제 불만 수준이 아니라 본부를 향한 비판으로 변했지만 나루시마의 말에 반박하는 사람은 없었다. 당연했다. 이곳에 있는 모든 직원이 본부의 대응을 씁쓸하게 생각하는 것이다. 실제로 이번 주중에 휴일을 잡았던 수사관들은 모두 일정을 변경해야 했다. 사사키요가 달아난 5월 13일은 나루시마와 미도리카와 모두 비번이었기 때문에 난리를 겪지 않았지만 다른 수사관들의 심정을 생각하면 안타까웠다. 비번이 아니면 가족과 제대로 얼굴조차 볼 수 없는 사람도 있고 개중에는 연인과 약속이 취소된 사람도 있었다.

"게다가 하필이면 '로스트 르상티망'과 함께 도주했잖아. 살인마와 테러리스트의 조합이라니 말이 되냐고."

"그쯤 하시죠."

미도리카와가 보다 못해 나루시마의 어깨를 토닥였다. 다른 수사관들처럼 두 사람도 중점지역 수사를 명령받았다.

"우리가 다시 사사키요를 잡아요. 그러면 나루시마 씨의 분도 풀리겠죠."

두 사람이 향한 곳은 처음 참극의 무대가 된 기시와다역 앞이었다. 중점지역으로 지정된 이유는 단 하나, 사사키요가 다시 찾아올 가능성이 농후하기 때문이었다.

남녀노소를 불문하고 일곱 명이 학살당한 현장은 사사키요가 처음 스포트라이트를 받은 곳이기도 했다. 그로서는 첫 무대가 된 장소이니 특히 흥미를 느낄 만한 장소이리라.

그러나 피해자와 유족에게는 비탄과 통곡의 땅이었다. 당시 현장에 있던 수사 관계자와 구급대원에게는 분노와 실의의 땅이었다. 현장에 가까워질수록 나루시마의 발걸음이 한없이 무거워졌다.

"괜찮아요?"

나란히 걷던 미도리카와가 걱정스러운 기색으로 물었다.

"지금 누구라도 주먹으로 때릴 것처럼 무시무시한 표정을 짓고 있어요."

무의식중에 안면에 경련이 일어난 모양이다. 나루시마는 자신의 두 볼을 두드렸다.

"당연하지. 그 유혈 사태와 사사키요의 기분 나쁜 웃음을 떠올릴 때마다 얼굴이 굳는다고."

"그렇군요. 저는 토할 것 같습니다."

"얼굴이 흉악해지는 것과 구역질이 올라오는 것 중 뭐가 더 품위 없을까?"

"별 차이 없는 것 같은데요."

미도리카와는 능숙하게 맞장구쳤다. 나루시마가 지나치게 흥분하거나 본분을 잊지 않고 처신할 수 있는 이유는 이 파트너 덕분이라고 해도 좋았다.

그러나 당연하게도 미도리카와 역시 슬픔과 분노와 혐오를 느꼈다. 사사키요에게 목숨을 빼앗긴 사람, 가족을 빼앗긴 사람에게 안타까운 마음이 들었다. 나루시마처럼 입 밖으로 꺼내지 않을 뿐 다른 사람보다 더 사사키요에게 분노했다. 피해자들의 너무나 변해 버린 모습을 본 순간 미도리카와가 느낀 절망을 나루시마는 놓치지 않았다. 평소 감정을 억누르려고 노력하는 사람도 그 참상을 목도하니 도저히 감출 길이 없었던 것이다.

한낮인데도 역 앞은 인적이 드물고 활기가 사라진 듯

고요가 감돌았다. 보도 구석에 놓인 헌화대를 보고 나루시마는 가슴이 울컥했다. 묻지 마 사건 이후 한 달이 지났는데도 헌화대 위는 헌화와 과자로 가득했다. 개중에는 헌화대 앞에서 두 손을 모으고 추모하는 행인도 있었다.

기시와다 시민에게는 벌써 한 달이 아니라 이제 한 달이었다. 나루시마는 생각을 그만 토해냈다.

"인정 넘치는 도시라서 그런가. 아니, 그 참극이 주변에서 일어났다면 누구라도 이런 반응이겠지."

"네. 하지만 아무리 시간이 흘러도 비극을 잊을 수 없는 것도 괴로운 일이에요."

두 사람은 헌화대 앞에 서서 말없이 합장하며 추모했다.

망자의 명복을 빌면 보통 마음이 가라앉는다. 그러나 나루시마의 뇌리에 피투성이가 된 피해자와 저열하게 웃음 짓는 사사키요가 번갈아 나타나 도저히 엄숙한 기분이 들지 않았다.

"헌화대 앞에서 흉악한 표정 짓지 마세요."

"미안."

"행인이 무서워하잖아요."

"이왕이면 사사키요와 '로스트 르상티망'이 겁을 먹으면 좋겠는데."

두 사람은 헌화대를 벗어나 개찰구로 이어진 계단 뒤로 몸을 숨겼다.

묻지 마 사건 이후 기시와다역에 CCTV 열 대를 추가로 설치했다. 현재 두 사람이 진을 친 장소도 CCTV가 찍히는 곳이다. 소 잃고 외양간 고치는 느낌이지만 난카이 전철로서는 당연한 조치였다. 조직의 대응 결과는 말뿐 아니라 반드시 눈에 보이는 형태로 나와야 했다.

역에는 나루시마 외에도 수사관 여섯 명이 각각 동쪽 출구와 서쪽 출구에 붙어 있었다. 언제라도 사사키요가 나타나면 바로 대응할 수 있도록 모든 수사관이 권총을 소지하라는 명령을 받았다. 사사키요도 위험하지만 ANFO 폭탄 제조에 정통한 '로스트 르상티망'은 더 위험했다.

나루시마는 재킷 위로 권총의 감촉을 확인한 뒤 긴장을 놓지 말라며 스스로 채찍질했다.

"사사키요가 올 것 같아?"

나루시마의 물음에 미도리카와는 고개를 저었다.

"사사키요 혼자라면 올 것 같기도 해요. 자신이 저지른 사건의 흔적을 음미하러 올 만한 놈이니까요. 하지만 '로스트 르상티망'이 함께라면 모르죠. 적어도 사사키요보다 신중할 겁니다."

"신중하게 굴면 우리에게 불리한데. 그런데 너무 무방비로 나타나도 곤란해."

"왜요?"

"상대가 무기든 ANFO 폭탄이든 지니고 있어야 망설이지 않고 쏘지."

경찰관 직무집행법상 경찰이 발포할 수 있는 상황은 다음 세 가지였다.

1. 발포 대상이 '사형 또는 무기 또는 장기 3년 이상의 징역 또는 금고에 해당하는 흉악범죄'에 해당하는 경우

2. 발포 대상이 사람의 생명 또는 실체에 위해를 준다고 예측할 수 있는 경우

3. 위 2호에 열거된 상황 외 사람의 생명 또는 신체에 위해를 가할 우려가 있으며 흉기를 휴대하는 등 타인이 현저하게 공포를 느낄 만한 상태일 경우

사사키요와 '로스트 르상티망'이 무기나 폭탄을 갖고 있으면 반론의 여지 없이 세 조건에 부합한다. 발포의 목적은 하체를 쏴서 움직이지 못하도록 막는 것이지만 총알이 빗나가 급소를 관통한다고 해도 세상은 너그럽게 눈감아줄지 모른다. 사사키요와 '로스트 르상티망' 때문에 열

굴에 먹칠한 부경 본부도 분명 온정을 보여주겠지.
"나루시마 씨."
미도리카와는 다시 염려스러운 듯 나루시마를 쳐다봤다.
"설마."
"만에 하나라는 게 있잖아. 게다가 내가 저격 실력이 좋지 못하다는 건 모두가 아는 사실이고."
"불길한 농담 마세요."
"농담으로 들렸다면 다행이고."
미도리카와의 얼굴에 그늘이 드리웠지만 나루시마는 아랑곳하지 않고 인도에서 눈을 떼지 않았다.
어디 있어, 사사키요.
제발 부탁이니 나타나라.
되도록 내 앞에.

4

5월 15일.
사사키요가 도주한 지 이틀이 지났지만 두 사람의 행방은 묘연했다. 부경 본부는 여전히 오천 명을 긴급 배치했지만 확실한 목격 정보 하나조차 얻지 못했다.

물론 선량한 시민들의 제보는 끊임없이 들어왔다.

—역 앞에서 사사키요 같은 남자가 온통 검은 옷을 입은 남자와 둘이 있는 모습을 봤어요.

—○○초에서 어슬렁거리는 노숙자가 '로스트 르상티망' 같아요.

이틀 만에 삼천 건 정도 되는 신고가 접수돼 각 관할서 수사관들이 부지런히 진위를 확인했지만 모두 잘못된 정보였다.

미노오 경찰서의 후다이 순사도 잘못된 정보에 휘둘린 사람이었다. 오초산 기슭의 파출소에 근무하는 자신과는 관계없는 이야기라며 대수롭지 않게 여겼는데 선량한 시민 혹은 호기심이 왕성한 사람은 어디에나 있는지 지난 이틀간 신고를 무려 네 건이나 받았다. 그리고 역시 예상대로 네 건 모두 헛발질이었다.

파출소에서 근무한 지 어느덧 오 년, 긴급 배치 소식은 여러 번 들었지만 이번처럼 규모만 크고 실속 없는 사건은 처음이었다. 사사키요와 '로스트 르상티망'에 관한 정보는 모든 관할서에 실시간으로 공유하도록 되어 있지만 후다이가 보고 들은 내용 중 유익한 정보는 거의 없었다.

"도주범을 잡는 데 협조하려는 마음은 고맙지만 아무래도 인력이 부족하다 보니……."

동료인 구와나는 파출소에 돌아오자마자 페트병에 담긴 녹차를 벌컥벌컥 들이켰다. 구와나도 방금 막 신고 내용을 확인한 뒤 복귀한 참이었다.

"검은 옷을 입은 수상한 남자가 길을 달리고 있다고 해서 바로 나가봤더니 완벽하게 자외선을 차단한 차림으로 뛰고 있는 시민이었어. 그걸 어떻게 착각할 수 있지?"

"'로스트 르상티망'이 온통 검은 옷을 입었다는 사실을 온 오사카 사람들이 알아. 눈치가 있는 사람이라면 외출할 때 검은 옷을 안 입겠지."

후다이는 공감한다는 듯 말했다. 신고해 주는 시민들에게 고맙기는 하지만 잘못된 정보를 퍼뜨리지 않도록 주의해 줬으면 했다.

"그건 그렇고 잘도 숨어들 있군. 이렇게 정보가 없는 걸 보면 적이라도 대단해."

"그렇지도 않아."

후다이는 불만을 드러냈다. 어차피 듣고 있는 사람은 구와나뿐이었다.

"초동수사가 삼십 분이나 지연됐잖아. 사사키요를 잡지

못하는 건 무엇보다 그 때문이라고."

"너 여전히 부경 본부한테 신랄하구나."

"신랄이고 뭐고, 보고를 늦춘 사람은 본부에 근무하는 몇 명이지. 고작 그 몇 명 때문에 오사카 부경 오천 명이 발로 뛰어야 해. 관할서의 비난을 받아도 싸."

파출소에서 근무하는 후다이에게 부경 본부의 간부는 구름 위의 존재지만 그렇기에 원망의 대상이기도 했다. 자신들은 발바닥이 닳도록 뛰어다니는 와중에 그들은 그저 명령만 내리고 우왕좌왕하기만 했다.

"앉아서 명령만 내리는 것도 좋지만 한 번쯤은 우리와 함께 순찰 구역을 자전거로 돌아보는 것도 좋을 텐데."

"그건 무리겠지."

"놈들은 자전거 탈 때도 자기들 몸만 사릴걸?"

"그만해. 낮말은 새가 듣고 밤말은 쥐가 듣는다고."

"여기 나랑 너밖에 없는데 무슨. 누가 듣겠어."

"글쎄. 책상 밑에 도청기가 설치되어 있어서 지금이라도 당장 '이 멍청아!' 하고 전화 올지도 모르지."

무슨 황당한 소리를. 그렇게 대꾸하려던 순간 탁상 위 전화가 울렸다.

후다이와 구와나는 저도 모르게 서로 얼굴을 마주 봤

다. 구와나는 네가 받으라는 듯 전화를 턱짓했다.

후다이는 잠시 머뭇거렸지만 전화는 끊어질 줄 몰랐다. 어쩔 수 없이 슬금슬금 팔을 뻗었다.

"네, 오초산 파출소입니다."

—통신지령실입니다.

통신지령실이라는 말에 호흡이 거칠어졌다.

—11시 45분, 신고가 들어왔습니다. 오초산, 가쓰오지에서 부도* 43호선 산길을 따라 이 킬로미터 떨어진 지점에서 시신으로 추정되는 것을 발견했다고 합니다.

뭐야, 다른 사건이구나.

—발견자는 가도야라는 남성이고 지금 현장에서 기다리고 있습니다.

"알겠습니다. 즉시 출동하겠습니다."

전화를 끊고 내용을 전달하자 구와나가 한 손을 팔랑팔랑 흔들었다.

"나는 이제 막 돌아왔잖아. 네가 다녀와."

구역 순찰은 교대제다. 장난 전화일 가능성도 있으니 지금은 자신이 출동하는 것이 옳았다.

---

* 부에서 관리하는 도로.

"파출소 잘 보고 있어."

그 말을 남기고 이번에는 후다이가 자전거 안장에 올라탔다.

오초산은 곧 가쓰오지다. 가쓰오지는 미노오 국정공원* 의 중심에 있는데 천삼백 년 전부터 승운을 빌던 절이다. 오사카부에서 유일하게 자연이 남아 있는 곳이자 사원 연수 장소로 널리 이용되고 있다.

부도 43호선을 타고 미노오 국정공원 안을 지났다. 처음 이 킬로미터는 완만한 비탈길, 그다음 이 킬로미터는 평탄한 길을 조금 내려가다가 마지막 삼 킬로미터는 다시 오르막길이지만 급경사 구간은 없어서 자전거로도 여유롭게 오를 수 있었다. 이륜자동차는 통행금지라 일반 자동차가 많았고 주차장 부근과 미노오 폭포 주변에 보행자가 눈에 띄었다.

길은 여유롭게 오를 수 있지만 사람의 힘을 쓰는 만큼 땀이 흘렀다. 만약 장난 전화라면 신고자를 혼쭐내 주고 싶었다.

---

* 국정공원. 국립공원에 준하는 명승지로서 환경성 대신(大臣)이 지정하고 지자체에서 관리한다.

신고 지점이 슬슬 시야에 들어왔다. 눈을 부릅뜨고 살피니 저멀리 손을 흔드는 사람이 보였다. 신고자 같았다.

가까이 다가가자 운동복을 입은 청년이 서 있었다.

"신고하신 분입니까?"

"가도야입니다."

신고자 이름과 일치했다. 일단 장난 전화는 아닌 듯하다.

"시신을 발견하셨다고요."

"여기요."

가도야는 도로 옆으로 펼쳐진 숲속으로 후다이를 안내했다.

"가도야 씨, 혹시 회사 사원 연수에 참가하셨습니까?"

가쓰오지 부근에서 운동복 차림을 한 사람이라면 으레 연수에 참가한 사원이었다. 과연 가도야는 부끄럽다는 듯 털어놓았다.

"저희는 건설회사인데요. 지옥의 일주일이라고 요즘 절에 갇혀 지내요. 게다가 금주와 금연이라 도저히 견딜 수 없어서 절을 빠져나와 숲속에서 한 대 피우는데 시신을 발견했지 뭡니까."

도로에서 불과 십 미터 정도 헤치고 들어갔을 때 그 광경이 시야에 들어왔다.

마구 자란 잡초 위에 시신이 아무렇게나 널브러져 있었다. 한눈에 시신이라고 알아본 이유는 등에서 흘러나온 혈액량이 심상치 않았고 드러난 피부가 이미 산 사람의 색이 아니었기 때문이다. 심장 바로 위에 상처가 나 있었다. 시신 밑에도 피가 고여 있으니 관통했을 가능성이 컸다.

후다이가 시신 옆에 몸을 구부리고 얼굴을 살피다가 자신도 모르게 악 소리를 냈다.

길게 자란 머리에 마구 자란 수염.

수배 중인 도주범, 틀림없이 사사키요 마사이치였다.

몇 분 후, 원래라면 가장 먼저 출동해야 할 기동수사대와 관할서를 건너뛰고 부경 본부의 수사관과 감식관이 현장에 도착했다. 다소 늦게 도착한 검시관은 사사키요의 사망을 확인했다. 사인은 예리한 외날 칼로 등부터 심장을 관통한 데 따른 출혈성 쇼크사로 판단했다. 검시를 마친 사사키요의 시신은 즉시 의대 법의학교실로 이송됐다.

한편 감식관들은 시신 발견 현장에서 채취 작업을, 미노오 경찰서 수사관들은 탐문 수사를 시작했고 반경 십 킬로미터에 검문도 깔렸다. 검문은 당연히 '로스트 르상티망'을 잡으려는 목적이었지만 이미 움직일 수 없게 된 사사키요와 달리 '로스트 르상티망'은 민첩했다. 촘촘한 포위망을 무용지물로 만들며 시신을 발견한 지 열두 시간이 지나도록 흔적조차 잡히지 않았다.

사사키요 마사이치가 시신으로 발견됐다는 소식에 부경 본부는 안도했고 오사카 지검은 낙담했다.

사사키요가 더 이상 죄를 저지를 수 없는 점은 그나마 다행이었다. 도주를 허락한 실수는 여전히 비난받겠지만 새로운 희생자를 낳을 위험은 사라졌다. 그 대신 '로스트 르상티망'을 체포하는 데 무게추가 기울었다. 함께 달아난 사람 중 한 명이 살해됐다면 나머지 한 명을 의심하는 것은 당연했다. 그러나 '로스트 르상티망'이 사사키요를 살해했다면 그 동기를 알 수 없었다. 애초에 사사키요의 도주를 도운 사람이 '로스트 르상티망'이라는 증거는 없었고 제삼자가 이름을 속였을 가능성도 있었다. 어쨌든 '로스트 르상티망'을 체포하는 것이 급선무지만 이는 예전부터 계속 수사하던 사건이라 현안이 늘지는 않았다. 지금까지 토끼 두 마리를 쫓다가 한 마리로 줄었으니 오히려 수사 부담을 덜었다고 할 수 있었다.

상황이 진정되지 않는 곳은 오사카 지검이었다. 사사키요를 기소해서 이제 시작이라고 할 만한 시점에 그가 도주했고 결국 사법의 손이 닿지 않는 곳으로 영영 달아나 버렸다. 범죄자는 시민들이 살아가는 공간에서 살해되어서는 안 된다. 사적제재가 용인될 위험이 있기 때문이다. 중죄인은 사법의 손으로 처형해야 의미가 있다.

—몹시 원통합니다.

사코타 지검장이 회견장에서 말했다.

—사사키요 마사이치의 사망은 결코 바람직하지 않습니다. 목숨을 잃은 피해자들과 유족을 위해 법정에서 밝혀야 할 일이 매우 많았습니다. 검찰의 사명은 공공복지를 유지하고 개인의 기본권을 보장하면서 사건의 진상을 밝히는 것입니다. 그저 마구잡이로 무거운 형벌을 이끌어내는 것을 성과라고 여기지 않고 사건의 진상을 마주하며 국민 상식에 걸맞은 응당한 처분, 상응하는 형벌을 실현합니다. 그 때문에라도 사사키요는 살해당하면 안 됐습니다. 아무리 생각해도 분이 풀리지 않습니다.

✣✣✣

사코타 지검장이 회견에 참석하기 몇 시간 전, 미하루를 비롯한 지검 직원들도 사사키요 마사이치의 사망 소식을 전해 들었다. 지검에 폐를 끼친 부담감 때문에 부경 본부에서 재빨리 알려 줬는데 직원들이 느낀 감정은 지검장과 같았다.

사코타가 회견 석상에서 한 말은 검찰의 사명을 강조한 정당한 내용이었다. 다만 정당성의 이면에 죄를 다스리는 주체는 사법기관이어야 한다는 속내가 엿보였다. 이 속내는 듣는 사람에 따라 오만하다고 느껴질 수 있기에 외부에는 감출 수밖에 없었다.

지검 상부의 의도는 평소처럼 소식통인 니시나가 알려 줬다. 사카키 차장검사는 사코타의 속내를 그대로 대변했다고 한다.

—사사키요를 기소하고 죄를 묻는 것은 우리 검찰의 일이다. 사사키요의 생사와 관계없이 우리는 또다시 '로스트 르상티망' 때문에 체면을 구겼다. 놈의 동기가 무엇이든 사적제재는 검찰을 향한 모독이자 법치국가에 대한 도전이라고 봐도 무방하다. '로스트 르상티망'은 지검을 폭파하고 사사키요를 살해하며 여러 형태로 반역을 실행했다. 결코 간과할 수 없다. 오사카 지검은 부경 본부와 협력 태세를 유지하며 '로스트 르상티망'을 체포하는 데 전력을 다한다.

평소 사카키의 언동에서 벗어난 의사 표명이었지만 오사카 지검 구성원의 공통된 의견이라고 받아들일 만했다.

문제는 수사를 진두지휘해야 할 사람이 혼수 상태에 빠졌다는 사실이었다. 후와가 자리를 비운 현재, 지휘권은 차장검사인 사카키가 쥐고 있다. 그러나 사카키가 마지막으로 수사를 지휘한 시기는 몇 년 전인 데다 경제 사건이었다. 이번처럼 테러 사건을 맡은 경험은 없기에 그가 능력을 얼마나 발휘할지 미지수였다.

"솔직히 차장검사님도 곤란할 거야."

집무실을 찾은 니시나도 불안을 감추지 않았다.

"차장검사님은 조정형 인간이니까. 선두에 서서 수사를 지휘하기보다 후와 검사처럼 유능한 사람을 수하로 뒀을 때 능력을 발휘하는 부류라고 생각해."

사카키를 직접 본 미하루도 수긍하는 의견이었다.

"차장검사님 입장상 후와 검사의 역할을 이어받을 수밖에 없어. 하지만 스스로 특기가 뭔지 아니까 소극적으로 대응할지 적극적으로 나갈지 모르겠네. 어느 쪽이든 후와 검사가 지휘할 때처럼은 못할 거야. 그야말로 사면초가지."

"그래서 난감하죠."

"남의 일처럼 말할 때가 아니라고. 지휘권이 넘어가니 미하루 씨도 차장검사님의 손발이 되어 일해야 해. 미하루 씨 능력을 전혀 모르는 차장검사와 말이야. 기계 다루는 법을 모르는 아마추어가 매뉴얼 없이 조작하면 어떻게 되는 줄 알아?"

과격한 비유였지만 말뜻은 이해했다. 선무당이 사람 잡는 상황에서는 대개 도구가 망가지거나 본인이 다친다.

"차장검사님은 다치지 않아. 그 사람은 그 사람 나름대로 방어하는 방법을 아니까. 차장검사님이 미하루 씨를 잘못 쓰는 바람에 미하루 씨가 괜히 부당한 평가를 받을까 봐 그게 걱정이지. 나중에 부검사가 되고 싶다며."

"네."

"능력을 저평가 당해서 그대로 인사고과에 반영되면 영향이 있을 거야."

후와를 걱정한 나머지 자신의 인사고과는 잊고 있었다. 걱정은 금물이지만 사카키가 명령하면 능력을 충분히 발휘할 자신은 없었다.

후와는 시시콜콜 설명하지 않는 대신 미하루를 어떻게 다뤄야 하는지 아는 듯했다. 같은 업무를 반복하지 않도록 적소에 새 일을 끼워 넣었다. 내용은 같은 일이라도 어떻게 하면 깊이 습득하고 다른 방법으로 전개할 수 있을지 항상 생각하도록 도와준다. 평소에 대답을 제대로 해주지 않으니 스스로 생각할 수밖에 없었다.

니시나의 지적에 새삼 불안이 커졌다. 자신을 어떻게 다룰지도 걱정되지만 '로스트 르상티망'을 체포할 수 있을지 확신이 서지 않았다.

후와가 자리를 비운 여파가 이토록 클 줄이야.

"부경 본부는 '로스트 르상티망'을 테러 행위 및 살인 혐의로 추적한대. 차장검사님이 어디까지 보조를 맞출 수 있을까? 부경 본부의 수사가 원활하지 않으면 당연히 차장검사님이 이끌어야 할 텐데 과연 할 수 있을지."

"차라리 수사권을 부경 본부에 통째로 넘기면."

말을 끝내기도 전에 "바보 같은 소리 하지 마"라는 타박이 날아왔다.

뒤돌아보니 후와가 문을 열고 서 있었다.

5 무법의 서약

1

"검사님!"

미하루는 저도 모르게 소리쳤다.

후와는 붕대도 감지 않고 목발도 짚지 않은 채 재킷까지 단정하게 입은 차림이었다. 도저히 중상자로 보이지 않았다.

"병원에서 도망치셨어요?"

"의사에게 양해는 구했어."

"의사 선생님이 허락하셨어요?"

후와는 대답하지 않았다. 분명 간호사에게 일방적으로 통보하고 병실을 떠났겠지. 여느 때처럼 표정만 봐서는 아무것도 짐작할 수 없지만 걷는 모습을 보니 몸을 움츠리고 있었다.

"아직 누워 계셔야 해요."

"의사도 아니면서 지시하지 마."

후와는 자신의 책상 앞에 진을 치고 눈앞에 놓인 파일을 훑어보기 시작했다. 입원한 사이에 새로운 사안이 발생하지 않았는지 확인하는 듯했다.

"무리했다가 피가 나면 어떻게 해요."

"피를 흘리면 그만큼 수혈하면 되지. 그보다 사사키요가 살해된 정황을 자세히 알고 싶은데."

역시 사사키요 사건을 알고 집무실로 돌아왔나 보다.

"사사키요 사건을 어떻게 아셨어요?"

"침대에서 눈을 뜨자마자 뉴스를 봤어."

대놓고 말할 수는 없지만 휴대폰을 그대로 두면 안 됐다고 후회했다.

"사사키요의 사법해부는 끝났나?"

"시신을 법의학교실로 옮겼다는 소식만 들었습니다."

"부검 보고서와 감식 보고서를 봐야겠어."

후와는 한번 말을 꺼내면 타인의 의견 따위 귀담아듣지 않는다는 사실을 알았다. 그러나 이번만은 사정이 달랐다.

"복귀하려면 최소한 주치의의 허락을 받으셔야 해요."

"못 들었나? 의사도 아니면서 지시하지 말라고 했을 텐데?"

미하루는 난감한 얼굴로 니시나를 쳐다봤지만 조금 전까지 함께 떠들던 그녀는 어쩔 수 없다는 표정으로 고개를 저었다.

"후와 검사님이 업무를 시작하신 것 같으니 저는 이만 물러갈게요. 검사님 몸조리 잘하세요."

니시나는 그 말만 남기고 허둥지둥 집무실을 떠났다. 이렇게 되면 미하루 혼자 후와를 설득할 수 없으니 포기해야 했다.

미하루는 짧게 탄식하고 부경의 간노 형사부장에게 가장 먼저 소식을 알렸다. 간노도 후와의 현장 복귀 소식을 듣고 몹시 놀란 눈치였다.

—검사님은 아직 의식이 없다고 들었는데요.

정작 그 검사의 사무관이 가장 당황했다는 말은 차마 할 수 없었다.

"오늘 복귀하셨어요. 사사키요의 부검 보고서와 감식 보고서를 조속히 확인하고 싶다고 하세요. 부검은 끝났습니까?"

—부검의 선생님이 우선 처리해 주셔서 방금 막 끝났습니다. 부검 보고서와 감식 보고서도 받았어요.

미하루는 후와를 흘긋 살폈다. 아무리 봐도 완쾌와는 거리가 멀어 보였지만 부검 보고서와 감식 보고서가 올라왔는데 내일로 미룰 사람이 아니었다.

현재 오후 5시 45분. 부경 본부가 있는 추오구 오테마에까지 차로 십 분이 채 걸리지 않는다.

"제가 지금 받으러 가겠습니다."

전화를 끊고 혹시나 해서 후와를 살폈다. 아무 말도 없으니 부경 본부에 다녀오라는 뜻으로 이해했다.

"보고서 받아 오겠습니다."

걸음을 옮겼을 때 후와가 말했다.

"잠깐."

뒤돌아보니 후와가 자리에서 천천히 일어나고 있었다.

"나도 가지."

"네? 서류를 받아 오기만 하면 되는데요."

"부경 본부 말고 들르고 싶은 곳이 있어."

"붕대와 약이 필요하시면—."

"오초산 기슭에 있는 파출소로 간다. 사사키요의 시신이 발견된 현장에 있던 순경을 만나 이야기를 들어야겠어."

"벌써 퇴근했을 수도 있어요."

"현장에 처음 도착한 경찰이야. 본부에서 나온 수사관들에게 설명하고 보고서도 써야 하지. 아마 아직 퇴근 못 했을 거야. 가능하면 최초 발견자의 이야기를 듣고 싶어."

"확인하겠습니다."

서둘러 파출소 번호를 찾아 전화를 걸었다. 과연 후다이라는 순경은 아직 파출소에 있었다.

"죄송합니다. 수사를 담당한 후와 검사님이 이야기를 듣고 싶어 하십니다."

담당 검사의 이름이 나오리라 예상치 못했는지 상대는 몹시 황송한 기색으로 기다리겠다고 대답했다.

전화로 약속을 잡고 나서 다시 후와를 바라봤다.

"보고서 수령은 그렇다 치고 정말로 미노오까지 가실 거예요?"

"말을 전해 들으면 정보가 누락되니까."

"인터넷 화상 회의로 비대면 조사를 할 수도 있어요."

"그런 조사가 정말 효과가 있다면 지금쯤 검사 대면 조사는 모두 비대면으로 바뀌었겠지."

후와는 미하루의 옆을 지나 문으로 향했다.

그 순간 소독약 냄새가 코를 찔렀다.

오늘만큼은 자신이 운전대를 잡아야 한다.

미하루는 후와를 뒷좌석에 태우고 부경 본부로 급히 향했다. 브레이크를 밟거나 커브길을 돌 때 후와에게 영향을 주지 않으려고 안전 운전에 온 신경을 집중했다.

부경 본부에 도착한 미하루는 후와를 차에 남겨놓고 수사 본부로 가서 보고서를 받았다. 원래 수령 담당자인 미하루가 직접 받으러 왔기 때문에 절차상 문제는 없었다. 인사만 건네고 곧바로 돌아왔다.

"받았습니다."

부검 보고서와 감식 보고서를 후와에게 넘기고 미하루는 다시 운전석에 올라탔다. 후와는 곧바로 내용물을 꺼냈다.

"사사키요가 살해된 정황에 대해 들었나?"

"대충은 전해 들었습니다. 뒤에서 심장을 관통당했다더군요."

"자상은 사십이 밀리미터. 거의 수직으로 찔렀으니 칼날 폭도 사십 밀리미터 정도로 짐작된다. 대형 서바이벌 나이프를 사용했을 수 있다는 소견이군."

"그 한 번의 공격이 사인이 됐죠."

"대형 서바이벌 나이프 모양의 흉기로 등을 찔러 심장

을 관통한 데 따른 출혈성 쇼크사. 다른 외상은 없군. 사망 추정 시간은 위 내용물에 따라 13일부터 14일 새벽 사이라는군. 부경 본부의 유치장에서 나온 아침 식사 일부가 소화되지 않았어."

날짜를 듣고 귀가 쫑긋했다.

"그러면 사사키요는 도주 당일에 죽었다는 말인가요?"

사사키요의 도주를 도운 '로스트 르상티망'은 사사키요를 잃어버린 세대의 대변자라고 치켜세웠다. 그동안 일어난 테러도 그의 석방이 목적이라고 공공연하게 떠벌렸다. 그런데 두 사람이 만난 지 반나절 만에 사이가 벌어지고 살해하는 사이로 변했다는 말인가.

"감식관이 '로스트 르상티망'의 족적이나 모발을 채취했나요?"

"숲속이잖아. 짐승의 털은 많았지만 사사키요 외에 모발이 있었는지는 아직 분석 중이야. 만약 사사키요 외 다른 사람의 모발을 채취했다고 해서 그것이 꼭 '로스트 르상티망'의 것이라고 단정하기에는 증거가 부족하지."

"도대체 두 사람 사이에 무슨 일이 있었을까요?"

후와는 대답하지 않았다. 백미러로 확인하니 부검 보고서에 시선을 고정한 채였다.

후와가 대답하지 않은 이유는 아직 충분한 확증을 얻지 못했기 때문이다. 그렇다면 미하루는 기다려야 한다. 공판에서 이길 수 있는 근거가 마련되면 후와는 반드시 의문에 답을 준다.

7시가 조금 지났을 때 오초산 파출소에 도착했다. 전화로 약속한 후다이 순경은 물론이고 최초 발견자인 가도야라는 남성까지 기다리고 있었다.

"이왕이면 발견자의 이야기도 듣고 싶으실 것 같아 부탁드렸습니다."

미하루가 감사히 고개를 숙이자 가도야도 멋쩍은 눈치였다.

"저야 일분일초라도 합숙소를 벗어나고 싶은 마음이 간절해서요. 대면 조사는 외출 핑계로 둘러대기 딱 좋잖아요. 너무 신경 쓰지 마세요."

좁은 파출소에 네 사람이 빙 둘러앉았다. 미하루는 후와가 자리에 앉자 가슴을 쓸어내렸다. 운전 내내 후와를 주시했는데 역시 컨디션이 나쁘다는 느낌을 지울 수 없었기 때문이다.

"시신을 발견했을 때 상황을 말씀해 주세요."

후와의 요청에 가도야가 입을 열었다. 사원 연수가 힘

들어 절을 빠져나왔다가 숲속에서 시신을 발견했다, 몹시 놀랐지만 경찰에 신고하고 기다렸다고 설명했다.

"옆에 시신이 누워 있지, 주변에 인기척도 안 느껴지지. 정말 무서워 죽는 줄 알았다니까요."

"시신은 어떤 자세였습니까?"

"엎드린 자세로 등을 보이고 있었어요."

"얼굴을 보셨습니까?"

"네."

"시신이 사사키요 마사이치라는 사실을 아셨습니까?"

"아뇨. 죽은 사람 얼굴은 섬뜩하다는 생각 정도만 들었습니다. 설마 세상을 떠들썩하게 만든 장본인이라고는 꿈에도 생각 못 했어요."

"13일, '로스트 르상티망'의 협조로 도주했다는 보도가 나갔습니다. 사사키요의 얼굴은 TV와 인터넷에 여러 번 보도됐죠."

"그게 말이죠, 검사님. 경찰에도 말했는데 우리 회사 연수는 일주일 동안 외부와 단절된 상태로 진행돼서 스마트폰도 쓸 수 없고 TV도 못 봐요. 그래서 순경 아저씨가 말해 주기 전까지는 사사키요라는 이름은 잊고 있을 정도였어요."

미하루도 '지옥의 일주일'이라는 사원 연수 이야기를 언뜻 들은 적 있다. 너무 오래전에 들어서 지금은 없어지지 않았을까 생각했는데 아무래도 아직 유지하는 기업이 있나 보다. 요점은 외부와 단절된 장소에서 사원들에게 회사의 신조와 태도를 철저하게 주입하는 행사로 한편으로는 사이비 종교의 '수행'처럼 보이기도 했다. 조직의 소속감을 조성하고 충성을 맹세하게 한다는 점에서 일맥상통하지 않나.

"그러면 후다이 경관님. 현장에 출동했을 때 상황을 말씀해 주세요."

후다이는 통신지령실의 보고를 받은 직후 행동을 분 단위로 설명했다. 아마 비슷한 형식으로 보고서를 완성한 듯했다. 꼼꼼하고 착실한 성격이 엿보여 미하루는 친근감을 느꼈다.

"현장에 다툰 흔적은 없었습니까?"

"잡초가 무성한 곳이라서 다퉜다면 흔적이 남았을 텐데 딱히 그런 흔적은 안 보였습니다. 나중에 현장에 나온 감식관도 족흔을 채취하는 데 애를 먹는 것 같더군요."

다툰 흔적이 없다는 사실은 사사키요가 거의 저항하지 못하고 살해되었음을 짐작할 수 있는 단서였다. 하긴 갑자기 등 뒤에서 칼을 들이대면 딱히 저항할 방법도 없었으리라.

"현장과 시신을 보고 눈치챈 점은 없습니까? 예컨대 위화감을 느꼈다거나."

질문을 받은 후다이는 당시를 떠올리는 듯 잠시 생각에 잠겼지만 이내 힘없이 고개를 저었다.

"죄송합니다. 지금은 생각나지 않네요."

"지금까지 살인 현장에 들어간 경험은 있으십니까?"

"과거에 두 번 들어가 봤습니다. 한 번은 관내에서 발생한 강도살인, 나머지 한 건은 치정 때문에 내연녀가 동거인을 찔러 죽인 사건이었죠."

"그 두 사건과 이번 사건을 비교했을 때 비슷한 점이나 다른 점이 있습니까?"

질문이 구체적이어서인지 후다이의 대답은 전보다 빨랐다.

"뭐라고 해야 하지, 범인이 범행 수법에 능숙한 느낌이었습니다."

"상습범이란 뜻입니까?"

"꼭 상습범이라는 말은 아니지만 범행에 주저한 흔적이 없고 불필요한 행동도 보이지 않았습니다. 이런 식으로 말씀드리는 게 적절할지 모르겠지만 아마추어가 저지른 범죄는 아닌 것 같았습니다."

"두 분 모두 협조해 주셔서 감사합니다."

후와는 냉정하게 조사를 마치고 천천히 일어났다.

자동차 뒷좌석에 앉은 후와는 머리를 숙이고 밭은 숨을 쉬었다. 역시 몸에 무리가 간 듯했다. 후와가 시신 발견 현장을 보고 싶다고 하지 않은 것이 그나마 다행이었다.

미하루는 큰마음 먹고 말했다.

"병원으로 돌아가요."

"자꾸 같은 말 하게 하지 마. 지검으로 돌아간다."

한번 결정하면 요지부동인 성격이라는 것은 알지만 미하루도 시키는 대로 고분고분 따르지 못하는 성격이었다.

"어린애예요? 지금 무리했다가 복귀가 늦어지면 사건 해결은 더 멀어지거든요."

"지금이 아니면 구할 수 없는 정보가 있어."

"감식 보고서도 부검 보고서도 구했잖아요. 게다가 감식은 아직 분석 중이고, 수사 본부도 아마 탐문 수사하고 CCTV를 분석하고 있을 거예요."

"'아마'? 직접 확인한 사실도 아닌데 억측으로 말하지 마."

몸은 약해졌어도 입은 여전히 신랄했다.

"사람의 기억도 물증도 풍화되지. 지금이 아니면 때를 놓치는 것도 있는 법이야."

"도대체 그게 뭔데요. 수사 본부가 입수한 것 외에 증거물이 어디 있다는 말씀이세요."

따져 물었더니 후와는 다시 입을 다물었다. 미하루는 어쩔 수 없이 액셀을 밟았다.

후와는 고집이 세지만 이유도 없이 고집을 부리는 사람은 아니었다. 고집할 만한 증거물이 있다면 실제로 존재하리라. 문제는 그것을 직속 사무관인 자신에게조차 숨기는 버릇이었다. 본인의 의도를 모른 채 협조하는 데도 한계가 있었다.

"검사님은 너무 비밀주의예요. 사무관인 제가 그렇게 못 미더우세요?"

잠시 침묵이 흐른 뒤 대답이 들려왔다.

"못 미덥다면 진작에 내쳤겠지."

"그럼."

"검찰이 찾는다는 사실이 알려지면 범인은 곧바로 증거 인멸을 시도하겠지. 수사가 비밀리에 이뤄지는 건 오히려 당연해. 사사키요가 도주했을 때 '로스트 르상티망'이 호송 경찰의 빈틈을 어떻게 뚫었는지 생각해 본 적 있나?"

그 지적에 깜짝 놀랐다. 사사키요의 호송 상태가 이전보다 느슨해진 사정이나 검사 대면 조사 일정은 외부인이 알 수 없다. 즉 지검 관계자 중에 '로스트 르상티망'의 협조자가 있다는 의미다.

"오사카 지검에 정보 제공자가 있군요."

후와는 다시 침묵했다. 아직 확실한 증거가 없어서 단언할 수 없다는 태도였다. 그러나 내부에서 정보가 새어나가고 있다고 가정하면 '로스트 르상티망'이 사사키요를 쉽게 빼돌린 것도, 후와가 비밀리에 움직이고 싶어 하는 것도 이해가 갔다.

사코타 지검장이나 사카키 차장검사는 사사키요를 법정에서 재판해야 한다는 생각이 확고했지만 검찰 관계자 모두가 의견이 같을 수는 없다. 개중에는 시민으로서 대중에게 공감해 사형에 가까운 행위를 용인하는 사람이 있을지도 모른다.

애초에 미하루 자신도 사사키요에게 몹시 분노를 느꼈다. 후와의 앞에서 직접 공언하지 않았지만 사사키요의 행위는 철저하게 단죄해야 한다고 생각했다. 잃어버린 세대의 고난을 감안해도 결코 용서할 수 없는 짓이며 가능하다면 속전속결로 재판이 열려 형사소송법 475조 2항에 명시된 대로 판결 확정 후 육 개월 이내에 사형을 집행해야 한다고 생각했다. 그렇지 않으면 피해자 유족은 물론 온 국민이 납득하지 못 할 것이다.

"사코타 지검장님의 회견은 보셨어요?"

"아니."

미하루는 사코타의 회견 내용을 간추려 설명했다.

"지검장님으로서는 표면적인 이야기밖에 못 하시죠. 차장검사님은 차장검사님대로 '동기가 무엇이든 사적제재는 검찰을 향한 모독이자 법치국가에 대한 도전이라고 봐도 무방하다'라며 직원들을 독려하셨어요. 하지만 오사카 지검의 모든 검사와 사무관들이 똑같이 생각하는 건 아니죠. 개중에는 사사키요를 징벌해야겠다는 생각을 품은 사람이 반드시 존재할 겁니다. 그만큼 사사키요가 한 짓은 간악무도했어요. 후와 검사님은 어떻게 생각하세요?"

"쓸데없는 이야기군."

후와는 단칼에 말을 끊었다.

"검사가 사건에 사사로운 감정을 개입시키면 어떡하나."

"하지만 국민감정이라는 것이."

"검사가 하나의 독립된 사법기관으로 존재하는 이유가

무엇인 줄 아나? 그런 것도 모르는 사람이 어떻게 부검사를 목표로 하겠어."

"국민감정 따위 어떻든 상관없다는 말씀이세요?"

"뜬소문이나 일부 선동자의 목소리에 좌우되는 감정은 불확실한 잡음에 불과해. 감정에 의지하는 자 대부분은 조만간 권력에도 의지하게 되지. 자네는 시대의 권력자의 비위를 맞추는 검사가 되고 싶나?"

국민감정을 존중하던 미하루는 대답이 궁해졌다.

"검사의 사명은 공공복지를 유지하고 개인의 기본권을 보장하면서 사건의 진상을 밝히는 것. 그저 마구잡이로 무거운 형벌을 이끌어내는 것을 성과라고 여기지 않고 사건의 진상을 마주하고 그에 걸맞은 처분과 형벌을 실현한다. 사코타 지검장님이 회견에서 밝힌 말, 그게 다야."

"하지만 지검장님은 국민 상식에 걸맞은 응당한 처분, 상응하는 형벌이라고 표현하셨어요."

"국민들의 상식은 어디까지나 법률 개념이지 국민감정과 달라. 사사키요 마사이치 사건이나 '로스트 르상티망'의 테러 행위는 형법에 의해 죄의 무게를 측정해야 하며 감정을 개입해서는 안 돼. 감정으로 죄의 경중이나 벌의 내용이 좌우된다면 사적제재와 다를 바 없지. KKK(Ku Klux Klan)

의 하얀 복장이 법복이라고 말하는 것과 같은 이치야."

마치 너는 차별주의자라고 말하는 듯한 어투에 절망마저 느꼈지만 후와다운 말이라고도 생각했다. 모든 감정을 배제한 사법 기계야말로 제대로 된 처분과 형량을 실현할 수 있다. 논리로는 이해해도 실천할 수 있는 검사가 과연 몇 명이나 될까. 한 가지 확실한 점은 뒷좌석에 앉아 있는 후와가 그중 한 명이라는 사실이었다.

"검사님은 '로스트 르상티망' 때문에 중상을 입었어요. 그래도 그를 미워하지 않고 업무를 처리하겠다는 말씀이에요?"

"집요하군."

분노조차 느껴지지 않는 냉철한 어조로 미하루의 질문을 차단했다. 후와를 보좌한 지 약 이 년, 이 남자의 신조나 방식이 옳다고 인정도 하고 탄복도 했지만 도저히 따라 할 수 없을 것 같았다. 이렇게 후와에게 분노를 느끼는 시점에서 이미 자신은 감정에 사로잡힌 사람이었다. 후와와 같은 사법 기계가 되도록 노력해야 한다는 것은 알지만 과연 그 목표가 가장 옳은 정답인가라고 물으면 대답하기 곤란했다.

그만.

이런저런 생각에 사로잡히면 결국 그 끝에 부족하고 한심한 자신이 있었다.

잠시 자기혐오에 빠져 있는데 뒷좌석에서 목소리가 들렸다.

"최대한 빨리 입수하고 싶은 것이 있어. 준비해 줘."

지시 내용을 듣고 미하루는 적잖이 놀랐다.

이유를 묻고 싶은 마음이 굴뚝같았지만 물어봤자 어차피 대답해 주지 않을 터다.

"수사자료의 압수물 목록에는 적혀 있지 않더군. 아마 아직 수중에 남아 있을 텐데 언제 처분할지 몰라. 그래서 시급하다는 거야."

후와는 그 말을 끝으로 입을 다물었다.

더는 할 말이 없는지, 아니면 대화를 이어가기 힘들어졌는지 판단할 수 없었다.

지검에 돌아온 뒤 총무과에서 전달한 메시지를 받았다. 후와와 미하루가 자리를 비운 사이에 후와가 입원했던 덴노지 구급센터에서 연락이 세 번 들어온 모양이다.

집요한 문의치고 내용이 좋은 경우는 없다. 모른 척할 수 없어 다시 전화를 걸자 아니나 다를까 주치의가 후와의 무단 퇴원에 엄중하게 항의했다.

—도대체 말입니다, 간호사에게 말 한마디 남기고 무단 퇴원하다니 제정신입니까? 의식을 되찾기 직전까지 면회 금지였던 환자라고요.

스마트폰 너머로 주치의의 격앙된 감정이 전해졌다. 스피커 모드로 설정하지 않아도 옆 사람에게 다 들릴 정도였지만 같은 집무실에 있는 후와는 아랑곳하지 않고 수사 자료를 훑어보고 있었다.

—도대체 후와 씨를 어디로 데리고 돌아다니는 겁니까.

자신이 데리고 돌아다닌 기억은 없지만 미하루는 반사적으로 고개를 숙였다.

"저, 차를 타고 미노오 쪽에 다녀왔습니다."

—상처가 아물지 않았는데 승용차를 타고 다니면 어떡합니까? 진동 때문에 상처가 벌어지면 당신이 책임질 겁니까?

"아뇨, 저기."

—아무튼 지금이라도 당장 후와 씨를 응급센터로 돌려보내세요.

후와를 쳐다보자 거절하라는 듯 고개를 저었다.

"본인이 나중에 다시 방문하겠다고 합니다."

—당신은 일과 환자의 생명 중 뭐가 더 중요합니까? 대

체할 다른 검사도 많잖아요.

"아니요."

이것만은 분명히 대답해야 했다.

"후와 검사님을 대신할 사람은 아무도 없습니다."

생각하다 못해 일방적으로 전화를 끊고 나서 곧바로 후회했다.

"죄송합니다, 주치의 선생님이 화났을지도 몰라요."

"상관없어. 어차피 돌아갈 생각 없어."

후와는 아무렇지 않게 대답했다.

내일부터 교체할 붕대를 많이 준비해야 할 뿐 아니라 주치의에게 끊임없이 경과를 보고해야 하리라 각오했다.

2

다음 날, 미하루는 무례를 사과할 겸 덴노지 구급센터를 방문했다. 통화했던 주치의는 간밤의 대화가 없었던 사람처럼 행동했지만 후와를 향한 불신은 조금도 줄지 않았다.

"사사키요 마사이치와 '로스트 르상티망' 사건을 담당

한 검사님이라면 당연히 바쁘시겠죠. 하지만 무리하면 안 됩니다. 미하루 사무관님이 대신 오셔도 소용없습니다. 본인의 목에 줄을 매서라도 데리고 오세요. 참나, 검사가 연행된다는 이야기는 들어 본 적도 없지만요."

미하루는 오로지 머리를 숙이며 굽신거릴 수밖에 없었다.

지검으로 돌아오자 후와는 수사자료를 다 읽은 듯 파일을 책상 위에 올려놓는 참이었다.

"주치의 선생님이 노발대발하셨어요. 목에 줄을 매서라도 데려오라고."

"주치의가 몹시 화를 냈다면 절반은 자네의 언행 때문이겠지."

터무니없는 누명이라고 생각했지만 어젯밤 자신의 행동을 돌아보면 완전히 부정할 수도 없었다.

"수사 본부에서 추가 보고서를 보냈나?"

"어제 막 일어난 사건이잖아요."

"부족해."

후와는 파일 위에 손을 얹고는 말을 이었다.

"현장에서 채취한 잔류물 목록은 있지만 분석 결과가 나오지 않았어. 족적은 '채취 곤란'이라는 한마디만 적혀 있고. 근처에 CCTV는 없고 인적도 없어서 현재 목격 정보도 없지. 유일하게 제대로 갖춰진 건 부검 보고서뿐이야."

"아직 초동수사 단계잖아요."

후와가 눈총을 줬다. 갓 퇴원한 사람이라도 위압감은 예전과 조금도 다르지 않았다. 후와는 초동수사라는 사실을 고려해도 아직 부족하다는 뜻이었다.

"어젯밤에 올라온 자료는 전부 보내달라고 부탁했습니다."

"모든 일이 요청한 대로 착착 진행되면 힘든 일은 하나도 없겠지."

"수사는 전적으로 후와 검사님이 맡고 있습니다. 그런데 수사 본부가 정보를 은닉한다는 말씀이세요?"

"내가 담당한 사건은 지검 폭파사건이야. 원래 사사키요 사건은 부경 본부 관할이었지. 그런데 그들이 내세운 범인은 호송 경찰의 눈앞에서 도주한 데다 그날 살해됐어. 수사 본부로서는 이중으로 망신을 당한 셈이야."

수치를 씻으려면 사사키요를 살해한 범인을 반드시 자신들의 손으로 잡아야 한다. 결단코 후와에게 선수를 빼앗기면 안 된다.

다소 지나친 감은 있지만 오사카 부경이 후와에게 품은

원한을 생각하면 이해 가지 않는 가정은 아니었다. 지검 폭파사건 때문에 후와를 사건 책임자로 내세웠지만 부경 관계자들의 태도는 겉과 속이 다르다는 인상을 지울 수 없었다.

"부경 본부의 체면 때문입니까?"

시답지 않다고 생각했지만 차마 그 말까지는 꺼낼 수 없었다.

"체면을 유지해야 지킬 수 있는 것도 있지. 조직의 필요악이야."

체면에 연연하는 사람은 대부분 남자다. 그래서인지 아직 남초사회인 경찰과 검찰도 권위주의와 권세욕과 겉치레가 만연했다. 여자인 미하루의 눈에는 수염 난 아이들이 게임을 하는 것으로밖에 보이지 않았다.

그러나 조직에서 겉돌고 어울리려고 하지도 않는 후와는 체면에 집착하지 않았다. 권위주의나 권력욕과도 무관했다.

"후와 검사님한테는 필요 없는 것이잖아요."

후와는 대답하지 않은 채 천천히 자리에서 일어났다.

"검사님, 설마 저번처럼 수사 본부나 미노오 경찰서에 직접 찾아갈 생각이세요?"

저도 모르게 목소리가 치솟았다.

"아무리 그래도 그러지 마세요. 수사 책임자가 스스로 팀의 화합을 무너뜨리면 어떡해요. 애초에 건강에 해로우니 이동은 삼가라고 했는데."

"팀의 화합으로 사건을 해결할 수 있다고 생각하나?"

"그렇다고 굳이 풍파를 일으킬 필요는 없다고 생각합니다."

"누가 부경 본부에 간다고 했나? 더 가까운 곳에 갈 거야."

'더 가까운 곳 같은 소리 한다.'

황당한 미하루는 속으로 중얼거렸다. 후와가 찾아간 곳은 부경 본부가 있는 오테마에의 찻집이었다. 확실히 부경 본부보다 가까운 곳이기는 했지만 본부 청사에서 엎어지면 코 닿을 거리였다.

칸막이로 가려진 테이블석에 앉았는데 맞은편에 앉은 사람은 부경 본부 감식과의 도키타였다. 전에 만났을 때보다 볼이 홀쭉해져 보였다.

"매번 이 찻집으로 부르시는데 용케도 본부 사람들에게 들키지 않네요. 등잔 밑이 어두운 법인가요?"

후와에게 반감을 품은 자가 적지 않다. 눈치 보지 않고 조직의 기조를 무시하는 방식은 따라 한다고 따라 할 수 있는 것이 아니며 흉내조차 낼 수 없기 때문에 고립되는 지름길이다. 하지만 개중에는 니시나처럼 숨은 팬도 몇 명 존재했는데 도키타도 그중 한 명이었다.

"여기까지 나오시라고 해서 죄송합니다."

"제가 더 죄송하죠. 모모다니 관사 폭파사건으로 크게 다치셨잖아요. 그렇게 돌아다니셔도 괜찮습니까?"

괜찮을 턱이 있나.

미하루는 후와를 노려봤지만 정작 당사자는 전혀 신경 쓰지 않는 듯했다.

"그래서, 역시 사사키요 마사이치 건 때문에 연락하셨죠?"

"수사 본부가 보낸 감식 보고서는 내용이 충분하지 않습니다."

도키타의 안색이 변했다.

"그 보고서를 작성한 감식 담당자 앞에서 잘도 그런 말씀을 하시는군요."

"초동수사라는 사정을 감안해도 도키타 씨와 감식관들의 일처리라고 보기 어렵더군요."

잠시 두 사람은 서로를 노려봤다. 먼저 침묵을 깬 사람은 도키타였다.

"검사님, 지검에서 여전히 겉돈다고 들었습니다."

"제 평판이 어떤지는 관심 없습니다."

"평판은 관심 없을지 몰라도 자존심이라는 게 있지 않습니까. 부경 본부, 수사 본부도 마찬가지예요. 체포한 범인이 눈앞에서 달아난 데다 죽기까지 하면 당연히 사건을 해결하려고 기를 쓰게 되죠."

후와의 지적이 맞았나.

"일벌백계는 아니어도 이쯤에서 부경 본부의 수사 능력을 만천하에 알리면 범죄 억제력이 있지 않겠습니까. 후와 검사님도 말했지만 사사키요가 도주했을 때 부경 본부가 받은 충격은 매우 심했습니다. 위로는 본부장부터 아래로는 신입 순경까지 새파랗게 질렸다고 해도 과언이 아니에요."

"평판도 자존심도 범죄 수사에 필요치 않다고 생각합니다."

"검사님은 그렇겠죠. 천상천하 유아독존을 관철하는 데다 성과도 좋으니. 여유가 없는 수직 사회에 속한 우리와는 다를 겁니다."

"혐오나 푸념을 입에 담아 봤자 사건이 해결될 것 같지는 않군요."

도키타는 입꼬리를 축 늘어뜨리며 비난의 눈초리를 보냈다.

"부경 본부가 체면에 연연하는 이유는 구류 중인 사사키요를 놓쳤기 때문만은 아닙니다. 이 년 전에 부경 본부가 검사님에게 따귀를 연달아 맞았으니까요. 무슨 일이 있어도 후와 검사님에게만은 선수를 빼앗기지 말라는 분위기예요."

완곡하게 말했지만 부경 본부가 수사자료를 내주고 싶어 하지 않는다고 인정한 것이나 마찬가지였다. 그나마 후와와 도키타 사이이기에 이 정도까지 말할 수 있는 것이라고 생각했다.

"그 불미스러운 사건이 발각되면서 쫓겨난 경찰도 많아요. 어제까지 존경받았는데 오늘은 돌을 맞았죠. 자업자득이라지만 후와 검사님에게 품은 원한이 골수에 사무친다는 사람들이 몹시 많습니다. 다만 일 때문에 망가진 체면은 일로 되살릴 수밖에 없죠."

"망가졌다고 곤란할 체면이면 처음부터 없는 편이 낫지 않습니까."

"그렇게 옳은 소리만 하니까 미움받는 겁니다."

"딱히 곤란하지 않습니다."

"악! 정말 이러실 겁니까. 진짜로 인간관계의 미묘한 감정을 모르는 양반이네. 속 편해서 좋으시겠습니다. 뭐, 그 정도로 감정을 빼고 일하는 사람이라 믿을 수 있긴 하지만요."

후와는 여전히 표정 없는 얼굴로 사과 한마디 하지 않았다. 사과해 봤자 어차피 빈말로 들릴 것 같다는 생각마저 들었다.

"아무튼 감식 분석 결과가 범인 체포로 이어질 수 있다면 수사 본부에 올리든 후와 검사님께 넘기든 마찬가지긴 하죠."

"범인을 특정할 물증이 있습니까?"

"아뇨, 그건 역시 아니에요."

도키타는 한 손을 흔들었다.

"사건이 사건인지라 감식과가 거의 총출동했어요. 현장은 보셨습니까?"

"사진으로 봤습니다."

"울창한 숲속인데 관리도 전혀 안 되어 있고 잡초도 무성했죠. 족적을 채취하기 어려웠고 남아 있던 것은 짐승 털 뿐이었습니다. 호송 경찰을 급습했을 때 '로스트 르상티망'은 아폴로 캡모자를 쓰고 있었죠. 물론 얼굴을 가리려고 썼겠지만 모발을 떨어뜨리지 않으려는 조치 아니었을까 의심스럽습니다. 사실 현장에 떨어져 있던 모발은 사사키요의 것뿐이었거든요."

"제가 알고 싶은 것은 사사키요와 '로스트 르상티망'이 접촉했는지입니다. 감식관의 일이니 사사키요가 입고 있던 옷을 철저히 조사하셨겠죠?"

후와는 로카드의 교환법칙을 지적했다. 서로 다른 물체가 접촉하면 반드시 흔적이 남는다. 가령 범행 현장에 발을 들여놓으면 땅에는 발자국이 남고 신발 바닥에는 현장에 있던 흙이 남는 것처럼. 사사키요 사건을 예로 들면 그가 '로스트 르상티망'과 접촉했을 때 서로의 모발이나 지문이 남았을 가능성을 언급한 것이다.

하지만 도키타의 대답은 후와의 기대에 찬물을 끼얹었다.

"저희도 그 점을 중점적으로 확인했습니다. 모발은 아니더라도 하다못해 대화할 때 튄 비말이라도 남아 있지 않을까 기대했죠. 그런데 옷뿐 아니라 시신의 몸을 샅샅이 조사했지만 사사키요와 호송 경찰 두 사람의 타액과 지문만 검출됐습니다. 이게 무슨 의미인지 검사님은 금세 짐작하셨겠죠."

"'로스트 르상티망'이 처음부터 사사키요와 접촉을 피했다. 아폴로 캡모자로 모발을 떨어뜨리는 것을 방지했던 점을 감안하면 도저히 아마추어의 행동이라고 생각할 수 없다."

"맞습니다. 아마추어치고는 지나치게 신중하죠. 게다가 도주 당일 바로 사사키요를 살해한 점을 보면 호송 경찰을 습격한 시점에 이미 사사키요를 살해할 계획이었다고 의심하는 수사관도 있습니다."

도키타가 지적한 내용은 가능성 중 하나로 이해가 가지만 그러면 '로스트 르상티망'이 왜 테러를 일으켰는지 의미를 알 수 없게 된다. 그러자 사사키요를 추앙한 '로스트 르상티망'과 호송 경찰을 습격한 '로스트 르상티망'이 각각 다른 사람 아닌가 하는 의심도 떠올랐다.

미하루가 떠올릴 만한 가설은 당연히 후와와 도키타도 생각할 수 있다. 두 사람은 '로스트 르상티망'이 한 명이 아니라고 생각하는 듯했다.

"저희가 사사키요의 옷과 몸을 조사한 내용이 보고서에서 누락된 것 같습니다."

"어제 오후 6시에 보고서를 받았습니다. 보고 누락보다는 시간 차 때문인 것 같습니다."

"오히려 수사 본부가 다시 탐문 수사를 하러 움직이는 편이 중요하겠죠."

"묻지 마 사건의 피해자 유족을 조사합니까?"

"네. 습격 현장에 있던 경찰관의 증언을 토대로 '로스트르상티망'이라고 자칭한 인물의 체격과 일치하는 사람을 유족 중에서 찾고 있습니다."

"범행 동기가 사사키요를 증오하기 때문이라고 가정하면 그럴 수도 있겠군요. 하지만 피해자 유족 중 호송 경찰 습격범이 있다고 가정하면 앞뒤가 맞지 않는 점이 있습니다. 피해자 유족은 모두 일반인이라서 수사 본부의 동향이나 검사 대면 조사 일정을 수시로 파악할 수 없습니다. 더욱이 피해자 유족의 프로필을 보면 범죄에 익숙한 사람은 보이지 않습니다."

도키타는 고민스러운 듯 테이블을 손가락으로 두드렸다.

"수사 본부의 고민이 바로 그겁니다. 동기, 기회, 방법. 이 세 조건을 충족하지 않으면 피의자로 지목할 수 없으니까 말입니다. 죽도 밥도 아닌 상황이니 피의자를 추릴 수 없는 상황이에요. 게다가 사사키요를 살해한 수법을 보면 아까도 말했듯 범인이 지나치다 싶을 정도로 신중합니다. 사람 한 명을 죽이는 데 주도면밀하게 준비하고 상대와 접촉하지 않도록 세심한 주의를 기울인 데다 등 뒤에서 공격했다고는 해도 급소를 일격에 관통했습니다. 그런 사람은 거의 없어요."

"거의 없다면 오히려 잘된 일입니다. 그만큼 피의자를 추리기 쉬우니까요."

"수사 본부는 피의자를 특정할 때까지 검사님께 정보를 넘기지 않을 텐데요. 검사님은 어떻게 하실 생각입니까?"

후와는 자신의 등을 손가락으로 가리켰다.

"기동력으로 수사 본부와 경쟁할 생각은 없습니다. 주치의도 이동은 삼가라고 엄명을 내렸거든요. 피해자 유족의 집을 모두 방문하는 건 무리일 것 같군요."

"그럼 수사 본부가 피의자를 특정할 때까지 지켜보실 겁니까?"

그 질문에 후와는 대답하지 않았다. 그러자 도키타는 반쯤 어이없다는 표정을 지었다.

"아니지, 검사님은 얌전히 앉아서 관망할 양반이 아니지."

"여기까지 나와 주셔서 감사합니다."

"인사는 됐습니다. 다만 노파심에 한마디 덧붙이자면

부경 본부의 체면을 너무 무시하지 마세요."

"무시할 생각 없습니다."

후와는 용건이 끝났다는 듯 자리에서 일어났다.

"관심이 없을 뿐입니다. 특히 이번에는."

"호오. 왜죠?"

"사사키요 마사이치가 묻지 마 사건을 일으킨 동기 중 하나가 자신의 체면을 지키기 위해서였기 때문입니다. 사사키요는 사사키요 나름대로 꿈꾸던 미래가 있고 자존심도 있었죠. 그것들이 본의 아니게 박살 나서 되돌리려다 인륜에서 벗어났습니다. 체면도 자존심도 뒤틀리면 해로운 독밖에 안 됩니다."

도키타와 헤어진 후 미하루가 후와에게 물었다.

"아까 도키타 씨에게 피해자 유족의 집을 모두 방문하는 건 무리라고 하신 말씀은 진심이세요?"

"그 사람에게 거짓말할 이유는 없어."

"그럼 어떻게 하실 생각이에요?"

"수사 본부와 다른 방식으로 접근해야지."

뒷좌석에 앉은 후와는 후우 하고 깊게 숨을 내쉬었다. 여전히 무표정했지만 줄곧 통증을 참고 있었나 보다.

"병원으로—."

"약만 받으면 돼."

주치의와 간호사에게 싫은 소리를 들어도 머리를 숙이고 약을 받아 오는 사람은 미하루였다. 조금은 미안한 기색이라도 보이면 좋겠지만 이 남자에게 표정이나 태도의 변화를 기대하는 것 자체가 잘못이라고 깨달았다.

"검사님의 지시에 따르겠지만 결국 그 순간이 오면 응급센터로 직행하겠습니다."

백미러 속 후와가 미하루를 응시했다.

"자네가 말하는 '결국 그 순간'의 기준은 뭐야?"

"검사님의 얼굴이 통증을 호소할 때요."

옆에서 들으면 농담 같겠지만 미하루는 진심이었다. 체력과 자제심이 한계에 부딪히는 순간 후와의 무표정이 무너지리라.

"그렇군."

후와는 그렇게만 대답하고 입을 다물었다.

3

사사키요가 살해된 지 며칠 동안 부경 본부를 향한 세

간과 언론의 비난이 절정에 달했다.

생각해 보면 기시와다역에서 시작된 사건은 각 지검의 폭파사건으로 발전해 결국 사사키요의 도주와 죽음에 이르렀고 이는 사법의 패배를 그대로 보여줬다. '로스트 르상티망'에게 보기 좋게 휘둘려 위신도 경외도 없었다. 권위를 공격하는 것이 지상 명제인 언론이 이 기회를 놓칠 리 없었다. 오사카며 도쿄며 할 것 없이 온 미디어가 앞다투어 부경 본부에 대한 부정적인 보도를 쏟아냈다.

—피의자 사망, 사법의 신뢰 실추

—추궁받는 관리 체계

—오사카 부경, 거듭되는 실수

—오사카 무법 지대

물론 신문 제목만으로 끝나지 않았다. 부경 본부에 연일 취재진이 몰려들었다. 홍보 담당자가 응대했지만 기자들은 책임자를 내놓으라며 기세등등하게 요구했다고 한다.

"홍보과장님. 평소 같으면 과장님의 담화로 기사 한 꼭지 쓸 수 있지만 이번에는 그걸로 안 됩니다."

"'로스트 르상티망'의 테러를 용인한 것, 사사키요의 도주를 성공시킨 것, 사사키요가 살해당하도록 한 것. 이 세

건만으로도 쓸 수 있는 패가 도대체 몇 개냐고요. 본부장님의 거취 문제로까지 발전할 수 있는데 정작 본인이 회견을 열지 않는다니 이해하기 어렵군요."

"애초에 사사키요가 살해된 사건에 대해서 부경 본부는 수사의 진척 상황을 분명히 밝히지 않았습니다. 설마 단서가 전혀 없나요?"

"방금도 이야기가 나왔지만 삼연속 실책이 뼈아프죠. 부경 본부는 어떤 타개책을 구상하고 있습니까? 이런 말을 하기 좀 그렇지만 오사카 부경은 수사자료를 대량 분실한 전적이 있습니다. 이대로 가면 오사카부 시민은 물론 전 국민이 오사카 부경을 믿지 못할 겁니다."

질문과 비난 세례를 받은 홍보과장이야말로 꼴이 말이 아니었다. 기자단의 추궁에 시시각각 울그락불그락 변하는 얼굴 때문에 몹시 바빴다.

오사카 부경이 집중포화를 맞을 때 미하루는 오사카 내 수감시설과 피해자 자택을 오갔다.

지금이 아니면 구할 수 없는 정보가 있어. 곧바로 알아봐.

후와의 명령에 수집 작업만 꼬박 하루가 걸렸다. 그러나 피로보다 놀라움과 보람을 느꼈다. 곳곳에서 입수한 정보 모두 사건의 양상을 크게 바꾸는 증거들이었기 때문이다.

후와는 도대체 언제부터 이 정보들을 파악하고 있었을까? 지시를 내린 타이밍을 생각하면 병상에 누워 있을 때밖에 없었다. 의식이 없는 중환자였는데 머리는 풀가동 중이었다는 말인가.

후와는 미하루가 입수한 정보의 내용을 확인하고도 평소처럼 눈썹 하나 까딱하지 않았다. 이미 그전부터 확신할 만한 근거가 있었는지 확실하지 않지만 어림짐작만으로 덤불에 손을 집어넣는 사람이 아니었다.

"하나 더."

후와의 말에 미하루가 정신을 차렸다.

"부족한 점이 있습니까?"

"그런 뜻이 아니야."

말하면서 자리에서 일어나 재킷을 걸쳤다.

"나가시게요?"

"기시와다로 간다."

"아직 외출은 삼가야 한다고 의사 선생님이……."

"곧 끝나. 이번이 마지막이다."

미하루가 막는다고 순순히 말을 들을 후와가 아니다. 게다가 본인이 마지막이라고 말할 정도면 정말 마지막이리라. 미하루는 포기하고 운전대를 잡을 수밖에 없었다.

후와가 지시한 목적지는 기시와다 경찰서였다. 자세한 설명은 못 들었는데 이곳에도 입수하지 못한 정보가 있다는 말인가?

후와 일행이 도착하자 사사키요를 취조한 나루시마와 미도리카와가 맞이했다.

"갑작스럽게 오셨네요."

나루시마는 당혹스러운 기색을 감추지 않았다. 당연했다. 사사키요의 사망으로 기시와다역 묻지 마 사건은 자동 종결됐다. 피의자가 사망하면 기소해 봤자 공판을 유지할 수 없기 때문이다.

"수사자료는 모조리 송치했을 텐데요."

"확인하고 싶은 물품이 있습니다."

어딘가 날이 선 후와와 나루시마의 대화에 미하루와 미도리카와는 곁에서 지켜볼 수밖에 없었다.

"확실히 해당 사건의 증거물은 관할서 자료실에 보관하고 있습니다만, 설마 지난번 사건처럼 저희가 수사자료를 분실했다고 말씀하시는 겁니까?"

"그저 확인하려는 것뿐입니다."

후와는 마음은 그렇지 않아도 말투가 무뚝뚝해서 쉽게

오해를 산다. 게다가 오해해도 상관없다는 태도라서 난감할 때가 많았다.

잠시 성난 기색이었던 나루시마는 생각을 고친 듯 한 번 헛기침했다.

"그럼 제가 안내하겠습니다."

나루시마는 상사에게 연락한 뒤 모두를 이끌고 자료실로 향했다. 어느 경찰서나 자료실은 깊숙한 곳에 있어서 어두컴컴한데 기시와다 경찰서도 예외는 아니었다. 조명은 아직도 형광등이었고 곰팡내까지 났다. 문은 전자 잠금식인데 직원 IC카드로 인증하지 않으면 열지 못하는 구조였다.

문을 열자 입출고 기록부가 놓여 있었다.

"검사님. 확인하고 싶으신 증거물이 무엇입니까?"

"사사키요가 네 사람을 찌르는 데 사용한 대형 서바이벌 나이프입니다."

나루시마가 기록부에 상세 내용을 기록했다. 그때 기록부를 뚫어지게 응시하는 후와의 시선을 미하루는 놓치지 않았다.

나루시마는 수사자료를 보관한 장소를 기억하는 듯 주저하지 않고 선반 사이를 지나 골판지 상자 하나를 꺼냈다.

"당연하지만 아직 피해자의 혈흔이 묻어 있습니다."

"괜찮습니다."

나루시마의 거친 손이 증거를 하나하나 조심스럽게 꺼냈다. 피로 물든 위장복에 속옷, 그리고 운동화. 사건의 처참함을 보여주는 동시에 주인이 이미 세상을 떠났다는 사실과 맞물려 더욱 꺼림칙하게 느껴졌다.

"이거군요."

나루시마가 내민 것은 미하루도 수사자료에서 몇 번이나 확인한 흉기인 서바이벌 나이프가 담긴 나일론 봉투였다. 칼날 길이 삼십 센티미터, 칼날이며 칼자루며 가리지 않고 여러 명의 피로 물들어 얼룩져 있었다.

후와는 주머니에서 소형 줄자를 꺼내 봉투 위로 길이를 쟀다.

"외날 칼. 칼날 폭 사십 밀리미터."

고저 없는 목소리로 말하며 흉기가 든 나일론 봉투를 미하루에게 건넸다.

"길이만 재고 끝입니까?"

"흉기 형태와 길이는 수사자료에도 적혀 있습니다. 하지만 역시 실물을 확인하고 싶었습니다. 미하루 사무관. 이것을 도키타 감식관에게 넘기게."

이것이 바로 아직 입수하지 못했다던 정보인가. 미하루가 반신반의하며 가방에 넣자 나루시마의 안색이 변했다.

"잠시만요. 감식이라면 부경 본부의 감식과를 말하는 겁니까?"

"네."

"흉기에 묻은 혈흔은 피해자 네 명의 것이라고 이미 분석이 끝났습니다. 설마 우리 감식과를 못 믿는 겁니까?"

"정보가 추가로 덧씌워졌을 수 있습니다."

"그게 무슨 말씀이신지……."

"사사키요의 부검 보고서에 자상 크기가 사십이 밀리미터고 거의 수직으로 찔렸으며 따라서 칼날 폭도 똑같이 약 사십 밀리미터로 추정한다고 적혀 있습니다. 이는 사사키요가 살해한 우치우미 나쓰키, 고마바 히나타, 히구치 시오리 세 사람의 시신에 남아 있던 자상과 완전히 일치합니다."

후와의 말에 나머지 세 사람은 입을 다물었다.

"피해자들과 사사키요의 부검 보고서를 대조하면 자상뿐 아니라 각도와 모양까지 일치합니다."

"즉 같은 제품을 흉기로 사용했다는 뜻입니까?"

"사사키요는 서바이벌 나이프를 기시와다 시내에 있는

전문점에서 구매했습니다. 마니아용 제품으로 유통경로도 한정되어 있어 우연의 일치로 보기는 다소 무리가 있습니다. 흔한 물건이 아니라서 구매하면 기록이 남죠. 흉기로 사용하기에 위험부담이 있습니다. 그러나 경찰 자료실에 보관된 서바이벌 나이프를 사용하면 입수 경로를 추적당하지 않을 수도 있습니다. 피해자들의 시신과 사사키요의 시신에 남아 있던 자상이 일치하는 것도 당연할 테죠."

"그럴 수가. 그럼 범인이 이 자료실에 몰래 들어와 서바이벌 나이프를 들고 나가 사사키요를 죽인 뒤 다시 돌려놓았다는 말입니까?"

"그랬을 가능성을 부인할 수 없습니다."

"검사님, 가만히 듣고 있을 수 없네요. 이 자료실에 출입할 수 있는 사람은 IC 카드를 받은 기시와다 경찰서 직원뿐입니다. 검사님은 그런 작은 가능성을 근거로 기시와다 경찰서 사람이 사사키요를 살해했다고 주장하는 겁니까?"

"서바이벌 나이프가 마니아용이라는 사실만 근거인 건 아닙니다. 사사키요가 살해된 정황을 나루시마 순사부장은 아십니까?"

"대략 들었습니다. 대형 외날 칼로 등을 찔러 심장을 관통했고 출혈성 쇼크사했다고. 현장에 잡초가 무성해 족적을 따기 어려웠고 짐승 털만 채취했다고요. 또 시신의 표면에서 검출된 것은 사사키요와 호송 경찰 두 사람의 타액과 지문뿐이었다고 들었습니다."

"맞습니다. 가장 먼저 신고를 받고 출동한 후다이 순경과 감식계의 공통된 의견은 지나치게 신중해서 아마추어의 소행 같지 않다는 겁니다. 그러면 아마추어와 반대되는, 상습 살인범 혹은 살인사건 수사에 익숙한 사람이라는 뜻입니다."

설명을 듣던 나루시마의 얼굴이 점점 험악해졌다.

"그것 역시 근거가 약하군요. 검사님, 빈약한 근거를 모아 정황증거로 삼고 있지 않습니까."

"빈약하지 않은 물증도 있습니다. 미하루 사무관, 그것을."

지시받은 미하루가 가방에서 스마트폰을 꺼냈다. 이것이야말로 후와의 지시로 미하루가 입수한 것이었다.

"미하루 사무관이 들고 있는 것은 피해자 중 한 명인 우치우미 나쓰키 씨의 스마트폰입니다."

나루시마는 뜻밖이라는 표정을 지었다. 미하루 역시 의

아했다. 현장에 남은 물증은 방대하고 범인 사사키요가 그 자리에서 체포되기도 해서 피해자 소지품까지 하나하나 정밀 조사하지는 않았다.

"나쓰키 씨의 스마트폰에 뭐가 있는데요?"

"우치우미 나쓰키 씨에게는 남자친구가 있었습니다. 어머니에게 이름을 알려주지 않았다더군요. 하지만 스마트폰에는 저장되어 있었겠죠. 그래서 찾아봤더니 역시나 있더군요."

억양이 없어도 사람을 압도하는 힘이 느껴졌다.

"전후 관계가 바뀌었지만 스마트폰에 저장된 통신 기록을 보고 피의자를 특정했습니다. 오늘 방문한 이유도 그 사람의 이름이 드러났기 때문입니다. 사건 발생 전날인 4월 9일 오후 10시 32분, 우치우미 나쓰키 씨는 그 사람과 통화했습니다. 나루시마 순사부장, 그 사람을 확보해 주세요."

순식간에 벌어진 일이었다.

후와의 말이 채 끝나기도 전에 나루시마가 몸을 움직여 그 사람을 뒤에서 안아 제압했다. 그 사람도 저항했지만 나루시마가 더 민첩했다.

미하루가 검색한 통신 기록에 지금도 그의 이름이 표시

되어 있었다.

"미도리카와 게이고 순사부장. 아니, 지금은 '로스트 르상티망'이라고 부르는 편이 좋겠지. 당신은 호송 중인 사사키요 마사이치를 빼돌리고 살해했습니다. 공무집행방해와 살인 혐의로 체포하겠습니다."

나루시마는 반사적으로 미도리카와의 신병을 확보했지만 아직도 반신반의하는 모습이었다.

"그런데 어떻게 이 녀석이. 저는 이 녀석과 이 년 동안 콤비로 일했는데요."

"연인이 그렇게나 끔찍하게 살해당했지 않습니까. 사사키요를 살해한 동기는 그것으로 충분할 겁니다. 살해 방법도 등 뒤에서 서바이벌 나이프로 심장을 단칼에 찔렀죠. 사사키요가 우치우미 나쓰키 씨를 살해한 것과 똑같은 방법입니다. 덧붙이자면 사사키요를 도주시키고 살해한 13일, 당신은 비번이었습니다."

"잠시만요."

미도리카와가 옅은 웃을 지으면 항변을 시도했다.

"확실히 저는 우치우미 나쓰키와 사귀었습니다. 그 사실을 침묵한 건 경찰로서 해서는 안 될 배반 행위지만 그것 또한 정황증거일 뿐이지 않습니까."

"혐의를 부인합니까?"

"당연하죠. 누명이에요."

"그럼 수사에 협조해 주시죠. 예컨대 손끝 검사 같은."

"손끝……."

미도리카와가 앵무새처럼 따라 중얼거렸다.

"평소에 범죄 수사 일을 했으니 루미놀 반응은 잘 알겠죠. 서바이벌 나이프를 깊이 찔러 넣으면 손바닥에 피가 묻습니다."

"마찬가지로 오랫동안 범죄 수사를 한 검사의 말이라고 생각하기 어렵네요. 피에 젖어도 때가 되면 피부 표면에서 자연 분리됩니다. 루미놀 반응은 기대하지 않는 게 좋을 겁니다."

"손톱은 어떨까요?"

후와는 조금도 흔들리지 않았다.

"피부와 달리 손톱은 전체가 다시 자라기까지 상당한 시간이 걸립니다. 만약 루미놀 반응이 나오면 어떻게 항변하겠습니까. 그 밖에도 ANFO 폭탄 제조나 사사키요의 도주에 사용한 차량을 밝혀내면 물증은 계속 나오겠죠."

후와는 미도리카와에게 다가가 표정 없는 얼굴을 가까이 댔다.

“미도리카와 순사부장. 당신에게 복수는 정의였을지 몰라. 하지만 사사키요를 도주시키려고 무고한 지검 관계자에게 중경상을 입히고 세상에 큰 혼란을 일으켰지. 사법에 종사하는 사람으로서 적어도 그 책임만은 반드시 져야 한다. 아니면 우치우미 나쓰키라는 여자는 무책임하고 비겁한 남자와 사귀었던 건가.”

미도리카와의 얼굴에 보신과 청렴 두 가지 색이 떠올랐다. 계속 부인할 것인가, 아니면 경찰관으로서 마지막 양심을 지킬 것인가.

잠시 망설이던 미도리카와는 온몸의 힘이 빠진 듯 보였다.

“소문대로군요, 후와 검사님. 그 표정 없는 얼굴로 압박하니 불안하네요. 형사의 자존심까지 저울질하게 하다니 심란합니다.”

범행을 시인한 것이나 다름없었다. 뒤에서 제압하고 있던 나루시마는 원통한 듯 고개를 숙였다.

미도리카와의 취조는 기시와다 경찰서에서 이루어졌다. 신문은 후와 검사가, 기록은 나루시마가 하는 이례적인 형태였지만 피의자의 신병 확보와 취조 담당자의 적성을 고려해 서장이 특별히 허가했다. 미하루는 평소처럼 후와의 뒤에 서서 추이를 지켜봤다. 사무관은 검사의 부속품이라는 논리로 이 또한 쉽게 인정받았다.

"당신이 '로스트 르상티망'인 것을 인정합니까?"

"인정합니다."

후와와 대치한 미도리카와는 더 이상 저항하지 않았다.

"사사키요의 동조자를 자처하며 지검을 폭파한 건 양동작전이었습니까?"

"잘 아시네요. 네, 맞습니다. 사사키요는 그런 사건을 일으킨 피의자입니다. 일단 유치장에 구류되면 송치되어 결심까지 가도 온종일 경비가 붙습니다. 사사키요에게 직접 손쓰려면 놈을 도주시켜야 했죠."

"폭탄 테러를 반복하면 인력을 수감시설 경비로 돌릴 수밖에 없다. 그러면 피의자를 호송하는 인력도 자연히 줄어 경비가 허술해진다."

"맞아요, 바로 그겁니다."

미도리카와는 왠지 기쁜 듯 고개를 끄덕였다.

"사사키요를 둘러싼 경비를 느슨히 만들려면 놈이 일으킨 사건보다 더 눈길을 끄는 사건을 연출해 부경 본부의 위기감을 부추겨야 했습니다. 그래서 생각해 낸 방법이 지검 폭파를 비롯한 테러였습니다. 사사키요의 동조자를 자칭하면 테러 행위에도 설득력을 불어넣을 수 있겠구나 생각했죠. 개인의 복수를 위해 지검 관계자들을 다치게 한 점은 아무리 사죄해도 부족합니다."

사과할 바에야 처음부터 계획을 세우지 않았으면 되지 않냐고 미하루는 생각했지만 이어진 후와의 말로 다시 생각했다.

"ANFO 폭탄은 오클라호마시티 연방정부청사를 파괴했을 정도로 파괴력이 강력합니다. 그런데 당신이 제작한 폭탄은 기껏해야 관사 한 층을 날릴 정도였어요. 화약의 양을 의도적으로 조절한 이유는 뭡니까?"

"모순으로 들릴지 모르겠지만 요란하게 폭발해도 인명 피해는 되도록 줄이고 싶었기 때문입니다."

"폭발로 사망자는 내고 싶지 않지만 경찰과 지검은 들쑤시고 싶다. 명제 자체가 모순이군요."

"경찰이 사적인 복수에 달려든 일 자체가 모순이라고 생각해요."

"호송 경찰을 습격한 것도 인명 피해를 고려한 행동 아닙니까?"

"상대가 동료잖아요. 사사키요 호송 정보는 부경 본부

의 지시를 받아 알기 때문에 계획은 쉽게 세웠지만 그들을 어떻게 무력화할지 고민했습니다."

"기만으로 가득 찬 항변이라는 건 알고 있죠?"

"네. 그럴듯한 변명을 늘어놓았지만 터무니없고 이기적인 논리라는 걸 압니다."

"빼돌린 사사키요를 차에 태우고 오초산 기슭으로 간 사람도 당신이죠?"

"합동청사 부근 어디에 CCTV가 설치되어 있는지 미리 조사했습니다. 그 후 렌터카를 빌려 다미노바시에서 출발했습니다."

"동행한 사사키요는 한순간이라도 당신을 의심하지 않았습니까?"

"제가 '로스트 르상티망'을 자처했을 때부터 전폭적으로 신뢰했다고 합니다. 감옥에서 각 지검 폭파사건과 제 성명을 듣고 알았겠죠. 목적지에 검문이 있다는 거짓말을 믿고 순순히 차에서 내렸습니다. 무방비 상태로 등을 돌리고 있었기 때문에 심장을 노리기 쉬웠고요. 나쓰키를 죽일 때 사용한 것과 같은 흉기, 같은 수법을 택한 것도 검사님 추측이 맞습니다."

"당신은 언제 우치우미 나쓰키 씨와 알게 됐습니까?"

"매우 사적인 이야기로군요."

"수사기록을 거슬러 올라가 조사했습니다. 오 년 전에 다코지조 공원에서 발생한 스토커 사건. 지나가던 회사원 우치우미 신지 씨가 피해 여성을 감싸다가 사망했는데 피해자의 딸이 우치우미 나쓰키 씨죠. 범인을 체포한 경찰은 미도리카와 게이고 순경, 즉 당신이었습니다."

미하루는 하마터면 신음할 뻔했다. 나쓰키의 어머니에게 들었던 국회의원 아들이 일으킨 스토커 사건이 설마 이렇게 연결될 줄이야.

"알고 계셨군요. 정말 빈틈이 없으시네요. 네, 사건 피해자 유족과 담당 경찰로 만났습니다. 처음에는 나쓰키의 상담자였는데 몇 번 만나 이야기를 나누다 보니 감정이 싹트더군요. 선배는 피해자 유족과 깊이 얽히지 말라고 충고했지만 결국 이렇게 되었습니다."

자학적인 어투였지만 아련한 과거를 회상하듯 눈을 가늘게 떴다.

"아버지가 어떻게 목숨을 잃었는지 사정을 아니까요. 나쓰키가 똑같이 살해당했을 때는 이럴 수가 있나 싶어 세상을 저주했습니다. 하늘도 무심하시지. 비통하고 억울한 마음이 전부 사사키요를 향했습니다. 경찰이지만 놈을 향한 살의는 도저히 참을 수 없었어요."

"사사키요가 재판에서 사형 판결을 받을 때까지 기다릴 수는 없었습니까. 당신은 사사키요를 살해하는 것이 정의라고 생각했을지 모르지만 그건 그저 사적제재에 불과합니다."

"당연한 말씀을 하셨지만 일곱 명을 죽였다고 무조건 사형을 받는 건 아니잖아요. 최근에도 형법 제39조를 내세워 무죄 판결을 받은 사례가 있죠. 변호인의 실력이 좋으면 혹시 모르지 않습니까. 사사키요가 그런 판결을 받지 않으리라는 보장이 없으니 내 손으로 직접 그놈을 묻는 방법이 가장 확실하다고 생각했습니다."

미도리카와는 진술 조서에 서명한 그 자리에서 체포됐다. 피의자 도주에 가담한 적이 있기 때문에 수갑을 차야 했다. 그에게 수갑을 채운 나루시마는 괴로운 심정을 견디듯 시종일관 입술을 깨물었다.

"마지막으로."

자리에서 일어선 미도리카와가 입을 열었다.

"후와 검사님을 크게 다치게 해 죄송합니다. 검사님이 모모다니 관사에 가리라고는 전혀 생각하지 못했습니다."

"내가 아닌 다른 사람이었다면 괜찮았고?"

미도리카와의 표정이 얼어붙었다.

"죄송합니다. 말실수했네요."

"화약의 양을 조절해 사망자가 나오지 않도록 노력했다고 했죠. 하지만 당신이 저지른 테러는 사람을 가리지 않았습니다. 어떤 동기로 정당화하든 저지른 짓은 사사키요와 같습니다."

그 순간 미도리카와는 금방이라도 눈물을 쏟을 것 같았다.

체포와 동시에 미도리카와가 살던 관사를 가택 수사했다. 그 집에서 ANFO 폭탄의 원재료인 질산암모늄과 연료유 일부가 발견됐다. 또 그의 진술에 따라 렌터카회사를 조사한 결과 5월 13일 오전 9시부터 다음 날인 14일 오전 9시까지 미도리카와의 이름으로 세단을 빌린 사실이 밝혀졌다. 해당 렌터카의 타이어 무늬가 오초산 기슭의 현장에 남아 있던 타이어 자국과 일치했고 차내에 남아 있던 모발이 사사키요의 것과 일치했다. 또 기시와다 경찰서 자료실에서 보관하던 서바이벌 나이프에서 사사키요의 혈흔도 발견됐다. 심지어 사건 전날인 12일에 미도리카와가 자료실에 출입한 기록도 남아 있어서 마침내 후와의 추리가 맞다는 사실이 증명됐다.

소속 경찰이 '로스트 르상티망'이라는 사실을 안 기시와다 경찰서장의 안색은 그야말로 볼 만했다고 한다. 상사로서 책임은 피할 수 없으며 운이 좋으면 감봉, 나쁘면 사퇴할 수도 있다고 사람들은 예측했다.

사회 불안을 부추긴 테러리스트의 정체가 개인 원한에 사로잡힌 경찰이었다는 사실이 드러나자 들끓었던 세간과 언론은 급속히 가라앉았다. 물론 사적제재도 심각한 사안이지만 테러리즘이 만연한 공포에 비하면 개인의 복수가 그나마 낫다는 인식인 듯했다. 돌이켜보면 미도리카와의 범행은 경상자를 다수 냈지만 사망자는 묻지 마 사건의 범인 한 사람뿐이었다. 양두구육 느낌을 지울 수 없어서 법석을 떠는 것이 우스워 보이기도 했다. '로스트 르상티망'의 행동을 찬양한 잃어버린 세대도 겸연쩍은 듯 완전히 입을 다물었다.

미도리카와의 신병이 송치되자 오사카 부경에서는 오비쓰가, 지검에서는 사카키가 저마다 후와의 노고를 치하하거나 감사 인사를 하러 왔다. 사건이 진행 중일 때와 사뭇 달라진 저자세였지만 그들을 대하는 후와는 여전히 무표정이어서 미하루는 북받치는 쓴웃음을 꾹 참느라 안간

힘을 써야 했다.

묻지 마 사건에서 시작된 폭파 테러 사건은 이렇게 종결됐다.

적어도 미하루는 그렇게 생각했다.

4

미도리카와가 송치된 지 이틀 후, 미하루는 후와를 조수석에 태우고 기시와다시 오카야마초에 있는 사사키요의 집으로 향했다.

"사사키요를 살해한 범인을 체포했으니 유족에게 보고하는 건 당연하지만 검사님은 '로스트 르상티망' 사건을 담당하셨으니 사사키요의 집에는 부경 본부의 담당자가 방문해야 하지 않나요?"

미하루가 물었지만 후와는 눈을 감은 채 아무 대답도 하지 않았다. 어제는 겨우 병원에 데리고 가서 붕대를 갈았다. 의사는 순조롭게 낫고 있다고 했지만 직장 복귀는 허락할 수 없다고 격노했다.

마치 잠이 든 듯한 모습에 대답을 기대할 수 없어 어쩔 수 없이 미하루는 운전에 집중했다.

"범인이 경찰이라는 이야기는 뉴스에서 많이 들었소. 정중하게 보고하러 오실 필요까지는 없는데."

두 사람을 집으로 들인 가쓰노부가 그다지 슬퍼하는 기색도 없이 담담하게 말했다.

"그런 짓을 저질렀으면 다시는 살아서 돌아오지 못하겠거니 생각했습니다. 예상이 맞아떨어진 셈이죠."

"장례식은 언제 하십니까?"

"장례 같은 걸 하겠습니까?"

가쓰노부는 눈앞의 파리를 쫓아내는 듯한 몸짓으로 대답했다.

"일곱 명이나 죽인 범인이잖소. 아무리 죽으면 다 부처* 라지만 그런 극악무도한 인간의 장례식에 누가 참석하겠습니까. 장소를 제공하는 절과 신사에도 못 할 짓이지."

사사키요 마사이치가 극악무도한 사람이라는 말에 이견은 없지만 친아버지가 하는 말치고 너무 냉혹하다는 생각이 들었다.

"과연 그럴까요?"

---

* 착한 사람도 나쁜 사람도 죽으면 모두 평등하다는 뜻.

"뭐요?"

"장례식을 열어도 조문객은 없을 거라고요? 사사키요 마사이치 씨에게도 마음을 터놓고 지낸 친구 한두 명은 있지 않겠습니까."

"검사님, 지금 나한테 시비 거는 거요?"

"실은 마사이치 씨의 고등학교 시절 학우, 대학 시절 학우 몇 명과 만나 이야기를 들었습니다. 대면 조사 때 마사이치 씨에게서는 공격적이고 다소 신경질적인 인상마저 느껴졌습니다. 그런데 친구들이 느낀 인상은 많이 다르더군요. 마사이치 씨는 다소 내성적이지만 사람들과 잘 어울리고 친구들이 엉뚱한 이야기를 해도 즐거워했다고 합니다. 결코 반사회적 언행이 두드러진 사람이 아니었던 것 같았습니다."

"그게 뭐 어쨌다고요. 그 식충이는 말이오, 힘들게 대학까지 보내놨더니 취직도 한번에 못 했소. 그 뒤로는 정규직이 되지 못하고 비정규직만 전전했지. 최근 사오 년은 아르바이트조차 못 했고. 세상에 하등 쓸모없는 인간이라는 낙인이 찍혔지. 인성이 어디 한두 군데 비뚤어져도 이상하지 않아요."

"그 말씀도 부인하지 않지만 친구 중 몇 명은 대학 졸업

후에도 지속적으로 연락했고 함께 술을 마신 적도 있다고 합니다. 그때 받은 인상도 재학 중과 별반 다르지 않았다고 합니다. 오 년 전, 즉 어머니가 병으로 사망한 시점에 변화가 생겼다고 추측합니다. 그 시점을 경계로 마사이치 씨는 친구와 연락을 끊고 비정규직 일도 그만뒀죠."

"흥. 그놈은 제 엄마 껌딱지였으니까. 집에서 의지할 수 있는 사람이 사라지니 자기 방에 틀어박힌 거지. 나랑도 대화하지 않고 종일 인터넷에만 달라붙어 있으니 멀쩡한 사람도 변할 겁니다."

"기시와다역 사건으로 마사이치 씨가 체포된 직후 수사본부 수사관들이 방에 들어가 수많은 개인 물품을 압수했습니다. 컴퓨터도 그중 하나였습니다."

"진종일 게임 하느라 날을 새는 것 같던데. 경찰이 압수했지만 가장 아쉬웠던 물건이 그 컴퓨터 아닌가."

"포렌식이라고, 컴퓨터나 스마트폰 등 단말기나 서버에 축적된 디지털 데이터에 법적 증거능력을 부여하는 작업이 있습니다. 구체적으로 설명하면 계정 주인이 발신한 내용, 열람한 정보를 모두 추출하고 해석해 범행과 관련된 기록을 분명히 합니다. 때로는 원본 데이터가 조작되지 않았는지 확인하거나 삭제한 데이터를 복원하기도 하는데 마사이치 씨의 경우 다행히도 데이터가 손상되지 않은 채 남아 있었습니다."

"삼십 대 남자가 인터넷에서 들여다보는 것쯤이야 십중팔구 헛소문이나 야한 것 정도겠죠. 쓸모없는 것."

"마사이치 씨는 평소 익명 게시판에 불만을 토로했습니다. 토로할 만한 상대가 아마 네티즌밖에 없었겠죠. 그런 행동은 어머니가 사망한 직후 점점 심해졌습니다."

후와의 지시로 미하루는 가방에서 A4 크기 파일을 꺼내 건넸다.

"이건 포렌식으로 분석한 자료 일부입니다. 마사이치 씨가 자주 검색하거나 사용한 단어를 추출했습니다. 순서대로 말하면 식충이, 쓸모없는 놈, 백수, 무직, 패배자, 루저, 비정규직, 무능력, 밑바닥, 하층계급, 인생 종료, 지잡대."

"마사이치를 가리키는 단어라면 그리 틀린 말도 아니지. 주옥같이 들어맞지 않소."

"그런데 이 멸시 어린 단어는 타인이 마사이치 씨에게 던진 말이 아니었습니다. SNS나 익명 게시판을 조사하니 대부분 마사이치 씨 스스로 자신에게 한 말이었습니다."

"잘 아네. 자기가 패배자라는 자각이 있었던 거죠."

"그런데 그 시기에 마사이치 씨는 직업도 없이 은둔형 외톨이 생활을 시작했습니다. 현실 세계에서 대화를 주고받은 사람도 없고 인터넷에서 노골적으로 비방 받은 기록도 없습니다. 그런데 왜 이렇게 스스로를 향해 경멸 어린 단어를 발산했을까요. 그가 현실에서 모멸의 말을 들었으리라 추측할 수 있습니다. 만약 그랬다면 마사이치 씨를 둘러싼 환경에서 그럴 수 있는 사람은 단 한 명입니다. 마사이치 씨와 함께 살던 가쓰노부 씨 당신입니다."

지목된 가쓰노부는 후와를 쏘아봤다.

"그놈과 제대로 대화도 하지 않았소."

"대화하지 않아도 욕은 할 수 있죠."

가쓰노부는 후와에게 시선을 고정했다.

"마사이치는 이미 죽었소. 그런데 내가 그놈에게 무슨 말을 했는지 다시 조사할 필요가 있소?"

"필요한지 아닌지는 제가 판단합니다."

"흥."

가쓰노부는 실컷 욕을 퍼붓더니 한동안 말이 없다가 불퉁한 말투로 겨우 입을 열었다.

"나 말이오, 올해로 일흔입니다. 1948년생이에요."

이른바 단카이 세대였다. 그 세대에 관해서는 미하루도

조금 안다. 태평양전쟁 직후인 1947년부터 1949년 사이에 태어난 세대였다.

"동급생이 정말 많았지, 초등학교는 1학년만 천 명이었을 정도니까."

"1차 베이비 붐 시대였죠."

"동급생이 그렇게나 많으면 경쟁도 그만큼 치열해지지. 당연해요. 사실 우리 세대는 매일이 경쟁의 연속이었소. 시험 점수만 좋으면 점점 위로 올라갈 수 있었지. 집이 가난해도 공부만 열심히 하면 출세할 수 있었어요. 어떻게 보면 공명정대한 시대였어."

가쓰노부는 그리운 듯 말했다. 미하루에게도 먼 옛날이야기처럼 들렸다. 교육의 기회가 균등하게 주어지면 공정하겠지만 현대 사회는 부모의 경제력이 자녀 교육의 기회를 좌우한다. 솔직히 말하면 빈곤층 자녀와 부유층 자녀가 누리는 교육환경의 차이가 크다. 가쓰노부 세대는 학력으로 자신의 능력을 대변할 수 있었지만 지금은 사회적 계층을 명시하는 것으로 변화했다.

"공정한 만큼 점수와 순위로 승패가 확실히 결정됐지. 이긴 놈은 위로 올라가고 진 놈은 아래로 내려갔소. 아래로 떨어진 놈은 공정한 경쟁에서 졌으니 패배자라고 불려도 별수 없지. 패배자는 능력이 그것밖에 안 되니 맡는 일도 사회적 지위도 낮아져요. 그것도 당연한 이치고."

몹시 일차원적인 시각이라고 생각했다. 공정한 경쟁이라는 사실 하나만으로 펼치는 논리기 때문에 이해하기는 쉽지만 극단적인 면이 있었다.

"정작 이렇게 말하는 나도 패배자입니다. 학업 성적이 나빠서 대학에 못 갔지. 그래도 패배자에게는 패배자 나름의 장소가 있어요. 작은 렌즈공장이지만 손재주가 좋아 채용됐지. 그러다 보니 점점 수입도 늘고. 뭐, 좋은 시절이었소."

가쓰노부가 일하던 시기는 마침 고도성장기였다. 만들어내는 족족 팔리고 연공서열과 종신고용이 약속된 시절이었고 현재와 비교하면 매우 복 받은 시대였다. 버블경제가 붕괴한 이후의 일본밖에 모르는 미하루의 귀에는 반쯤 동화처럼 들렸다.

그런데 아니나 다를까 갑자기 가쓰노부의 어투에 가시가 돋쳤다.

"그런데 거품이 꺼지고 경기가 나빠진 마당에 멍청하고 무능한 정부가 글로벌리즘 같은 걸 들먹이는 바람에 일본 전체가 추진력을 잃었어요. 아니, 잃은 수준이 아니라 완전히 멈춰 버렸지. 까딱하다가는 퇴보할 정도였다고. 오랜 세월 공장을 위해 뼈 빠지게 일한 나를 정년이라며 내쫓았소. 믿을 수 없었지. 불경기라고 퇴직금도 쥐꼬리만큼 주고. 그 빌어먹을 공장장이 말이야."

거친 말에 실의와 원한이 더해지자 듣기 불편했다.

"내가 학력만 좋았어도 그런 취급은 안 받았을 텐데. 그래서 마사이치만큼은 대학에 보냈어요. 교토대나 오사카대는 힘들더라도 아무튼 대학만 나오면 나 같은 전철은 안 밟겠거니 생각했죠. 그런데 아주 실패했소. 그놈 역시 패배자였지. 경쟁 상대에게 졌어요. 세상에도 졌고. 스스로에게도 졌어요. 패배자의 자식은 패배자밖에 안 될 운명인 게로지."

"그 말을 마사이치 씨에게 했습니까?"

"조금은 분발할 줄 알았는데 오산이었소. 제 엄마가 죽어서 틀어박혔을 때부터 바로 얼마 전까지 녀석을 격려할 생각으로 말했어요. 입이 닳도록 말해도 녀석은 정직원도 못 되고 저임금 비정규직이나 아르바이트만 전전했죠. 정말이지 뿌리부터 패배자 근성에 물들었다니까. 아까 검사님이 늘어놓은 식충이, 쓸모없는 놈, 백수, 무직, 패배자, 루저, 비정규직, 무능력, 밑바닥, 하층계급은 확실히 내가 말한 것 같소. 나머지는 기억나지 않는군요."

"그런 말들이 마사이치 씨를 궁지로 몰았다고 생각하지 않습니까?"

"아뇨."

가쓰노부는 적대적으로 웃어 보였다.

"다른 사람에게 무슨 말을 듣든 내면이 단단한 사람은 흔들리지 않아요. 남의 말에 이리저리 좌우된다니 근성 없는 본인 잘못이야."

"가쓰노부 씨는 남이 아니지 않습니까."

"스무 살이 넘으면 아버지는 가장 가까운 타인이에요. 우리 아버지도 그랬고."

미하루는 소름이 끼쳤다.

검사 대면 조사 때 사사키요는 형용하기 어려운 섬뜩함을 풍겼다. 당시는 그 정체를 몰랐지만 지금은 알았다.

진정한 괴물은 사사키요가 아니라 그의 아버지였다.

편향된 가치관과 자신의 원한을 일방적으로 토해내 아들을 시궁창에 처박았다. 의식적이든 무의식적이든 어머니의 죽음으로 정신이 불안정한 아들에게 그릇된 반사회성을 심고 말았다. 사실 절대적인 승자도 패자도 없는데 억지로 패배감을 심은 뒤 구렁텅이로 빠뜨렸다. 오 년 동안 한 지붕 아래에서 산 유일한 혈육에게 끊임없이 저주와 증오를 받으면 누구라도 울적해지고 공격적으로 변할 것이다.

그나마 남아 있던 자존심과 인정 욕구가 뒤틀리며 결국 범행을 저지른 사사키요에게 항변의 여지는 없다. 그러나 비난받아야 하는 사람이 과연 사사키요 한 명뿐일까. 내성적이지만 평범한 청년을 괴물로 만든 아버지의 책임은 과연 묻지 않아도 될까.

미하루가 홀로 분개하는데 가쓰노부가 이제 질렸다는 듯 한 손을 흔들어댔다.

"질문 다 끝났으면 이만 돌아가요."

다음 날, 퇴근 시간이 지나자 미하루는 니시나와 함께 전철을 타고 기시와다역으로 향했다. 사사키요와 '로스트르상티망'에게 연일 휘둘리는 바람에 단 한 번도 피해자들을 애도하지 못했다는 사실을 깨달았기 때문이다.

"저 정말 너무 분해서 죽는 줄 알았어요."

니시나도 후와와 가쓰노부의 대화를 전해 들었다. 울분을 풀 길 없는 미하루가 자신의 마음을 이해해 주길 바라는 마음에 니시나에게 털어놓았지만 니시나는 다른 것에 더 관심이 있어 보였다.

"그때 후와 검사는 어떻게 했어?"

"평소 같았어요. 비난하지도 이의를 제기하지도 않고 그저 무표정하게 사사키요의 아버지를 응시했죠. 솔직히 검사님에게도 화가 났어요."

"미하루 씨 마음도 이해하지만 경찰과 검찰은 그 아버지에게 손댈 수 없어. 한심한 아들을 욕하는 일은 어느 가정에나 있을 수 있으니 처벌할 수 있는 법조문도 없을뿐더러 입건할 수도 없지. 언론이 냄새를 맡아 봤자 가정환경이 나쁘고 가정교육이 잘못된 탓이라고 결론지을 거야."

"그건 저도 알지만."

"송치된 사건을 신중하게 생각해서 그에 마땅한 죄를 묻는다. 그게 검사가 하는 일이잖아. 사람에게는 저마다 주어진 역할과 권한이 있어. 주제를 넘어선 역할이야말로 월권행위야."

월권이라는 점은 충분히 안다.

그래도 어떻게든 가쓰노부에게 죄를 묻고 싶은 자신이 유치한 걸까.

후와가 본래 주어진 것 이상의 역할을 해 주기를 바라면 지나친 기대일까.

사법이란 그렇게나 융통성 없을까.

대화를 나누는 사이에 어느덧 기시와다역에 도착했다. 러시아워를 지나서 하차하는 승객도 적었다.

둘이서 개찰구를 지났다. 서쪽 출구, 계단을 내려가자마자 바로 앞에 헌화대가 있을 터다.

"잠깐만."

계단을 중간까지 내려갔을 때 니시나가 팔로 저지했다.

"저기 좀 봐."

니시나가 손가락으로 가리킨 곳에 헌화대가 보였다. 그런데 그 앞에 서 있는 사람을 보고 미하루는 놀랐다.

후와였다.

후와는 손에 든 꽃을 헌화대에 바치며 두 손을 모았다.

계단에서 내려다보던 미하루는 목소리도 나오지 않았다.

후와의 얼굴은 비통하게 일그러졌다. 후와 밑에서 일한 뒤로 그의 얼굴에 감정이 드러난 모습은 지금 처음 봤다.

한심한 자신에게 화가 났을까, 가쓰노부에게 분노가 치솟았을까, 아니면 목숨을 빼앗긴 일곱 사람에 대한 애도일까. 어쨌든 고통이 뼈에 사무치는 표정이었다.

저렇게나 슬프고 괴로운 얼굴이라니.

니시나가 살며시 어깨를 눌렀다. 한동안 잠자코 지켜보

자는 신호였다. 미하루도 같은 마음이었기 때문에 가만히 고개를 끄덕였다.

두 사람이 지켜보는 가운데 후와는 합장한 채 한없이 고개를 숙이고 있었다.

표정 없는 검사가 보여주는
후와 슌타로식 휴머니즘

4월의 어느 봄날, 설렘을 안고 분주하게 이동하는 사람들로 북적이던 기시와다역 앞에서 누구도 예상치 못한 비극이 발생합니다. 삼십 대 남성이 거칠게 차를 몰고 와 몇 사람을 차로 친 뒤 마구잡이로 칼을 휘둘러 무고한 시민 일곱 명의 소중한 생명을 앗아가는 사건이 일어난 것입니다.

범인의 이름은 사사키요 마사이치. 현장에서 체포된 그는 반성의 기미 없이 스스로를 '천하무적'이라고 칭하며 원망스러운 사회에 복수하려고 범행을 저질렀다고 당당하게 말합니다. 그러한 사사키요를 잃어버린 세대의 피해자라고 옹호하는 목소리가 여기저기서 들려오는 가운데 그를 잃어버린 세대의 대변자라고 추켜세우며 등장한 '로스트 르상티망'은 사사키요의 석방을 요구하며 연쇄 폭탄 테러를 벌입니다.

로스트 르상티망의 궁극적인 목적은 무엇일까요? 후와 검사는 과연 연쇄 폭탄 테러를 막을 수 있을까요? 사건의 진상은 무엇일까요?

일본 미스터리 소설을 즐겨 읽는 독자라면 이제는 모를 수 없는 대표적인 다작 작가, 독자에게 쉴 틈을 허락하지 않는 우리의 공장장님 나카야마 시치리의 『표정 없는 검사의 사투』입니다.

『표정 없는 검사의 사투』는 감정을 조금도 드러내지 않아서 표정 없는 검사라고 불리는 오사카 지검의 에이스 후와 슌타로 검사가 등장하는 '표정 없는 검사' 시리즈 가운데 세 번째 작품입니다. 시리즈 내내 누구의 눈치도 보지 않고 자신만의 신념과 방식을 끝까지 관철하는 사법 기계로서 묵직한 존재감과 매력을 발산한 후와 검사. 이번에는 묻지 마 살인범과 연쇄 폭탄테러범을 상대하는 와중에 지옥에서 살아 돌아오면서 전천후 에이스로서의 면모까지 보여줍니다.

이번 작품에는 시대의 피해자라는 핑계를 들먹이며 끔찍한 사건을 일으키는 인물이 등장합니다. 작가는 이 인물이 일으킨 사건을 세상 사람들이 어떻게 바라보고 어떻게 다루는지, 또 그 사건이 어떤 식으로 파급을 주는지 그리고 싶었다고 합니다. 작중에서 오가는 비겁하고 불편한 변명들이 어떻게 비치는지 함께 음미하면서 읽으면 『표정 없는 검사의 사투』를 더욱 흥미롭게 즐길 수 있지 않을까 생각합니다.

시리즈물이라고 하면 첫 편이 가장 재미있는 작품들이 대부분인데 '표정 없는 검사 시리즈'는 오히려 첫 번째 편보다 두 번째 편이, 두 번째 편보다 세 번째 편이 더 재미있어서 갈수록 빠져드는 작품입니다. 시리즈가 이어질수록 독자에게 기대감을 안겨주니 나카야마 시치리의 고인물 독자일수록 더욱 매력을 느낄 수 있는 작품이지 않을까 생각합니다.

나카야마 시치리는 데뷔부터 지금까지 꾸준하게 활동하며 매우 많은 작품을 발표했습니다. 물론 그중 독자들의 사랑을 한 몸에 받는 몇몇 시리즈가 있습니다. 그의 대표작인 '미사키 요스케 시리즈', '미코시바 레이지 시리즈', '이누카이 하야토 형사 시리즈' 등에 비하면 '표정 없는 검사 시리즈'는 비교적 덜 알려진 시리즈일 수 있습니다. 하지만 저는 나카야마 시치리 월드의 많은 캐릭터 중 후와 슌타로 검사를, 표정 없는 검사 시리즈를 가장 좋아합니다.

자신이 속한 조직과 주변 사람의 눈치를 전혀 보지 않고 자신이 옳다고 생각하는 신념, 자신만의 방식을 끝까지 흔들리지 않고 관철하는 능력자. 사회에서 이리저리 치이지만 그래도 마음 한구석에 순수한 열정을 간직한 어른에게 대리만족을 주는 캐릭터라는 점에 매우 호감을 느꼈습니다.

무엇보다 이 시리즈의 가장 인상 깊은 점은 늘 작품 마지막에 표정 없는 검사만의 진득한 인간미를 한 스푼 섞어 후와다운 온정과 반전 매력을 느끼게 한다는 점입니다. 책장을 덮을 때 가슴에 퍼지는 농도 짙은 여운을 느낀 독자라면 아마 '표정 없는 검사 시리즈'를 좋아할 수밖에 없으리라 생각합니다.

아마 지금쯤 그 여운을 느끼고 계실까요?

그렇다면 독자 여러분도 대쪽 같은 사법 기계가 보여주는 후와 슌타로식 휴머니즘의 매력에 흠뻑 빠지셨기를 바랍니다.

2024 가을

문지원

표정 없는 검사의 사투

1판 1쇄 인쇄 2024년 11월 1일 | **1판 1쇄 발행** 2024년 11월 14일

지은이 나카야마 시치리 | **옮긴이** 문지원
편집장 민현주 | **디자인** 박진범 | **제작** 송승욱 | **총괄이사** 황인용 | **마케팅** 송재원 | **발행인** 송호준

발행처 블루홀식스 | **출판등록** 2016년 4월 5일 제2016-000100호
주소 경기도 파주시 회동길 483-1 | **전화** (031)955-9777 | **팩스** (031)955-9779
이메일 blueholesix@naver.com

ISBN 979-11-93149-32-4 (03830) | **정가** 17,800원